孤之旅

梁小琳 著

长江出版传媒 | 长江文艺出版社

图书在版编目（CIP）数据

孤之旅 / 梁小琳著. -- 武汉 : 长江文艺出版社,
2024. 9. -- ISBN 978-7-5702-3703-6

Ⅰ. I247.5

中国国家版本馆 CIP 数据核字第 2024PZ7601 号

孤之旅
GU ZHI LV

责任编辑：王　虎　　　　责任校对：毛季慧
封面设计：胡冰倩　　　　责任印制：邱　莉　丁　涛

出版：长江出版传媒 | 长江文艺出版社
地址：武汉市雄楚大街 268 号　　　邮编：430070
发行：长江文艺出版社
http://www.cjlap.com
印刷：武汉新鸿业印务有限公司

开本：640 毫米×970 毫米　1/16　　印张：15
版次：2024 年 9 月第 1 版　　　2024 年 9 月第 1 次印刷
字数：222 千字

定价：42.00 元

目　录

第一章　情何以堪　再难回首

第一节

江南的早秋总是清朗的，昏暗的路灯折射在路边硕大的叶片上，闪着莹莹的光点，看上去苍郁而葱茏，没有一点铅华飘落的迟暮，有如成熟妖娆的少妇，散发着粉香，在秋风中翘首久违的情人。

他曾无数次在这样的夜晚，挽着他心爱的姑娘走在胜利街这条充满诗意的路上。而此时，他没有心情去欣赏这夜景，因为，男女之间最深层的痛，应该是在痛苦的时刻想起了幸福的时刻，那甜蜜的，温暖的过往，怎么走着走着就散了？手儿牵着牵着就松了？“人生若只如初见，何事秋风悲画扇。”纳兰性德一定遭遇过情感的纠结，才写出了如此凄美和哀婉的词句，为什么，不是说日久生情吗？人啊人，善变难道是人的本性？

他闭上了眼睛，继续回忆着，眼前晃动着他的爱人云朵的身影，她将头轻轻地靠在他的肩膀上。云朵看着他脉脉含情的眼睛，然后云朵又害羞地将眼睛望向了天空，那一颗颗闪烁的星星，都在对她调皮地眨着眼睛。他想到，如果他们有了一个女儿，女儿一定很像她，那眼睛，那鼻子，那脸庞，都是那样的完美可爱，只是不希望女儿的脸上也有那么一朵云彩，因为这云彩放在了不该放的地方。想到这里，他笑了，这些美好的遐想充盈着他的大脑。她爱他。他更爱她。

爱是什么，是奉献还是索取？在共同的，朝着婚姻方向奔去的男女，爱既是奉献，也是索取。奉献自己所有的一切，而索取的也许只有对方的爱，只有全身心地爱对方了，才能将奉献做到淋漓尽致。所以有人这样说，男女之间的爱是贪爱，也就是说，这种爱不同于父母给予子女的那种不图回报的爱，这种爱是一种占有，是所有生物都具有的特定的生理学意义上的极端自私的爱。

他向着江边走去，走向了江滩的最深处。残阳早已落去，只剩下一点点红晕，潮热回旋，湿气渐重，泛着黄土的腥气。

武汉的江滩休闲广场是诱人的，这是一个制造爱情和延伸爱情的地方。二十多年前，他和云朵的热恋就在这里燃烧。这里留下过他俩的热吻，留下过他俩的拥抱，留下过他俩心灵的震颤，留下他的初恋。那时他似乎才明白，世上最美好的事情就是恋爱。

那时这里还没有建成江滩休闲广场，只是简陋的堤坝。高高的堤坝，斜斜的坡，所有的堤坝千篇一律，草在堤坝上绿了黄，黄了又绿，江水涨了退，退了又涨，就这么单调。除了夏季，很少有人前往江边散步。如不是偶尔能听到轮船汽笛的长鸣，或是看到像蟒蛇一样粗壮，蜿蜒着向着天空飘散的黑烟，这里的死寂是很令人惊悚的。而城市港口惯有的嘈杂声只在几里远的江边，那里白天热闹，到了晚上，没有灯光，借着星星的微光，江面上如泼上一层柴油，一闪一闪的，像鬼魂的脸，很是瘆人，再加上十几条黑黢黢像巨大的龟蛇的趸船停泊在岸边，增添了人心理上的压迫感。

但爱情可以制造意境。

他常常靠在江边的一棵大树下，云朵贴在他的身上，紧紧地，紧紧地，他时常能听到她急促的呼吸声，她也听得到他强有力的心跳声，每每这时，城市，交通，河流，甚至家，都消失在他的视野，那一刻的爱，成了他的全部。

往事如电影在他的眼前回放着，他的眼睛直直地望着泛黄的江水，他的脚动了动，又停了下来。远处有两只鸟在飞翔，看不清是什么鸟，翅膀很大，两只鸟都在凝视对方，然后踩着水亲吻，其中一只不知说了句什么，另一只突然奋力地拍打了一下翅膀离开，江水溅起一层浪花，不一会儿归于平静。这让他联想到自己和云朵的爱情，在这个世界上，很多事情回不到从前。他的大脑又回归到现实，他仰头望着星空，他很想哭，可怎么也哭不出来，他干吼了两声，然后捏紧双拳，狠狠地撞击了一下。

“腿为什么打战，啊？腿打什么战？”说着，他向前跑了两步，一脚踢在树上，就像他在学校踢球时的临门一脚那样，几乎拼足了全身的力气。可这是树呀，他疼得“哎哟”了一声，将伸出的那只脚先是停顿了一下，然后才甩了几甩，龇牙咧嘴，扶着树倒在了地上，闭上了眼睛，泪水终于从他的眼角流了出来。他真希望自己就这样永远地睡过去，睡到地老天荒，是地老天荒，让天和地一同与他毁灭，这样他才不会留恋这世界。留恋，他留恋过吗？他的呼吸急促起来，眼睛直直地看着满天的星星。

他想起了小的时候，想起了夏天，没有任何娱乐，唯有天上的星星不时地对他眨着眼睛。那时的农村，太阳落山后，吃完晚饭，村里的人就带一把小竹凳和一个蒲草团来到户外，到一个有风的地方坐下，蚊子也紧跟其后，组成密集的云雾，上下翻飞，嗡嗡叫着。村里人一边讲着话，一边看似漫不经心地拍打着蚊子，往往一打一个准。他年纪小，家里人多，小竹凳自然没他的份，他就站在旁边，听村里人东家长，西家短地讲着一些不着边际的话，他有时也听不太懂，但他觉得听着像故事，也就别有一番兴味在心头。当人散去，他就在草席上挨着哥哥睡下，望着满天的星星，用小手拍打着不时嗡嗡地飞来飞去的蚊子，然后就数着星星睡着了。

这时一对恋人从他的身边走过，草丛发出了轻微的响声，他坐了起来，痛苦地望着那对恋人渐远的背影，然后双手抱着膝盖，头深深地埋了下去。他的思绪纷乱，不知过了多久，他站了起来，望着江水，他想笔直往前走，走到淹没脖子的地方，然后就不负水的浮力沉下去。这种与水有关的死法他想过多少次，设计了多少回。比如从桥上往下跳，比如直接走向江心，可当人真正置身于江水，面对江水时，那种恐惧是很难让人下定决心走向死亡的。他会想到人的生命只有一次，他会想到濒临死亡时的痛苦，他更会想到在求死的那一刻，如果后悔了的无奈和绝望，恰如此时，这种想法是真正的灵验了。他无论如何没有勇气迈向江水的深处。他感觉江水是那样的无情，黑森森的，不时还能听到江水的呜呜声，还有水鸟的鸣叫声，这让他想到乌鸦，那乌黑的身子，那展翅的迅猛，翅膀如篾钎支棱着，还有乌鸦“啊，啊，啊”的叫声。在他听来仿佛是催命的号角，使他自然地想到秃鹫，那尖尖的嘴，一下一下啄在他开始腐烂的肉体上。他的思绪混乱至极，不停地自问，“我，我从哪里来，又将到哪里去？”这种思考他很早就有了的，但那是在他心态比较平静的时候，现在却是一种无奈的哀号。

思绪翻滚着，如浪花拍打着他的身心，他闭上眼睛，往事如缥缈的纱雾，又像是一个个的笑话，他一切的一切，都被卷进生活这个庞大的磁场中。

第二节

他是自卑的。他出生于20世纪60年代初的农村，他在家排行老七，家里人都叫他“老七”，他上面有六个哥哥，没有姊妹。照说，兄弟多在农村是很让人羡慕的，劳动力多，男人多，谁也不敢欺负。但人是要吃饭的，尤其是男人和正在长身体的男孩吃得更多，因此，男孩多对于一个粮食不够吃的家庭来说只能是雪上加霜。

饿，成了老七儿时最深刻的记忆。

那是一个凛冽的冬日早晨，离春节还差十多天。老七的大哥对他说，要带他到汉口去玩。那时的老七，已经六岁多，记事了，是上学的年龄了，可大名没有一个。老七从没去过县城，更不要说到汉口这个大城市了，他只知道他有一个大伯住在汉口，来过他家几次，印象中，他的大伯跟他们乡下人不太相同。不同在哪里呢？他也说不清楚，反正他对他的大伯只是平白生出一点距离感，用现在的话说，大概是敬畏感。那时他就懵懵懂懂地知道，城里比乡下好，那是一个富人居住的地方。印象最深的是，大伯有一次还带了一小袋糖果来，花花的糖纸，里面包着他们心目中的宝贝。妈妈分给他们兄弟每人两颗，然后就把剩下的糖果用小竹篮挂在了屋顶上。屋顶有一个小铁钩，是用来专门挂篮子的，过年也是如此，家里在生活队分了两斤猪肉做成了肉丸子，每顿一人吃一个，剩下的就挂在屋顶上。那是他生平第一次知道糖的味道，那硬硬的，甜甜的，香香的，感觉真是像在做梦，把他的五脏六腑都搅动了，好吃得让他总是忘不了。想到大哥马上就要带他到汉口去玩，他高兴得又蹦又跳。啊，提起这挂在屋顶上的小竹篮，老七的心又跳了起来。五岁那年的大年初二，老七还在梦中，就被母亲从破棉被里揪了出来，他穿着破烂的单衣单裤，母亲将他的双手反绑，然后将他吊在屋檐上，不问三七二十一，拿着竹篾条对他就是一顿猛抽。母亲恶狠狠地说：“偷吃家里的肉丸子，挂那么高你都取下来了，你怎样吃进去的今天就要你怎样吐出来，你把老娘的肉丸子偷吃一半了，你个贱命也值不了这肉丸子的钱，你气死老娘了！”母亲将老七吊了个半死才将他放下来。当晚老七的母亲发现堆在墙角装棉絮的麻袋，却不知怎么破了一个大洞，打开来，发现了还未吃完的肉末和老鼠屎，原来是老鼠偷吃了肉丸子。

老七想起这件伤心的往事，心里别提有多难受了。

再说那个冬日的早晨，母亲将老七哥哥的一双破棉鞋套在了老七的脚上，对他说："幺儿，妈对不起你，从没让你穿过鞋子，今天妈将你哥的棉鞋拿给你穿。"母亲的一句"幺儿"喊得老七全身像通了电流一样既幸福又委屈。六岁了，母亲只是在外人面前说他是"老七"，他的真正大名叫什么他不知道。老七全身有点颤抖，脚也不太听使唤。母亲说："幺儿站好了，妈给你穿鞋。"母亲今天怎么了？棉鞋太大，母亲将一根带子缝在了棉鞋的后帮，又将带子系在了他的脚踝上。母亲又对他说："幺儿，穿上鞋脚就不冷了。"母亲蹲着，抚摸着他脏兮兮的小脸，起身，从屋里拿了一条黑乎乎的粗布，沾了点水，给他的脸擦了擦。老七的心思全在那双破棉鞋上，他高兴地看着自己脚上的棉鞋，笑了。他的这双小脚的确没穿过鞋子，一到冬天，他的脚趾就裂开口子，渗着血，疼得他总是哭喊着向母亲要鞋穿，而母亲总是充耳不闻，有时母亲被哭烦了，就尖着嗓门叫骂老七的爹："你个不中用的男将，没用还老是生病，一家人吃老鼠药死光算了！"这是母亲经常说的一句话，每当母亲这样叫骂时，老七就赶紧闭住了嘴，小声地抽抽搭搭，他害怕呀，害怕母亲给他吃老鼠药。现在尽管这双棉鞋不知被几个哥哥穿过，也不知缝补过多少次了，他还是高兴得不得了，以至母亲后来还说了些什么，他一句也没听进去。

老七的母亲瘦而黑，四十岁的女人，整张脸的皱纹横竖交替着，面颊两边的纹路如细小的丝线，密集地缀成一个浅浅的涡……

他的母亲有姊妹七个，家里没有男孩，她排行老大。老七母亲的父母都是农民，父亲在她十五岁的时候就去世了，几年后，母亲改嫁，嫁给了一个五十多岁的瘸子，她的母亲是带着这样一堆女孩嫁过去的。这个瘸子没有结过婚，刚开始也许是因为新鲜感，对她和这一堆女孩还可以。那个时候的农村能填饱肚子就不错了，何况母亲又带了这样一大堆没有劳动力的女孩子，时间长了，矛盾自然就产生了，家里的饭每天都是红薯拌菜，稀稀汤汤的，谁也吃不饱，还时常要往茅坑跑。好在这个男人心地还算善良，也没有过多地去责怪她的母亲，去刁难这一堆养女。

老七的母亲十四岁那年，因为家里穷，经媒人介绍草草地嫁给了旁村的一个男人，娘家得了这个男人一百斤谷子，算作彩礼。这个男人比她大十岁，而且身体不好，患有较严重的胃病，这是贫困农村的农民最易得的病，常年需要吃药，这是一笔不小的开销，加上老七的母亲一连生了七个儿子，真正叫作“家大口阔”。

不知是不是老天给老七家开了一个实在幽默的玩笑，细想想，老七的母亲姊妹七个，缺男孩，这在农村可是让人看不起的，穷，也成为必然。老七的母亲填补了家庭的这一耻辱，一连生了七个男孩，却也没有得到想要的富裕。贫穷熬硬了这个女人尚存的那么一点温柔的天性，她的性格变得暴躁而倔强，在她眼里，这群孩子就是她的累赘，即使孩子偷吃了家里的一根红萝卜，她都可以骂上一天，打得偷吃者哭喊逃窜。

老七哪知道母亲的这些苦衷，他只知道马上要去汉口了，可以吃到糖果了。幻觉真的是一种可爱的东西，可以生出许多美好的遐想。风刺骨地冷，老七全然不觉，不知走了多久，终于走出了乡下的泥巴地。在一条马路边，大哥带他上了一辆公共汽车。老七高兴极了，这是他第一次坐汽车，他不停地拍着座椅说，好大的铁牛，哥哥，这个铁牛要吃多少草呀？大哥没有说话，眼睛望着窗外。身边的几个乘客听他这样说，善意地笑了。他觉得有点奇怪，到汉口应该是一件非常高兴的事情，大哥怎么不说话了？到了一个非常热闹的地方，大哥对他说，到了。老七高兴得又蹦了起来，这是哪里？这是汉口吗？宽宽的马路，高高的楼房，街上有不少商店，他东瞟瞟，西瞅瞅，食品店高高大大，店里透明的玻璃瓶子里，装着花花绿绿的糖果，汉口的大伯送的就是这样的糖果，玻璃瓶上有一个瓶盖，瓶盖上有一个小“揪揪”，只要提起来，就能拿出里面的糖果。想到这里，老七大口地咽了一下口水。老七抬头看了一眼大哥，大哥皱着眉，像有心事的样子，他想叫大哥给他买一块糖吃的这句话，就此咽了回去。可老七心里还是想着那花花绿绿的糖果，大哥却只顾往前走，他只好紧走慢追。到了一个巷子口，大哥要他站在原地等他，说是去给他买一个烧饼吃。老七不知道什么叫烧饼，但他想这烧饼一定很好吃，他的肚子早饿了，凭感觉，现在已经是下午了，今天他还没有吃一点东西。

老七心里充满快乐。

天黑了，大哥还没有回来。老七先前一心只想着烧饼，现在他只需要大哥了，只要他的大哥早点回来。街上的行人少了，朔风从巷子口径直往他身体里灌，他冷得双脚跺地，腿不停地打抖，浑身瑟缩，把一只脚的鞋子也跺散了。是的，鞋子什么的都不重要了，他的整个心都提到了嗓子眼，鼻涕止不住地流着，他好冷好饿哟。惊恐一步一步地逼近着他，他绝望而痛苦。

是什么让一个六岁的孩子去承受大人都难以承受的痛苦？老七不会去想这些问题，他年纪太小了，小得只盼望能吃饱，在汉口能吃到糖果，小得看不清大人的世界。

天空少有的空旷，老七的心空得只剩下哥哥。他冷，他想躲进巷子里，找个挡风的地方，可他不敢走远，大哥对他说了，要他在原地等他。他蹲在了墙角，他想眯一下眼睛，他很困，但他不敢，他怕大哥看不到他，如果大哥找不到他，他就找不到家了，那可怎么办呀！啊，冷啊，啊，好冷啊，他拱起手呵着嘴里吐出的微微的热气，啊，大哥快来呀，我的大哥呀！

老七在巷子里就这样迎着风站着，他耸着肩，鼻涕控制不了地往下流着，将原本鼻子下鼻涕流成的两条红沟再度加深，这两条红沟，又痒又疼，然后开始麻木。

牙齿不听使唤地开始上下打战，又左右哆嗦，他活生生地成了一个筛子。老七身边不时有大人牵着小孩路过，他们走进了楼道里，那一排排窗户亮起了灯光，有人探出头来向楼下张望，那是在等待归家的亲人。老七想，那亮起灯光的家一定很温暖，他多想拥有这样一个家，他不知道，他为什么跟其他的小朋友不一样，他没有人爱，没有人在乎他的感受。

他站了一个下午，又站了一个晚上，他仍然不敢走开，他怕大哥找不到他。他尿在了裤裆里，结成了冰，他已经毫无知觉了。天空出现了鱼肚白，新的一天开始了。街上的行人多了起来，巷子边是一家餐馆，油条炸起来了，他闻到了油条的喷香味道，他真想走过去，请求那个炸油条的师傅送他一根油条吃。其实他不知道这个美食叫“油条”，可他知道这个东西一定好吃得不得了，这是他的嗅觉告诉他的，也是眼睛告诉他的，或者说是他的整个身心告诉他的。

老七哭了，哭声越来越大：“大哥不要我了，大哥把我丢了！”他终于明白过来，大哥是真的不要他了。哭声引来了很多人，大家围着他，关切地问他，他只会说一句话：“大哥不要我了，大哥把我丢了！”在他幼小的心灵，他真真实实地感觉到，是他的大哥故意将他弄丢的。这时他想起了他的妈妈，妈妈为什么给从没穿过鞋子的他穿上哥哥的棉鞋，妈妈是怕他在寒冷的冬天在外面受冷，这也许是他妈妈留给他的最后一点母爱，也是唯一的一次爱了。

“这伢一口的乡里话，是个乡里伢，长得还蛮体面的，看上去也没什么病，他的大哥为什么故意丢他，为什么他的家人不要他了？”

“不是有意弄丢的吧？”

“这伢从昨天下午等到今天，肯定是被家人故意丢弃的。”

“怪可怜的，这么狠心的父母！”

“再难也不能丢儿女呀，灾荒年都过去了，还有丢儿女的事。再说了，不想养了送人也比丢在街上强啊！”

“这种父母应该千刀万剐，快活时种下的种子，生了需要吃饭了就不要了，将这么小的伢丢在街上，他么样活？”

围观的人七嘴八舌。

大家的话，老七都听得清清楚楚，这更加剧了他的绝望和恐慌。他看着大家，眼睛一个个地扫着围观的人。

有一个四十多岁的妇女走了过来，她蹲下来仔细检查着他的身子，他的脸，他的手，突然她大声说：“哎呀，这伢是六根指头！”

她这一声，像个惊雷，大家都凑到他的跟前，掰开他的手掌看。

他右手的拇指外果然多出一个指头，像春天里即将开花的花骨朵儿。花骨朵儿是美丽的，但长在他的手上就格外使人惊悚。老七立马停止了哭泣，将手努力地往回收，收到了背后，用左手将右手的第六指压住。自他记事起，他就知道自己的这只手与其他的小朋友不一样，大人们看他手指时的怪异目光，小朋友们的逗乐讥笑，都会让他感到自卑。

在这样一个场合，在老七急切需要人帮助的时候，大人们看他时嫌弃的目光，略带惊恐的语气，都如刀子一样扎在他本就脆弱无助的小小的心脏上，他的眼泪不知为什么不流了，是深深的绝望，还是深深的自卑，使泪水都退缩了。

“我妹家没有儿子，想收留一个，可这伢是六根指头，听人说，长六根指头的人，前世是动物投胎，没有完全变过来，这种人，每天需要念五遍礼佛，他的业障已经带在身上，要念到十八岁，阿弥陀佛。”这女人口中絮絮叨叨着，拖着与她这个年龄不相称的，长及屁股的大辫子，围着他转了一圈后，从头至脚再把老七看了一遍，然后鬼一样地扭动着肥硕的屁股走了，全然不顾及老七的感受。

他身边的人看完热闹，也走了，只留下一片叹息。

恐惧让老七再次放声大哭，不，那是干吼，没有泪水的干吼。他不知道自己该怎么办，又饿又冷，饿得麻木，也冷得麻木了。他站不住了，这双破棉鞋已经不起作用了，他对他妈妈的恨刻骨了，妈妈给他的最后一点爱，也只是哥哥们穿烂了的破棉鞋。

饥饿再一次战胜了恐惧，他不由跺起双脚，啊，脚终于又抬起来了，他哭喊：“我饿，我要吃，我要吃。我要大哥，大哥把我丢了。”他睁着一双惊恐的眼睛，一边叫喊，一边前后来回地跑，把那只鞋底子彻底跑掉了，只留下妈妈给他系在脚踝上的鞋帮还挂在上面，他绝望地蹲在了地上。他的叫声又引来路人的围观，有个太婆端来一碗饭，饭上有几根咸萝卜，他接了过来，看也不看太婆一眼，大口大口地吃着，任由鼻涕淌进了碗里。老七吃完饭后，才仰起头，可怜兮兮地看着眼前这个太婆。

“奶奶，你带我回家吧，我会听话的。奶奶，我的大哥把我丢了，我找不到家了。”

“你家？你家在哪里？”

“奶奶，我没有家了，带我回你的家吧！”

生性内向的老七，在绝望中开始自救了，跺着脚不停地喊。这或许就是人在情急之中所爆发出的能量，小孩又何尝不是呢？太婆叹息了两声，牵起了他的小手，对他说：“伢，那你就跟我回去吧，只是我这一把老骨头不知能带你多久。”太婆说这话时，眼里充满着怜爱，也有些许茫然，她知道，一旦决定做出，她所要付出的代价和承担的责任是什么。

“哇！”老七放开嗓门哭了，终于哭出了眼泪。昨天到今天，所有的委屈都在太婆的应允中彻底释放了出来。

太婆抹了一把泪水，突然从兜里摸出五块钱放在了老七的手心，对他说，“伢，钱你拿着，饿了买馒头吃。”说完，双手拍了拍自己的衣袂转身就要走。

太婆的突然变化让老七始料未及。

“哇……！”他哭着追了上去，“奶奶，你答应要带我走的，求求你了！”老七抓住了太婆的衣角——一定是上天有灵，太婆看老七的那一眼，在冥冥之中让老七彻底放了心。是的，一定是那一眼，从来没有人对他投去那么温暖爱怜的眼神，在他生命的关键时刻，老七找到了。虽然他还那么小，并不懂得爱的真正含意，但他感觉得到，他的心感觉到了。老七的步伐变得坚定而沉着，脚也不麻木了，他想，如果让眼前的这个太婆走了，他将永远就这样站在大街上，没人要，没人疼，饿死，冻死。本能，这就是本能，是从一个知晓冷暖的生命中自然感受到的。老七跟着太婆回了家。

第三节

太婆今年六十岁，那个年代六十岁的太婆给人的感觉就很老了，是一个实实在在的老人了。是的，太婆看上去已经很老了，她头发花白，皮肤松弛，鼻沟纹深陷，面颊的苹果肌消失，下巴处的赘肉形成两条沟痕，尤其是眼袋像两个半圆的球状体，实实地贴在眼眶下。但所有这些岁月的痕迹偷不走太婆特有的书卷气息，她腰板挺直，气韵娴雅，谈吐淡定，举手投足带着一股春风般的温柔，如兰花幽然清香。

太婆年轻时因患输卵管炎症，多年未育。四十岁那年好不容易生下一个儿子，岂料，儿子在13岁那年的夏天跟同学去江里游泳，溺水身亡。从此，她的精神就开始恍惚，在路上她看见和自己儿子差不多大的男孩，都会跑到跟前去瞧，有时还用双手扳过男孩的脸瞧，眼睛、鼻子、嘴认真地看。一边看，嘴里还絮絮叨叨地念着：“像，真像，太像了！”因此，经常有人骂她是精神病。最严重的一次，她被男孩的母亲骂了个狗血喷头，还对她踹了一脚，说太婆晦气，叫她有多远，滚多远。几年后，太婆的老伴因病去世，留下孤单的她，精神状况更是不佳，长期失眠，封闭自己，连同在一座城市的兄妹也少有联系。

儿子的去世对太婆的打击实在太大了，她常想，如有缘收养一个孩子陪伴她就好了，只要不是婴儿，哪怕孩子已经明事，知道自己不是她亲生的也没关系。她认为，以她的诚意，她的关爱，她的付出，她一定能和这个孩子和睦相处，并老有所依。

所以，太婆做出收养老七这个决定绝非一时兴起。这一老一少在一起生活了，老七管太婆叫奶奶。奶奶年岁虽然高点，但她退休前是一名小学教师，退休后每月有五十多元的退休费，在那个年代，五十多元的工资虽然不算很多，但供俩人吃饱穿暖是没问题的，符合收养法的规定，太婆到当地派出所办理了收养老七的手续。

自从有老七陪伴在太婆身边，太婆的精神状态有了很大的改观，很少再出现神志恍惚，上街抓住和她儿子年龄相仿的男孩子瞧的毛病。

转眼老七要上小学了，奶奶给他报名上了学，给他起了学名：余二月。这名字看似有点俗，像一个没文化人起的名字，但奶奶是用了心思的，在她看来，大俗才大雅，也才有意义。奶奶姓“余”，老七随她姓，她是二月份将老七从街上捡回来的，她想要老七记住这个月份，让这个名字能时时唤起他的良心，让他知道，他的第二次生命是她给老七的。如果不是奶奶将老七从大街上捡回来收养，老七是生是死也就很难说，生活就是这样，很多时候，人的命运就在一念之间。

故事写到这里，老七的名字姑且就改用“余二月”。

余二月上学那天，奶奶给他换上为他买的新衣、新裤、新鞋、新书包。余二月看着自己一身的新装，高兴得又蹦又跳，就像当初余二月的哥哥告诉他，要带他到汉口去一样。

上学的头几天，余二月可高兴了，回家很自觉地做作业，还跟奶奶讲学校的事情，讲语文老师，讲数学老师，讲同学，他吱吱呀呀地讲着，奶奶高高兴兴地听着，笑着，奶奶脸上的皱纹像菊花一样开放着。

他很羡慕班上的那些同学，他们自由自在地生活着，由着自己的性子撒娇。班上有个同学就住在他家隔壁，余二月经常看见这个同学跟他妈妈撒娇，问妈妈要糖吃，妈妈就会从“不买不买”改成“好啊好啊”。每次看到这种场面，余二月就很难过，他就会想到自己的妈妈。妈妈总是忽略他，家里如果有点好吃的从没想到他这个幺儿。有一次他因为太饿，抓了一把鸡食料，正准备往嘴里塞，被妈妈看见了，妈妈随手打了他，疼得他哇哇大叫。这个家是妈妈说了算，爸爸总是闷着不说话，爸爸也怕妈妈。他有奶奶，不是现在的奶奶，那是和他有血缘的亲奶奶，奶奶很喜欢他，但奶奶更怕妈妈，妈妈总会为一点儿小事把奶奶骂得狗血喷头，妈妈骂奶奶时总是那么几句陈谷烂草地翻出来讲：妈妈年轻的时候，奶奶总是不把妈妈当人看，妈妈发高烧，奶奶还逼着妈妈去插秧，等等。那时余二月就很心疼她奶奶，而对于妈妈说奶奶的那些坏话，他总是不能理解，觉得现在的奶奶多羸弱啊，奶奶怎么敢这样对待妈妈，他想象不出那种场景。也许是由于妈妈不把余二月当回事，他的哥哥们也就不把他当回事。还有一次，他也是太饿了，偷了妈妈口袋里的两分钱去供销社买了一个馒头吃，被供销社的人告诉了妈妈。妈妈抓着余二月的头发，扇他耳光。那时余二月就想，别人家的孩子妈妈都很疼爱，为什么他的妈妈这样讨厌他，直到有一天他的妈妈又打他时，他才从妈妈一边打一边骂的口中知道妈妈为什么这样讨厌他。原来他妈妈生下他后，村里人知道了他是六根指头，就拿“六根指头”当话题，搞得他们家里人几乎抬不起头，尤其是一个算命的老先生对他妈妈说：“你这个儿子的命是和你相克的，如果他不死，或者还留在你的身边，你早晚就会被你儿子克死。”那以后，他妈妈就像中了邪一样，对他横竖看都不顺眼。

“你从老娘肚里出来，你还要克我，我看到底是谁克死谁？”说完一记耳光就将余二月扇倒在地。

像这种无缘无故地被打，余二月已经记不清有多少回了。但那时余二月年龄太小，似懂非懂，只知道妈妈是不喜欢他的，而对于鞋的记忆更加深了他的这种痛感。余二月的这双脚太可怜了，24 小时光着，脚脏得没法洗干净，灰土嵌在细细的纹路里，横七竖八，密密层层。脚指甲很少剪，趾甲深深嵌在肉里，形成嵌甲，然后发展成甲沟炎，时常肿胀流脓。冬天更是遭罪，裂口流血，一碰就钻心地疼，他是多么希望有一双鞋能套在脚上，哪怕是一双破得不能再破的鞋，但这个要求他从来不敢向家里人提，他知道，只要他开口，只能招来一顿痛打和谩骂。

而余二月的这个奶奶呢？把他从街上捡回来后，就在有烟囱的煤球炉上烧热水，帮余二月洗完头后，又灌满了两大水瓶热水，然后将门关得严严的，奶奶在盆里试了一下水温后，就开始帮余二月洗澡，先把他的身子清洗一遍，又换了一盆热水，用香皂给余二月浑身上下仔仔细细地搓洗，余二月从没有这么舒服过，他放松地微闭双眼，任由奶奶用微烫的热毛巾在他的身上来回滑动，还不停地将热水瓶的热水加进盆里。突然，奶奶“哎呀”了一声，说道：“你是六根手指！”这一声将余二月从温馨的幸福中唤醒，他赶忙收回这只手，带着哭腔向奶奶请求：“奶奶，不要丢我，不要嫌弃我，求您了！”余二月有点神经质地从盆子里站了起来，把那只手背在了身后。奶奶叹了口气说：“奶奶没有怪罪你什么呀，奶奶只是有点惊奇，二月你放心，奶奶不会因为这个丢弃你。”奶奶平复着情绪，帮余二月洗完澡后，像没事似的，叫他坐在床上，然后从柜子里拿出了不知是谁穿过的内衣内裤让他换上。他高兴得从床上跳了下来，双手牵起衣角，在屋里转着圈圈，幸福地笑着，然后，他好像突然想起了什么似的，站住了，他怯怯地看着奶奶，他在担心，他这样放肆，奶奶会不会讨厌他，把他再次丢弃。奶奶是教师，整天跟学生打交道，学生微妙的表情都逃不过她的眼睛。她看出了余二月的担心。奶奶抚摸着余二月的脸庞，然后又仔细地看着他，看着看着，奶奶突然哭了，她说，这些衣服和裤子是她儿子小时候穿过的，现在穿在他的身上，让她想起了她那个淹死在江水中的儿子。

余二月是懂事的，他听奶奶这样说，马上不笑了，他望着奶奶的脸，他将奶奶脸上的眼泪擦干。奶奶苦苦地笑了。奶奶将余二月抱到了床上，她拿起余二月的脚，不停地抚摸着，两滴温润的眼泪掉到了余二月的脚上。余二月不知道再怎样安慰奶奶，但他知道，奶奶的这两滴眼泪是为他流的。奶奶拿起一把小剪刀，认真地为余二月剪脚指甲，由于脚指甲深深地嵌在了肉里，奶奶戴着老花镜，将剪刀尖慢慢伸入甲壳里，一点一点，认真地剪，一个多小时后，脚指甲才剪完。尽管奶奶非常小心了，但脚指甲处还是有点血糊糊的，奶奶又将棉签蘸上碘酒涂在余二月沁血的脚趾上，涂在余二月冻得裂口的脚板上。余二月这一晚上睡得很香很香。

妈妈在梦里出现了。妈妈蓬头散发，手里拿根枝条在村里乱转。他想哭，可哭不出来。他可怜兮兮地看着妈妈，妈妈的脸突然变得慈祥起来，妈妈说：“七儿，你没有鞋穿，妈妈这就给你去做双鞋。”余二月半信半疑，但他分明感觉自己的脚越来越暖和。他想，妈妈原来还是爱他的，他甜甜地笑了，他下意识地甩了甩脚，却感觉有人抓住了他的这只脚。

“二月，二月。”奶奶习惯这样喊他，他醒了，原来奶奶还没睡，奶奶在用手量他的脚的尺寸，在给他做鞋。奶奶的这个动作余二月并不陌生，他经常看见奶奶会拿出一个小木箱，里面有剪刀、抵手、钻子、针夹、针线、小锤、打蜡、浆粑、切刀、麻绳等，然后取出笋壳比着鞋样剪出鞋底的样品，从柜子里拿出平日里积攒起来的各种碎布，然后摊在床上，这些碎布还散发着樟脑丸和阴湿的味道。每每这时，余二月就很好奇，就会用他的小手抚摸着这些花里胡哨的碎布，心想，奶奶哪里弄来的这些碎布。在他眼里这些碎布真是好看极了。他曾在邻居的小朋友那里看见过一只“万花筒”，只要将“万花筒”往左或往右移动一下，里面的碎花就会呈现出各种各样的奇异花朵来，他觉得太不可思议了，心想，这么一个小筒子，哪里装得下那么多的碎花，如果砸开这个“万花筒”，里面能倒出这么多的花来么？

由于余二月的脚小，奶奶挑选花布的范围也广，只需巴掌那么大一块的布叠起就行。就见奶奶用面粉做成的糊，将剪成鞋形的花布一层一层地粘连在笋壳上，等做布鞋的物件准备妥当，奶奶就开始纳鞋底了。

奶奶的眼花了，每每用麻绳穿针时，总是对着光线瞄着针眼，不停地穿，有时还是穿不进针眼，便将麻绳放嘴里沾上一点口水，将绳头捏一下，使得绳头呈尖锥状，她常常重复着这个动作，有时还是很难穿上。余二月都看在了眼里，他对奶奶说，奶奶，我来穿，他一穿一个准，之后奶奶穿针的活就是余二月干了，能帮奶奶干点活让余二月感觉很快活。奶奶用麻线密密地把鞋底缝钉起来，再用锥子扎眼，然后大针叉子从针眼上带线穿过去，再用套在中指的铜顶针一顶，针线就会很快穿过去。纳鞋底时，针脚要密要紧，不然鞋底容易磨破，每纳一针，奶奶都会在头发间一划，头皮有油，可起到润滑作用。奶奶总是将头微微偏向右侧，左手拿着硬硬的鞋底，脸上洋溢着温柔的笑，纳得认认真真。奶奶应该在想，余二月又可以穿上新鞋了，那种满足感，一分一毫地表现在了奶奶的脸上。

鞋底做好后，奶奶就把平日里积攒起来的较大块的面料拿出来，有时到集市上去采购一点边角余料，松紧带等，回家后再一针一线地把鞋面缝在鞋底上，一双布鞋就这样成型了。

直到余二月稍长大一些，他才为此思考过，不知奶奶是怕日后她的年岁更老了，眼更花了，手不利索了，再难做鞋，赶紧多做几双布鞋给他留着，还是将做布鞋当成一种乐趣，因为只要奶奶手头没有别的事做，她就开始为他做布鞋，大、中、小号，平绒的、毛呢的、涤纶布的、帆布的，奶奶似乎将做布鞋当成了一门艺术。尽管奶奶的鞋做得并不怎么精致，样式也有些老土，但装在余二月心里的却是满满的爱。

在奶奶这里，余二月不仅能吃饱，穿暖，偶尔还有零食吃。吃得最多的就是爆米花。炉子上是烧得通红的煤炭，炸爆米花的师傅左手摇着熏得发黑的把手，爆米花滚筒上安有一个表，是计算时间的，右手来去地抽动着风箱，后面拖着一个长长的接爆米花的布兜，这就是最传统的爆米花机。“米——炮响了！”这喊声是余二月最熟悉的，这是炸爆米花师傅的吆喝，站在爆米花机旁的人，或路过此地的人赶紧捂住耳朵，“嘭”的一声巨响，几里路外都能听得见，随后散发着阵阵浓香的爆米花就新鲜出炉了。炸一斤米的爆米花一次 8 分钱，如果想吃甜爆米花，就再加 2 分钱的糖精，一毛钱就能吃到又香又甜的爆米花了。奶奶有时还将年糕切得很薄，放在簸箕里拿到太阳下晾晒。晒年糕的时候，余二月就希望太阳公公天天出现，这样一星期左右年糕就可以晒干了，之后余二月就会竖起耳朵，希望听到炸爆米花的响声。而奶奶听到后，也会亲昵地喊着：“二月啊，快炸年糕去。”余二月便连蹦带跳应着，接过奶奶手里的年糕和一毛钱，再屁颠屁颠地朝炸爆米花的方向跑去。炸出的年糕比爆米花更好吃，香香的，甜甜的，糯糯的，一块一块的年糕，放在嘴里就化了，每每这时，余二月的心也就跟着化了。

刚上学的头几天，余二月很愉快，他放下书包就跟奶奶讲学校里的事情，今天上了什么课，老师叫什么名字，他和哪个同学关系很好，他有说不完的话。

可是余二月的快乐是那么的短暂。当他的同学发现他是六根指头后，那些调皮的男孩就撵着他骂，还用石头掷他，用口水吐他，用粉笔在他的背后写字，其他同学也疏远他，嘲笑他，骂他是个怪物，是捡来的野伢。余二月心里好痛苦，他不愿意把在学校的遭遇讲给奶奶听，尽管奶奶对他很好，但他心里明白，他只是奶奶捡来的。他不能让奶奶为他操心，他一定要将好的，愉快的一面展现在奶奶的面前。为了讨好那些调皮的同学，他经常偷偷地将爆米花装进书包里，带给那些调皮的同学吃，希望他们不要打他，不要骂他。那些调皮的同学吃着香甜的爆米花笑了，也不打骂他了，可这只能是暂时的，只要余二月上学不带东西给他们吃，他们就要打他，打得更凶。别看这些学生年纪不大，他们整人可有心计了，他们主要是在余二月上学或放学的路上堵他。

“唉，六根指头，今天带爆米花了吗？”其中一个尖脸猴腮的同学一边用手推搡着余二月，一边问。

“有，就这么一点，我怕奶奶看见。”余二月说着将塑料袋包好的爆米花递给他。

“我们的呢？你是欠揍是吧，看我们老实些。”其他三个学生说着，也开始用手推搡他。如果不看他们稚气的脸，只听他们说话的口气，一定不会认为这些孩子只有七八岁。

余二月读二年级的时候，学校开设了绘画课程，余二月不仅能临摹，而且还有创新的天赋，色彩也搭配得不错。绘画老师非常喜欢他，还经常将他的绘画拿给班上的同学看。

“同学们，看看，这是余二月同学画的，这才叫绘画，同学们都认真看看。”老师一边将余二月的画举得高高的，一边大声说着。

下面鸦雀无声了，但很少有同学看一眼余二月。

“有的同学跟着老师学都学不会，不是学不会，是没有认真地画。你们看这苹果，就是几个线条，把它的形态画出来就行了，可有的同学画得不知是葫芦还是瓢。”

“嘻嘻，哈哈！”下面传出了同学的笑声。

下课铃声响了，绘画老师刚走出教室，几个男同学就跑到余二月跟前，像是事先约好一样，对他吐口水，踢他，骂他，说他是鬼怪，是用六根指头画的，还要他画鬼，说他画鬼以后自己就是鬼。余二月说他不会画鬼，他们就用蜡笔在他的身上乱画，在他的书包上乱画。有一次有个同学又在余二月书包上乱画，他实在忍受不了了，和那同学打了起来，其他同学看到就起哄，然后在余二月上学的路上堵他，打他。那次他被那些调皮的学生打得鼻青脸肿，奶奶看到后，他不敢说实话，说自己是不小心撞在了墙上，因为他心疼奶奶，奶奶年纪这么大了，怕她担心，并且就是奶奶知道了真相也斗不过这群孩子。余二月以前被同学打，脸上有伤，他也是这样说的，奶奶这次不相信了，哪有经常被撞的。余二月只好老老实实地将这一切都告诉了奶奶。奶奶心疼死了。班主任是位年轻的男教师，姓许，不知是他大意了，没有发现余二月经常受这几个同学的欺负，还是懒得管这些鸡毛蒜皮的小事。当余二月的奶奶将鼻青脸肿的余二月带到许老师面前时，许老师的表情很惊讶，要余二月指认是哪几个同学经常打他。余二月的嘴动了动，却不敢发声，他怕指认了他们，他们更要打他。奶奶第一次发火了，非要余二月指认那几个同学。那几个同学真是成人精了，他们没有一点胆怯，当余二月的目光瞟向他们时，他们立马露出了凶相。无论老师和奶奶在他面前如何壮他的胆，鼓他的劲，余二月就是低着头，一言不发。

奶奶只有每天送余二月上学，接余二月放学。可那几个调皮的同学根本不把一个老太婆当回事，在放学的路上，他们还时常袭击这一老一小，骂余二月是一个六根指头的怪物。

有一天，奶奶对余二月说：“二月，委屈你了，奶奶明天就带你去医院做手术，把你那多余的手指切除掉。”

“真的吗？奶奶，我这根多余的讨厌的指头真的可以切除掉吗？要是切掉了，我就和其他的小朋友一样了，他们就不会打我，不会骂我了，我就不怕去上学了。”余二月高兴极了，跳着问奶奶。

“是的，乖孩子！”奶奶说这话的时候，眼里含着泪花，她在懊悔，怎么样也该早点带余二月到医院去看手的。

第二天，奶奶清早就到学校为余二月请了一天假，带着余二月去了一家医院。这家医院在市里还是比较有名气的。一路上余二月抓着奶奶的手，仿佛一松开，奶奶就会突然不见了一样。

到了医院，奶奶不知挂什么科，挂号室的说看指头挂骨科。接诊的是一个五十来岁的老医生，奶奶心里很高兴，老医生都是很有经验有水平的。老医生扶了扶眼镜，看了看余二月多出来的那根指头，又摸了摸，然后又扶了扶眼镜说：“这有什么关系呢？多一根指头又不影响吃饭，也不影响上学。做手术的话，是有一定风险的，如果没将骨骺切除干净的话，还会复发。当然这种可能性不大，但不是没有可能，那就等于花了冤枉钱，还吃了亏。”

奶奶听医生这样说，动摇了。余二月的眼里却含满了泪水，他撇了撇嘴，想哭，忍住了。他确实很乖，他心里一百个想将这个讨厌的，多余的指头切掉，但他不敢向医生强求，他要在奶奶面前表现得很乖，他怕奶奶生气不要他了，他心里明白，他是奶奶从大街上捡回来的。

奶奶犹豫了一下，然后抚摸着余二月的头，说道："医生说了，手术有风险的，再说了多一根指头不影响什么。二月啊，这个手术不做行吗？"

余二月的眼泪流了下来。他咬了咬嘴唇，很费力地点了点头，眼泪却像断了线的珍珠，糊满了他的脸，他伤心地呜咽。

奶奶看余二月难过，问道："你还是想将那根指头切掉吗？"

余二月却摇了摇头，说，奶奶，我，我，我们回家吧。他嘴里这样说，心里可不是这样想的呀，他多想奶奶坚持要医生将他的这根多余的可恨的指头切掉。可他不敢，他怕奶奶会不喜欢他了，不要他了。

在回家的路上，也在后来的日子里，余二月一直在后悔，他想，如果当时勇敢一点，大声恳求医生切除他的那一根讨厌的指头，现在的他就是一个没有缺陷的孩子了，就是一个在同学面前也能够自信满满的孩子。唉，一念之差呀。

余二月的希望破灭了，阴影又笼罩着他。

第四节

那天晚上，懂事的余二月一夜没睡好，一闭眼，就见到那些调皮的学生喊他"六根指头"，然后搜他的书包，要他拿东西给他们吃，再然后，就是对他一阵拳打脚踢。他感觉他的眼睛被打了，看不清，他努力地睁开眼睛，他看见他的奶奶来了。奶奶不知怎么变得特别有力气，她抓起其中一个同学，像老鹰抓小鸡那样，将他提起来，问他还敢不敢欺负余二月。那同学哭喊着，说再也不敢欺负余二月了，其他几个同学，也被奶奶的这一壮举吓得四处逃散。迷迷糊糊中，他听到那个同学似乎在地上睡着了，打着很响的鼾，呼噜呼噜地直叫唤。他走近想看个明白，可那同学突然不见了，但鼾声还在，而且越来越响，却不知道这声音是从哪里发出的，他环顾四周，看见不远处一个炸爆米花的老头正拉着风箱，风箱下的火炉冒着红火绿烟，蹿得老高，像一个在火里跳舞的妖怪，正迷糊时，老头子的一张脸，不知怎么变成了奶奶的脸，奶奶正呼哧呼哧地拉着风箱，他高兴极了，想跑过去喊奶奶，他要吃爆米花，可腿怎么也迈不动，喊也喊不出声，但嘴里还在拼命地叫喊，发出“吭、啊”的声响，这声音把自己给喊醒了。是醒了，鼾声依然存在，他想，难道是奶奶在打鼾吗？奶奶睡觉从来不打鼾的呀。他跳下床，推开奶奶的房门，鼾声更响了，果然是奶奶在打鼾。

余二月看见，奶奶仰面躺在床上，双眼闭着，跟睡着了一样，只是嘴张得很大，呼哧呼哧地打着鼾，嘴唇不停地随着沉重的气流鼓上鼓下，嘴角沾着黏稠的胃液，奶奶不知什么时候吐了。他大声叫奶奶，奶奶不回应，仍旧打鼾。他突然感到了害怕，又不知该怎么办。他哭着，跑到卫生间，拿起奶奶的毛巾给奶奶擦拭嘴里吐出的东西，然后用力地推搡奶奶的身子，一边推，一边喊：“奶奶，奶奶，你怎么了，我害怕！”奶奶仍旧不理睬，只顾打鼾。余二月真的着急了，他一边哭，一边慌乱地跑出门，猛烈地拍着邻居家里的门，一边拍，一边喊：“快来救救我的奶奶，我奶奶吐了，我奶奶不醒了，呜……”喊了两分钟的样子，门终于开了，是杨奶奶，她已经七十多岁了，她睡眼惺忪地看着余二月，被他的哭喊震住了，她迈着八字脚，快赶几步进了余二月家……

大家敲开一家煤铺的门，向值班工人借来一辆板车，大家七手八脚地将余二月的奶奶放在板车上，送往离家一二公里的一家医院。拖板车的是一位40多岁的中年男人，是奶奶的街坊，他拖着余二月的奶奶呼哧呼哧地向医院跑着，那劲头，仿佛是拉着自己的至亲。余二月跟在板车后面边哭边追，大脑不停地想着一个问题，奶奶如果救不活了，他以后跟谁呀，怎么过呀？他越想越伤心，越伤心哭得越厉害，大哥丢弃他的那一幕在他眼前回放着。到了医院，大家又七手八脚地将余二月的奶奶抬到急诊室。还未到上班时间，一个值夜班的年轻医生赶紧冲了过来，他问了余二月奶奶的病，翻了翻她的眼皮，摸了摸她的脉搏，初步诊断余二月奶奶得的是肠梗阻。

“快，快，快通知手术室准备。不手术会发生肠壁坏死和穿孔。”

年轻医生的经验显得特别丰富。估计一晚上没有病人看急诊，他看上去休息得不错，精神饱满：“马上进行胃肠减压处理，然后手术！”年轻医生又问道：“家属在哪里，交押金，交手术费。”

刚刚还热情万丈，跑前跑后帮忙的邻居们，听到这话顿时无语，互相对视。余二月却像被蜂子蜇到了心尖，他突然双膝跪地，跪步前行，向几个邻居求救：“求求爷爷、奶奶，帮我的奶奶垫一下钱，我奶奶病好了还给你们，求求你们，求求你们。”没人回答。邻居一定联想到了，万一余二月的奶奶死了，他们向谁要钱，他们自身也穷啊。那个年代，就是一个正式职工的月收入也不过几十元，这一垫付，全家人一个月的生活费到哪里去要。可这是一条生命呀，焦灼，大家都很焦灼，却都显得无奈。余二月好像突然长大了很多，他绝望地求着这些被他喊着爷爷、奶奶的人。医生再次催促，交钱！可钱在哪里？余二月的膝盖在地上摩擦着，在人前哭喊着。

那位七十多岁的奶奶说话了，她对医生说，这个小男孩是这个婆婆捡来的，他俩相依为命，她的亲戚大家也不知道住哪里，怎样联系。医生救人要紧，先抢救吧！

先前很积极救人的医护人员什么也没说，为难地站在原地。

余二月跪在那个年轻医生面前说：“叔叔，救救我的奶奶，我奶奶救活了有钱还你，她没钱还，我长大了赚钱给你，给你蛮多钱，蛮多，你要几多，我都给你。救救我的奶奶！”邻居们也求着这位年轻的医生。

“我不是见死不救，我也同情这个老人，但没钱医院就不给药，我没有权力强行要医院给药，所以我很为难。”年轻医生摊出双手说。

时间一分一秒地流逝，人们就围绕着“救”与“不救”僵持着。这个才刚满七岁的儿童，似乎也绝望了，他踮起脚，扑到奶奶的身上，用小手擦拭着奶奶嘴角流出的涎水，放声大哭。

奶奶的呼吸越来越弱，余二月的小手在奶奶的脸上摸着，他将自己的小脸贴在奶奶的脸上，泪水滴在了奶奶的脸上，奶奶好像没有感觉到，她微闭着双眼，好像睡着了。

墙上的钟敲了8下，医院的主任医师正点走进了急诊室。阴冷的空气仿佛突然刮进了一股春风，急诊室又热闹了起来，邻居们向这个主任医师围了过去。急诊医生面无表情地向主任医师交代了病人的情况，说准备给病人进行胃肠减压处理，可这位病人没钱。

主任医师突然有些激动，对急诊医生大声说道：“基本常识都没有，呕吐不一定就是肠梗阻，要先拍片，脑部拍片看是不是脑溢血或脑梗。”医护人员又手忙脚乱地将余二月奶奶推到拍片室。主任医生好像想起了什么，问："病人交钱了吗?"

"没有。"急诊医生说。

主任医师又问家属在哪里，没有人回答。余二月跑过来一把抱住了主任医师的腿："医生伯伯，有钱，我的奶奶有钱，对了，我的奶奶的药费可以到她学校报销。"余二月突然想起，他的眼前亮光一闪，他的奶奶看病是可以报销大部分的。他的这句话，一下提醒了站在一旁的邻居们，他们都附和着说，是的，他的奶奶是教师，看病是可以在学校报销的。

"赶快拍片!"主任医师说。

影像清晰可见，脑底部血管破裂，即原发性"蛛网膜下腔出血"。

"这个病人一定患有高血压。"主任医师说。

"是的，她是患有高血压，常年吃药。"一个邻居说。

"赶快做腰大池引流术。"主任医师大声说道。

这种治疗是为了减轻病人脑血管的痉挛和脑水肿。在主任医生娴熟的操作下，引流手术顺利完成。然后余二月奶奶被迅速转到病房，将用毛巾包着的几个大冰块枕在了余二月奶奶的脑部和脑部周围，目的是使其出血的血管尽快凝血，然后观其效果，再决定是否手术。

"啊，病人走了!"当主任医师翻过余二月奶奶的身体，准备插心电监护器时，他拿起余二月奶奶的手，发现她已经没有生命体征了。

主任医师的语气平静。

大家都没反应过来，都看着主任医师。主任医师又说了一遍，说得更直接："病人去世了!"

"啊!我的奶奶，我的奶奶，我的奶奶没有死，我的奶奶不能死，死了我怎么办啊!我的奶奶，我的好奶奶，你醒醒!"余二月扑过来，推搡着他的奶奶，用小手撑着奶奶的眼皮，想让他的奶奶睁开眼睛，看看她的二月，二月需要她啊!余二月再次被现实撕裂开来，血肉模糊地呈现在了阳光之下。

在场的人都流下了眼泪。这个可怜的余二月，又成了一个孤儿。

第五节

大家又开始议论余二月，说他的命苦，大家谈得很动情，也是发自内心，他成了吃百家饭的孩子。可是，余二月毕竟不是自家的孩子，大家给他的帮助是有限的。

有邻居以给余二月做饭为由，偷走了他家剩余的米和面，还有油和盐，反正只要值点钱的，只要有机会就偷，把奶奶给余二月做的几双新布鞋也偷走了。

这样的日子怎么过？没有了奶奶，时间变得漫长，让他有更多时间去回忆：

有一天余二月放学回家，奶奶抱住他，亲吻着他的小脸，对他说："二月啊，今天是什么日子你知道吗？"余二月眨巴着眼睛，小手摸着脑袋想了半天，也没想出今天能是什么日子。

奶奶指着柜子说："二月啊，你看那是什么？"

余二月回头："哎呀，奶奶，这是什么呀？我没吃过，好香啊！"

奶奶说："是蛋糕呀，今天是你七岁的生日。"

"生日，奶奶怎么知道是我的生日。"余二月惊喜地问。

"奶奶是二月份将你从街上抱回来的，奶奶就将这天算作了你的生日。"奶奶笑眯眯地说。

"太好了！"余二月拍着手，跳了起来。

"今天是你七岁的生日。"奶奶将这句话又重复了一遍，"每年这个时候奶奶就给你买一个蛋糕，庆祝你的生日！"余二月的眼圈红了。

幸福的回忆，是痛苦的根源。他无时不在想念他的奶奶。

余二月毕竟还小，还不能完全独立，独自生活没多久，身上就长了虱子，尤其是头上，看上去如同灰白色的芝麻串连在一起。同学更讨厌他了，说他身上脏、臭，没有同学愿意跟他坐在一起，下课后同学就朝他身上、脸上吐口水，扔石头，离他远远的。面对这种现状，老师找到余二月住处所在居委会的赵主任，她的回答含糊其词，说正在想办法解决余二月的安置问题。

一天，余二月家里来了两个大人，一个男的，一个女的，说是余二月奶奶的亲戚，他们要收回这所房子。余二月从来没见过这两个亲戚，就是奶奶去世时也没见他们来奔丧。这所房子是余二月奶奶单位的福利房，余二月通过正规手续被奶奶收养，按政策，这房子余二月是有权利居住的，可他只有八岁啊，他什么都不懂，而居委会的人也似乎并不关心这个问题，他们关心的是，余二月该由谁来抚养。

余二月听着大人们的对话，句句戳在他的心窝里。因为他们的对话都是围绕着房子，没有朝他看上一眼。而房子是他唯一的栖身之地，他们要收回这房子，他又要流浪街头。

余二月非常恐惧，他瑟瑟发抖，他没有哭，他知道，哭，没有用。在医院里，他的哭声没有感动任何人，他像一只虫子，没人会理会他的感受。他的这个微妙的动作被邻居一位大嫂发现了，她阻止了大家的谈话，并使了一个眼神。赵主任对余二月说："你出去一下，大人们在商量事情，你听不懂。"

"赵主任，我们是来收回姐姐房子的，我是她妹妹，我们的父母都已去世，按继承法我和我弟弟有权利收回这所房子。"

余二月奶奶的妹妹这种开门见山让赵主任有点不适，她说，"你话可不能这样讲，你们虽说是兄妹关系，但余二月和你姐姐是签订了收养协议的，余二月才是唯一的合法继承人。"

站在一旁的自称是余二月奶奶弟弟的一个五十多岁的男子说话了："赵主任，余二月年纪太小，也不适合继承，我们可以帮我姐姐照看这房子。"他把"继承"改成了"照看"。

赵主任也不示弱，她步步紧逼："既然余二月太小不适合继承，按照法律的有关规定，我们居委会有权利帮他照看，等到余二月 18 岁成人后再将房子交给他。"

"难道我的亲姐姐还不如你个居委会主任，你这是别有用心。"奶奶的弟弟突然发飙。

赵主任能坐到这个位置，也不是让风给刮上来的，也是久经考验的，她什么人没有见过："你们知不知道，这房子是余二月奶奶学校的房子，是福利房，要交也应该交还给学校，如果你们不愿意抚养余二月，余二月就由政府收养。"

一句话戳到了他们的心窝，他们最担心的就是这样一个结果。余二月奶奶的妹妹的脸瞬间多云转晴，她轻轻地拍了拍赵主任的肩膀，笑眯眯地说："赵主任，您不要生气，我弟弟不会说话，请原谅，我们请您去坐坐吃个饭，我们有话好说。"

第二章　命运推送　再续恩典

第一节

第二天下午，居委会赵主任来找余二月，一同来的还有一位40岁出头的女人，她给人一种很特别的感觉，身材高挑，一身黑衣，举止文雅，有一种让人不好接近的距离感，还有一种说不清的高贵中隐藏着的干净。她高鼻深目，鹅蛋形的脸，嘴唇有点厚，皮肤白皙，没有一点斑点，眼神温柔，棕色微卷的头发。她身上最显眼的，就是左手腕戴了一只金手环，上面还刻有英文字母。这个金光闪闪的金手环戴在这个女人的手腕上，真的是耀眼极了，不但不觉得庸俗，更显尊贵。因此，余二月不敢直视她，他感觉自己很卑微，从人到衣服到这个家，都是卑微的。此时的余二月正在四处游荡，好像是在考虑下一顿饭该到哪家去讨。

赵主任对余二月说："二月，这是孤儿院的冯院长，她今天接你到孤儿院去，在那里你可以上学，有吃有穿。你不是喜欢画画吗，那里有美术课，你可以在那里安心学习和画画了。"赵主任说这话时显得有点激动，显然她也为余二月有个好的归宿感到高兴。

冯院长是英国籍，中国名叫冯修漪，从这个名字里的"修"字不难看出，这位曾经的修女仍从骨子里怀念那段时光，而随着"漪"起的波纹自由翱翔。从小生长在英国的她，自由已成为她人生幸福的标识、符号。

冯修漪慈爱地看着余二月，点着头，用带着英文尾音的普通话说道："是的，我带你到我们孤儿院去，那里不会让你受苦。"

余二月心中的恐惧开始融化，其实，他的内心多么希望有人收留他啊，不管什么人，只要能给他住，给他吃，给他穿，让他学文化，他就一百个满足。他有点不敢相信这种幸福能降临到自己的头上，他轻轻地捏了一下自己的大腿，他感觉到了疼痛，他又轻轻咳嗽了一声，他听到了，是从自己喉咙里发出的。他很久没有流眼泪了，这次，他的眼泪再次流了下来。

赵主任将余二月带到她家，用大锅烧好了两大锅热水，帮余二月彻彻底底地洗了一个澡，用了大半块香皂，然后带他到理发店将他的头发全部剃光，因为他头上的虱子洗不干净，又给他买了一顶帽子戴上。余二月看上去完全像变了一个人。这时赵主任才发现，余二月原来长得是这样的标致：柔和的面庞，单眼皮的大眼睛，高高的鼻梁，笑起来很甜很美，牙齿长得很整齐。冯修漪更是看直了眼，她“哇”了一声，然后不停地赞美，说这孩子看上去很有灵气，在孤儿院学习后长大一定会有出息。

第二节

前方是哪里？一路上，冯修漪牵着余二月的小手坐上了公共汽车，冯修漪确实很打眼，上车后，车上人的目光都不由投向她，那目光是欣赏，也带有一点惊异。余二月却另有一番思考：是不是有人在想，这个有点像外国人的女人，带我这样一个只会给她添麻烦的小男孩去干什么？下车后冯修漪还是牵着余二月的小手，他们踩着小石子路朝着前方走去。一路上余二月心里七上八下，老是想着这样一个问题：冯修漪会不会把他给丢弃了？他将冯修漪的手捏得紧紧的，生怕一松开，冯修漪就像他大哥那样找个借口把他丢了，大哥带给他的伤痛实在是太大了。石子小路蜿蜒着，余二月感觉走了很长时间，像是走出了城市，一路上也很少有人经过，他小小的心脏有点承受不住了，他突然抬头朝着冯修漪喊了一声：“妈妈！”

“你想妈妈了？”冯修漪低头问。

“妈妈！”余二月看着冯修漪的眼睛认真地喊着。

“你喊谁？喊谁妈妈？”冯修漪有点蒙。

“妈妈！”余二月带着哭腔朝着冯修漪又喊了一声，有点胆怯地收回了眼睛。

还没等冯修漪回过神来，突然，余二月几乎是喊叫着：“妈妈，你做我的妈妈吧，我没有妈妈，我想妈妈。妈妈，你不要丢我，我听话。”余二月孤注一掷了，什么胆怯、羞怯的，在争取幸福的人生时刻，他顾不了那么多了。

“妈妈”这个字眼在余二月心里是可怖的，他从来没有从自己的亲生妈妈那里感受到一点爱，可不知为什么，他认为，妈妈应该是这个世界上最爱孩子的一个人，因为孩子是从妈妈的肚子里生出来的，这一点他知道。

多么乖巧又漂亮的一个小男孩呀！冯修漪低头看着余二月，心里突然涌动出一股从未有过的感觉，很温暖很柔软的感觉，她在孤儿院工作20多年了，来来去去的孤儿不计其数，却从来没有哪一个小孩主动喊过她“妈妈”。她内心那一抹最柔软的东西终于被触动了，她蹲下身子，抓着他的小手，感觉他的小手在颤抖，问道：“你喊我‘妈妈’，你再喊一遍。”余二月被冯修漪认真的眼神看得有点胆怯了，刚才还在不顾一切地喊“妈妈”，几秒钟的时间余二月心理就起了变化，他怕他的勇敢适得其反，冯修漪会认为他像一个野孩子。这就是一个被命运抛弃的孩子的心理状态，无助占据了他整个的心灵空间，他心里演绎的版本越多，越没底。于是他小声地、看着冯修漪的眼睛再次喊了一声：“妈妈！”

冯修漪微笑着摸了摸余二月的头，内心五味杂陈。她承认她跟眼前这个小男孩有缘分，她喜欢他，但她觉得“妈妈”这个字眼太沉重了，这个字眼背后要承担的责任太大了。冯修漪作为孤儿院的工作人员，面对孤儿她是尽职的，但要认真去做一个孤儿的妈妈她还没有这个准备。其实，她可以不把这个小男孩的认真当回事，但她害怕面对小男孩期待的眼神，如果眼神表现出他的失望，这失望的眼神就会一直跟随着她，使她难受。

有歌声飘过来，渐渐清晰，是孤儿院的孤儿在上音乐课。以前的“唱诗班”现在改成了“音乐课”。

“你会唱歌吗？”冯修漪问。

余二月摇了摇头：“妈妈，我会画画。”余二月回答冯修漪的话都是经过思考的，他不希望在冯修漪面前表现的是一个毫无所长的孩子。

冯修漪的心头划过一丝伤感，一个八岁的孩子，为了生存，也是为了保全自己，是怎样急中生智隐藏着自己的本性，去顺应或者说去讨好可以决定他命运的人。

第三节

“到了！”冯修漪说。

余二月疑惑地朝四下看，哪儿是他们这些孤儿居住学习的地方？他不知道自己的眼睛应该定格在哪儿。

冯修漪看出了他的疑惑，摸了摸余二月的脑袋，笑眯眯地指着近在咫尺的这座欧式大楼说：“这就是呀！”

一堵高高的深灰色的围墙横亘在余二月的面前，两个下宽上尖的圆柱形的欧式尖顶，在余二月眼里像两把剑直插云霄，雄浑的皇家气势扑面而来，直抵他的心灵，尽管眼前的这座楼房已经陈旧，却剔不去它圣洁的气质。

这所孤儿院的前身，是20世纪30年代英国人在中国这座城市办的一所修道院，后来中国政府接收后改成了孤儿院，收留着200多名孤儿。这所修道院，建在这座城市的西南部，不像其他城市建在闹市。它远离喧嚣，僻静而幽雅，茂盛的树林环抱着沙石小路，蜿蜒着，远处的山峦在晨雾间影影绰绰，如一幅天然的山水画，泼墨于天地之间，三两笔的走向就圈定了它神秘而古朴的意境，反差是这座欧洲建筑在这座城市最大的看点。

改制后的孤儿院，仍遗留着人文气息，保留着文法、数学、天文学、音乐，还有美术、英语等课程，为这些孤儿提供着发展各种技能的机会和选择学科的自由。

余二月仰望着这幢大楼，深深的自卑和畏惧撞击着他的心灵，他的眼前迅速闪过乡村的老家，那破旧的泥巴房，还有臭不可闻的茅坑。还有奶奶的房子，虽比农村的房子好多了，但也寒碜，两间小屋，白天屋里的光线也不好，可那时余二月已经很满足了。

冯修漪牵着余二月的小手，带着他走进院门，走上高高的青石板的台阶，每迈一步余二月都是那样的高兴，也是那样的忐忑。高兴的是，他终于有一个归宿了，在这里能读书，吃穿不愁；忐忑的是，在这举目无亲的地方，这里的人能善待他吗？

进入大堂，高高的穹顶让余二月感到有点眩晕。右边一扇窗口探出一只头颅来，这个男人看上去五十岁上下，不多的头发甩向右半脑，苍白的皮肤，瘦小的脸庞，三角眼，尖尖的鼻子，有点鹰钩。他面无表情地用手势跟冯修漪打了一个招呼，龇着老鼠一样细小的牙齿说道："嗯，又来了一个。"然后慢悠悠地将头缩回了窗子，再将窗子关上。

冯修漪告诉余二月，这是门房工人，喊他顾师傅就行了。

余二月打了一个寒噤，他感觉，一股森严阴冷的气息从墙角、从屋顶、从空气中向外渗透，还夹杂着淡淡的潮湿味道。阳光不紧不慢地从大堂细长的窗格处射进，将年岁已久的灰色的墙壁划出一道长长的亮影，细碎的灰尘在阳光中跳跃。

这幢修道院的建筑是巴洛克式风格，很难让人与孤儿院联系在一起。灰色的欧式三层半弧形楼房，硕大的圆柱支撑着巨大的拱形穹顶，拓展出一个辽阔而高远的空间；教堂内悬挂铜铸大钟一鼎，昔日礼拜日或节假日教堂的钟声便从这里传出。

冯修漪牵着余二月的小手上到二楼，楼道很宽，有歌声从楼梯左拐尽头的一间屋子传来，这房子大约四十平方米，几个成年男女和二三十个学生在唱歌。清脆美妙的钢琴声，如流水般地划过每一个人的心田，大家唱得很专注，很投入，全然没有发现冯修漪牵着余二月进来了。弹钢琴的是一位四十多岁的女人，名叫麦谷丰，大波浪的自然卷发垂在肩上，白皙的皮肤，双眼皮，大眼睛，圆圆的脸庞，她的手指细长、圆润。麦老师是这里的音乐老师，是这所孤儿院的老资格教师。

说起麦老师的身世也不寻常。麦老师的父亲是一家银行的行长，她上面有一个哥哥，她从小受过良好的教育。但她对于人世间的很多事情看不惯，包括自己的父亲。父亲因为有钱，一连接了两个小老婆，冷落了她的亲生母亲，生性倔强的母亲，因为争风吃醋，疯了。这让这位银行家丢尽了脸面，于是就将她的母亲休了，给了她母亲一大笔钱让她回到了农村老家。她的母亲已没有了父母，他们早几年都去世了，老家有两个哥哥，但两个哥哥都不愿意收留她。后来听说她丈夫给了她一大笔钱，两兄弟便争着要当她的监护人，最后在乡长的调解下，钱平分给了两兄弟，并由两兄弟轮流照顾姐姐。

由于麦老师的妈妈是个精神病人，在家经常做些让人不能接受的事情，两兄弟恨得要死，便经常打骂她，有时将她关在屋外。一年后，在一个深秋的晚上，麦老师的妈妈出走了，再也没有回来。

这给麦老师以沉重的打击。那时麦老师刚刚从上海新华艺专音乐系毕业，父亲想让她留校当一名音乐老师，或者从事艺术工作。可她却想做慈善事业，想给穷苦的人做点事情。哪里有专门的慈善工作？没有。她想过出家，可一想到与世隔绝的遵守清规戒律的生活，一想到给自己的家庭带来的影响，一想到自己会终身不嫁，种种，她犹豫了，于是她来到孤儿院。她听说，这里的孩子基本都是被抛弃的儿童，还有残疾儿童，她想在这里为这些孤儿做些事情，麦老师在这里工作了二十多年，到现在还是独身，到了这样一个年龄，成家的愿望也就打消了。

修道院被接管后，改成的孤儿院有了很大的改变，在形式上已破旧立新。但人的思想和意识是不可能如同灰尘一样随时可以扫出家门，它遗留在人的记忆的深处。然而，麦老师似乎不需要转变，她来这里的初衷就很单纯。

孤儿院的一楼是孩子们学习的地方，二楼是孩子们生活的地方，三楼是正副院长及老师的办公室，每个房间都很大。自从孤儿院被政府接管后，房间稍作改造，正副院长的房子是套间，外面办公，里面是卧室。之所以将音乐教室安排在二楼的最前面的房间，是考虑到歌声会影响到孩子的学习。

冯修漪带余二月在一楼和二楼都转了一圈后，便把他带到二楼的一个房间里。

“冯院长好！”三个十岁左右的孩子不知在房间里玩什么，看见冯修漪推门进来，几乎是齐声喊道。

“嗯，同学们好！”冯修漪答道。然后她向他们介绍余二月：“这是新来的同学，名字叫余二月，他住在你们房间，他今年八岁，比你们要小点儿，你们是哥哥，要照顾他点儿。”

三个男孩听后相互做了一个调皮的鬼脸，马上变得很恭敬的，几乎是异口同声地说：“知道了，冯院长！”

那表情，回答时的认真和成熟，让冯修漪很满意。“听说你们房间还有一张空床，是哪一张？

“这一张，这一张没人睡。”一个黑瘦，脸上长了很多雀斑的同学指着门口的一张床说。

这是一间长方形的屋子，有二三十平方米，左右共七张上下床依次排列着，按床位可以住十四个人。左右靠窗户那块各放着一个大木制柜，每个柜子有几层，每层用木板隔出一个空当，上面贴有学生的名字，作为他们摆放物件的空间，学生的床被、衣物、洗漱用品等都放在自己的木柜子里。这些学生都喜欢睡上铺，可以避免其他人随意坐床，尤其是靠门的床铺。每张床的被子和床单都是统一的颜色，灰色，这种颜色很耐脏，估计孤儿院有所考虑。

冯修漪环顾着这间屋子，被子都叠得还算整齐，都是学生自己叠的。这里的管教与其他寄宿学校基本一样，要求叠被子和整理个人卫生，老师都会给学生示范和指导，这是一项硬性规定，是孤儿院里的纪律。每天上午 6 点半钟，孤儿院的孩子们起床，洗脸、漱口，打扫各自的卫生，然后到食堂吃早餐，8 点钟上课。

床铺的垫絮、被褥、床单，洗漱的用具等生活用品很快有人送了过来，还有书、本子、笔等学习用品。余二月分到了柜子的最下层用来放物件。冯修漪告诉余二月，生活用品要节约用，被褥、床单每人有两套，原则上要用到四年才能换新的，衣服、裤子，春夏秋冬一年各两套，布鞋、球鞋各一双，拖鞋两年一双，都是统一的颜色，统一的样式；其他的生活用品一年一换。孤儿院里有保育员，这里习惯将保育员叫作阿姨，她们的工作是打杂、照顾残疾儿童，原则上规定她们要清洗 8 岁以下孤儿的衣裳。

管理人员、教师和阿姨自购饭票，用饭票打饭。孤儿吃的是免费的大锅饭，米饭用桶装，菜是用盆装，每人各打一大勺饭和菜，没有多少油星的"青菜"汤可以随便舀，青菜剁得很碎，沉在汤底，每当勺子从桶底舀起的时候，就会泛起绿色的菜花，这对于这些没有亲人疼爱的孤儿来说，很是诱人。那是一个购买什么都需要凭票的时代，这样的生活算是不错的了。每当吃饭的时候，孤儿们就排起了长长的队伍，看上去有点壮观。

余二月来孤儿院的时候，除了换洗的衣裳其他的就没带什么，但他没有忘记从抽屉里找出了奶奶的一张照片带上，夹在了装户口簿的塑料壳里，他非常思念他的奶奶。

余二月此时的心情不错，他想，冯修漪是这所孤儿院的副院长，比教师的权力大，他心里暗自下着决心，不管冯修漪乐不乐意做他的妈妈，他也要认冯修漪为"妈妈"。

冯修漪带余二月走进了庭院。庭院从后门延伸，约三米高的宽敞厚实的木制大门，像一个将军，牢牢地挺立，两个厚实的滚轮立在两扇门的下面，春去秋来，风霜雪雨都没能撼动它的威严，依然滑动自如，似如家长护卫着前楼后院；枣红色的油漆随着时间的侵蚀已呈暗红色，却更加彰显着它的庄重。迈开脚步向前走，可见一条宽五六米的多种颜色的花岗岩碎石子铺成的小路笔直延伸，约有二三百米长，周围繁花似锦，枝叶扶疏，搭着葡萄架的蔓藤碧绿葱茏。此时正是五月春夏交替之际，花卉和叶片的淡淡清香在风中飘散，送进鼻翼。再往前走，是一潭清泉，啊，泉水叮咚，蜿蜒着流向墙角一隅，流向它该去的地方。余二月哪里见过这样的庭院，他实在感到意外，此时，他小小的心灵被幸福填满，他知道，他的这种幸福就是眼前被他称作“妈妈”的这个人给予的，他无以回报，他的眼眶有点湿润，他抬头看着冯修漪的脸庞，轻轻地喊了一声：“妈妈！”

“孩子，再不要这样喊我了，这里都是孤儿，他们的心很脆弱，很敏感，他们都没有妈妈，他们也需要妈妈，可我不能做大家的妈妈，我没有这个能力。”冯修漪蹲下，摸了摸余二月的头，又说道，“我只是你的老师，是这些孤儿的老师。”冯修漪努力控制着自己有些激动的心情，她太理解余二月，如同理解这些没有妈妈的孤儿。

冯修漪这一“蹲”，猛然让余二月想到自己亲生的妈妈，当初她也是蹲着，第一次对他慈爱地说着爱抚的话，给他穿上了哥哥们穿过的旧棉鞋，然后让大哥将他送到了汉口，让他在寒冷的大街上焦急地等待，等待给他许下的谎言……

复杂的情绪在余二月小小的头脑里翻腾，他不知如何面对这个成人的世界，他感到了自己的渺小，如同一只丑小鸭，他将对方当成自己的全部，但他在对方眼里只能是个累赘。冯修漪说得对，这里是孤儿聚集的地方，他只是其中的一员。

冯修漪没有注意到余二月心理的变化，她牵着余二月的小手，从葡萄架的一侧走过，眼前出现一个操场，操场不算大，用水泥铺成。冯修漪告诉他，这是孩子们运动的地方。

余二月放眼望去，他的心抚摸着这里的一切，空气、阳光、气息。这里的每一处都让他流连，每一处都让他觉得有点不真实，其实，不是这个地方不真实，而是他觉得这一切仿佛是梦，他的心揪紧了，同时也将冯修漪的手捏得更紧了。

残阳如血，斜着直射过来，有点晃眼。到晚上吃饭的时间了，这一餐是冯修漪请余二月吃的。他全然不知饭菜的味道，他小小的心脏在揣摩着大人的内心世界。

第四节

晚上睡在靠门的这张床上，余二月很难闭上眼睛。因为这房间包括他只有四个人，还有好多空床，每张空床上都放有被褥，可冯修漪院长问床位的时候，住在这里的孩子却说就只有靠门的这一张床是空着的，这是什么意思呢？想着，想着，他睡着了。

“二月，我们回家，妈妈带你回家。”冯修漪院长牵着他的手走出了这所孤儿院，踏着来时的石子路向前走着。天空很暗，像要下雨了，潮湿而闷热，冯修漪拖着他加快脚步走着。不知为什么，余二月突然感觉他即将失去这里美好的一切，梦幻般美妙的世界。天越来越黑，路上没有一个人，道路两旁的树木也越来越少，唯见远山的瀑布哗哗啦啦，泛着乳白色的泡沫，这种气势将他小小的心脏压得越来越紧，他有点喘不过气来。

余二月紧紧捏着冯修漪的手，他感觉他们离那个远山越来越近了，瀑布的哗哗声也越来越近，终于，眼前出现了一个山洞，里面有一丝亮光，冯修漪告诉他，这就是她的家。山洞很矮，只有一个成年人的高度。里面有柜子，有床，有一些家常的用具，包括锅碗瓢勺。冯修漪在炉灶前忙活了一阵，便给余二月端来了饭菜。余二月发现，这饭，这菜都是昨天晚上冯修漪在大人食堂给他吃的一样的饭菜。他不敢提什么问题，他埋头吃着饭，不知过了多久，他发现冯修漪不见了，只有他孤零零地坐在石头上，炉灶的火还微微地亮着，他感到了害怕，他嘴里喊着“妈妈!”他带着哭腔喊着，可嘴里只能发出低微的“唑唑”声响。

“快点吃，吃了我带你回家!”一个声音从洞顶飘过来，余二月吓了一跳，他抬头，看见自己的亲生母亲不知什么时候站在了他的面前，正用一双幽灵般的眼睛看着他，这眼睛让余二月浑身发麻，他战战兢兢，讨好地对着这个亲生母亲挤出了一丝笑容，低着头喊了一声

“妈妈！”

此时余二月的心在呐喊，他站了起来，他跑呀跑，外面漆黑一片，唯有月亮羞羞答答地露出半张脸，那个远山的瀑布离他越来越近，那哗哗的瀑布声让他害怕，他掉转头继续跑着，因为他觉得他刚才跑反了方向。依然是崇山峻岭，大山包围着他，青松挺立，如一个个坚强的战士，在黑暗中坚守待命。他停住了脚步，突然，一曲轻快的音乐划过他的耳际，是谁在弹奏钢琴？哦，是麦老师，她自然的大波浪似的头发在微风的作用下，飘飞起舞，和钢琴声共同组合成浪漫的一曲和弦，流水般在这寂静的山坳里穿梭。他想冲出一条路，这时他发现一条小溪绕着暗红色的石块闪亮地流向一个墙角，然后绕着墙角流向他期盼的地方——孤儿院。那张床，靠在门旁的那张床，现在在他心里就是一座宝塔，有床，他就有栖息的地方，有床，无论这床如何简陋，也比山洞强，比夜宿路边强，比亲生妈妈家的那个窝强。

哗啦啦，他感觉下雨了，下雨的声音好大，好在他已经回到了孤儿院，他准备去找冯修漪，那个被他称作“妈妈”的人。

“喂，起床了，上学的都回来了！”

这声音响在他的耳边，同时脑袋挨了一巴掌。他迷迷糊糊地睁开了眼睛，原来他睡在床上。刚才那只是一场梦，拍他脑袋的是昨天将脚放在他的铺上，脸上长了很多雀斑的那个男孩。

余二月感觉脑袋有点晕，因为他看见一群孩子正乒乒乓乓地从柜子里拿碗，他们这是要去哪里？这是怎么回事？他昨晚明明看见这间屋子只住了四个孩子，怎么这会儿跑进来这么多孩子，他们是干什么的，他们要干什么？他有些茫然。

余二月不敢问。这时他听到吃早餐的钟声响了，他似乎明白了，这些跑进来的孩子应该都是他的同学，但昨晚他们在哪里睡的呢？

余二月闷头吃着早餐。早餐的伙食在他看来还可以，一个馒头加一碗稀饭，还有干萝卜做成的咸菜。跟奶奶生活在一起的时候，每天的早餐吃得最多的就是面条，有时是奶奶自己烙的饼子。奶奶将面粉舀几勺倒在一个大碗里，里面放上适量的水和盐，然后搅拌均匀，再倒一点油到铁锅里，有时是将买回来的猪肉剔下来的猪皮往铁锅里均匀地一转，然后再将猪皮用碗装着以便下次再用。这就算是放油了，因为那个时候每个人一个月只有半斤油，谁家的油都不够吃，而馒头在南方人看来就比较稀罕，他记得每星期奶奶只给他买一两次馒头，那馒头甜甜的，香香的。

寝室里贴着一个星期的课程，余二月最喜欢上美术课和文法课。

由于孤儿院学生的年龄跨度比较大，收留的孤儿为几个月到十六岁之间，除了必须学的文法和数学，其他课程都是依据学生的爱好学习，不强制，所以这给予了学生较大的自由空间，为他们展示自己的特长提供了很大的方便。

这里的教师，有几个毕业于著名私立大学，有的毕业于英国人办的教会大学，最差也具有中专学历，所以不能小看这所孤儿院，它除了因历史的原因保留的神秘，还保留了对教育的重视。教美术的教师是一位三十多岁的男士，名叫贺永铭。毕业于名校的艺术系。

贺老师的容貌、气质与他的职业极其般配。他五官清秀，身材适中，棕黑色的头发很随意地披在肩上，举手投足都很斯文但绝不做作。他教学时的语速较慢，每个字仿佛都经过大脑过滤一般，其实他并不咬文嚼字，做人也不吹毛求疵，但凡和他打过交道的人都说这人很好交往，总的一句话就是说他比较随和。只是人们有点回避他的目光，他看人时目光有一种穿透力，仿佛要将你从里到外都看清楚。因此有人在背地里议论，说他平日里和人交往也在寻找绘画灵感，像要把人的内心画到他的作品里，这就让人有点不自在了。你想，如果你面对的是一个时刻都想把你画到他作品里去的一个人，正面刻画还行，那叫美化，如果用讥讽的形式，这幅画看着不是你，但细细品下来，大家都认为画的就是你，这就有点让人不能接受了。大家议论到这里的时候，有人就叹了口气，说他幸亏不是一位作家，要是作家那更麻烦，不定就成了他笔下的幽灵，那笔头一转，就由不得谁了。于是大家下了一个结论，得罪谁都行，就是不能得罪这位能把你画到他作品里去的人。所以，大家跟贺老师说话时，很少有人有勇气和他的眼睛对视，因为眼睛是心灵的窗子呀，这个谁都知道。

余二月肯定不知道贺老师有这功夫，其实他也没必要知道贺老师是怎样一种人，他的头脑很简单，他喜欢美术课，他要好好向贺老师学习，得到他的表扬。

余二月是有这个自信的，他从小就喜欢美术，在学校美术也是他的强项，每次上美术课都能得到美术老师的表扬，这是他唯一引以为傲的地方。

要打上课铃了，余二月才带着自信走进了贺老师美术课的教室，教室里已经坐着三十多名学生，一人一个凳子坐在一个画板前。这些学生年龄参差不齐。他也找了一个凳子坐下了。

贺老师的讲台上放着一个石膏像，把画板放好后，转身扫了学生们一眼，发现了余二月："你叫什么名字？你是新来的同学吗？"

"我叫余二月，老师，我是新来的。"余二月大声回答。

"回答老师的问题要站起身。你以前上过学没有？"

余二月站起了身，刚刚的自信被贺老师略带批评的话语给击了回去，他有点怯怯地回答："上过两年学，我的奶奶就去世了，我就没上学了，后来我妈妈就把我带到这儿来了。"余二月急中生智巧妙地将"妈妈"带了出来，他希望贺老师再追问下去，"谁是你的妈妈？"

"你有妈妈，你不是孤儿，你跑到这里来干什么？你还是回去让你妈妈带，这里的孤儿是没有爸爸妈妈的，不然搞坏了孤儿院的规矩，浪费了国家的资源，这件事我要向院长反映。"贺老师的眼睛柔和中带着威严，余二月不敢与贺老师对视。

"我的妈妈是冯冯冯……"余二月一激动，把冯修漪的名字忘了，只记得一个冯字。

"不管你妈妈姓冯还是姓马，只要有妈妈就不能进孤儿院。"

同学都笑了。

贺老师也笑了。他继续说道："我们每个老师都有这个责任管理好这所学校，哪个带你来的，你就跟哪个回去吧。"说完，贺老师不再理会余二月，他轻轻抿了抿嘴，微微皱了皱眉，就开始上课了。

这里的美术课就低不就高，也就是教基础的美术课。比如素描、色彩、速写、水粉等。还有国画课，国画每星期一节课，学国画的是绘画基础比较好的学生，更多的是学生自学。

"人体素描我已经上了好多节课了，如果素描画不好，什么国画呀，油画呀，版画呀，漫画呀等等就无从谈起，这是绘画的基础；人体基本构造我也通过人体解剖图和石膏像作了多次解释，这更是人物绘画的基本要素，如同拉小提琴，这里有学音乐的，你们去问一下，初学小提琴的人，空弦至少要拉一年多，所以不要小看素描。"贺老师刚才虽然对余二月说了那番话，但对素描重要性的强调却主要是针对余二月说的，为了这个新来的学生，他要重新讲一遍基本的人体构造，重新讲一遍素描的重要性。

第二天余二月没敢去上美术课，昨天贺老师的话让他十分忐忑，但他又想去，他怕耽误课程。于是他吃完早餐趁同学没注意来到庭院，他来到美术课教室的窗外，他想在外面偷看，他太喜欢美术课了。

这所孤儿院的窗子是半椭圆形的，离地面只有一米高，余二月正好能听见和看见教室里的情况。

“今天画石膏人体素描，基本要点我已经讲得很多了，就按我讲的画。绘画主要动手，但也要动脑筋，凭感觉，这样才能将人物的神韵画出来。灵魂是什么，就是一种感觉，捕捉人心灵世界的感觉，也就是一种态，所谓的‘态’，就是状态，否则画出来的形体再逼真，也只能是行尸走肉。”贺老师说话有点绕。

余二月想，贺老师只顾上课，难道没有发现他没有去上课，问都没有问他，看来贺老师是真的拒绝他上他的课了。

素描课是要动手的呀，不动手怎么学得会。余二月有点着急。他先是将脑袋贴着窗框听，又试探着伸出半边脸瞅，瞅同学画的石膏素描。素描对于余二月来说，并不陌生，他和奶奶在一起的时候，常在家里画素描，那是从小人书中感悟到的，几个线条下来，人物形象就出来了。奶奶知道了他喜欢画画，便不知通过什么途径找到一家造纸厂，去捡那些工人切下来的边角余料的纸，然后拿回家缝制成本子，给他绘画。

在学校的时候，美术老师只教过他们低年级的学生用蜡笔画树木，画房子，也画人物，但都很粗浅，表现手法不谈神韵。当然这种画法是符合低年级的心理特征的，其实这也是一种气韵，比如，即使一名美术方面的高手，要想画出儿童绘画的味道，那也是很难的，就如同一张成人的脸，皮肤再光滑，眼神模仿得再天真，却写满了时间的印记，那是生命背后褪不去的年轮呀。

“使用手腕发力，手指不要经常变动，否则画出来的线条不稳，即使要转换方向，也只要转动手腕的方向。”贺老师背着手，在一个同学的身后指导着，然后又走上讲台跟同学们示范着。“还要特别注意的就是，我也说过多次，用食指、中指、无名指、小拇指固定位置，再用大拇指按住，还有最重要的一点就是，要拿在笔的三分之二处，姿势对了，画就成功了一半。”

啊，在学校老师教学生绘画时，只讲了学生拿笔的方式：拿在笔的三分之二处，好像没有讲要用食指、中指、无名指、小拇指固定位置，再用大拇指按住。余二月的大脑有点迷糊，他在琢磨这句话的意思，他用手比画着。

“光线的强弱与方向影响着整个画面的变化……”贺老师在教室来回走动着，嘴里念念有词。

“这个地方不要用笔尖，用笔的侧锋画线条，画出来的线条颜色就很轻，这样方便后面的覆盖和修改。”贺老师拿下一个学生的画笔在画纸上示范着。

余二月似懂非懂地听着，全然不知有人在注意自己。不是老师和同学注意到他了，他们都在专心自己的事情，而是——

“你是哪里的，我注意你半天了。”一个声音慢悠悠地从身后飘进余二月的耳朵。余二月吓得不轻，他回头，一个五十多岁的男人，高高的个头，皮肤白里泛红，高鼻梁深眼窝，戴着细框圆眼镜，眼镜两旁挂着两根金色链条，卷曲的头发在晨风中微微翻起，与他浅蓝色的眼睛交相辉映，画卷般映入他的眼帘。

这个人不再说话，静候余二月的回复。

教室里却有了骚动，原来有同学听到了窗外的动静。贺老师也注意到了，他赶忙走出教室，绕到窗前，对着那个男人喊了一声：“殷院长，你好！”

“这孩子怎么回事？是孤儿院的孩子吗？”这个被称作殷院长的人说。

余二月的心猛烈地跳动起来，他想起昨天贺老师说的那些话。

“殷院长，您刚才看到这孩子在这里干什么？”贺老师问。

“他在这里偷听。”殷院长说。

“噢，是这样。”贺老师把“噢”字拖得有点长，像在思考怎样回复。“殷院长，他是新来的同学，也是一个孤儿，昨天上课我向他提问，他没答上来我批评了他，可能因为这件事他今天没敢来上我的课。”

“哦，是这样。”殷院长哼出了这么一句，然后背着手，绕着庭院走去。

正在这时，下课铃声响了。贺老师轻轻拍了拍余二月的脑袋，说道：“活动去吧。下次美术课记得来上课。”

一股暖流通遍余二月的全身，他对着贺老师大声地说了一声：“记住了，谢谢贺老师！”

余二月望着殷修善渐行渐远的背景，想起了似曾有过的记忆，那是他第一次见到殷院长时的情景：殷院长身穿长袍，质地是耀眼闪光的绫罗绸缎，一如大主教的气派，此袍又长又大，他穿着这长袍，在庭院中游走。余二月感到一种神秘的惶惑。

第五节

这个被贺老师称作殷院长的人，以前是这座修道院的神父，英国人，一直未婚。这所修道院改为孤儿院后，当时地方政府让他挂了一个名誉院长的职务，还是管理孤儿院的事务，而且他名声在外。

殷院长的中文名叫殷修善。这个名字他也不是随便起的，“殷”字的谐音与“英”相同，他是英国人，在他的骨子里，他流淌的是英国人的血液，他不能忘记，他中文名的姓就起了“殷”；“修”字他从来没有对谁解释过，但明眼人一看容易联想到孤儿院副院长冯修漪的名字也有这个修字，这是无意还是有意就不得而知了，因为没有任何证据证明这两人的“修”字存在某种联系；而“善”字，他认为他来中国办这所修道院的初衷，就是为旧中国那些没人要的孤残儿童服务的，所以他的举动应该是“善”。

此时的殷院长又漫步在这充满诗情画意的庭院，这里的每一个角落，每一片花瓣，每一串流苏都被他的心灵无数次抚摸过，被他的眼眸千万次地流连过，每一处光影都在叙述着他的前世和今生，他无时不在想着，昔日的荣耀与梦想，能如阳光一样再度照耀。

殷院长出生在一个贵族家庭，家世显赫，祖祖辈辈都与官场有着千丝万缕的联系。

生活是一面镜子，照射出了人性的复杂，于是殷修善常常问自己，人活着到底是为了什么，难道就是弱肉强食，就是将幸福建立在别人的痛苦之上？这是他绝对办不到的。那么他的前途在哪里？按照父亲对他的安排，希望他继承军人的衣钵，做一名叱咤风云的勇士。他却看破红尘，想为中国人做点事情，那时的中国内忧外患，翻开近代史的鸦片战争就可清晰地看到，英国人在中国做了什么。他想为中国做些事情，赎上辈人对中国人民犯下的罪行。

于是他下了一个大胆的决定，做慈善事业。他在英国大修院里学习教义、教理、礼仪，又主攻了哲学、伦理学，这让他认识到一个人活着的意义并非是无限的占有，而是要为普天下人的幸福尽一份自己的力量。

满腹经纶的殷修善，带着他的虔诚跨越英吉利海峡，来到中国，来到英国人办的修道院，并再次许下圣愿，终身不娶。

但人生变幻莫测，个人的行程永远受社会大环境的制约，殷修善人生的边缘化也就成为必然，这是他不甘的。

殷修善每天最愿意做的事情，就是在这所孤儿院里巡视，与其说是巡视，不如说是消磨他人生的时光。他的回忆如乱麻缠绕于心，不知从何理清，他希望自己余下的人生能清闲而简单。然而殷修善总会在某一时刻，他的身子会如针刺一般，惊觉于某一点上，自己是谁，到底从哪里来，他是父母身体的一枚元素，这好像是天意，否则人类，甚至万千生灵都会从这个地球上消失，没有物质，一切枉谈。那么，上帝为什么要禁欲？就如他，一生未婚，他曾经那么虔诚地奉献着自己的一切，包括自己正常的欲望，让这欲望强行地从自己的身体里剔出，只有他自己知道是如何做到的。

阳光有些炽烈，洒在盛开的花冠上，殷院长感到了一种生机，他抖了抖身子，挺了挺腰板，不自觉地回头，望向大楼，三楼的一个窗口，有一个熟悉的身影在窗前一闪而过，他知道那是谁，他太熟悉了，他心里的千般思绪，万般无奈又因这一瞥而再次被撩起。多少年了，还要等多少年，那眼眸，那微笑，都在他心里了。其实，只要……就是现在，转身，唉！他又想起他曾有过的圣愿，终身不娶。可他现在不是什么神父，他是一个普通人。难怪有人说，一个人信仰的改变是需要时间的，有些看上去并不复杂的事情，却在犹犹豫豫中被复杂化，生活的轨道就发生了改变。时间不可逆转，人处于人生的拐点时做出的选择已无法改变。

第三章　冷暖人生　知善且乐

第一节

对于余二月来说，恰恰迎来了人生中一个好的拐点。那个声称他不是孤儿的教美术的贺老师，那个不要他再来上课的贺老师，他的内心是善良的，他在保护着余二月，贺老师跟殷院长的对话让余二月十分感动，他觉得这个孤儿院是有温度的。此前他是多么担心啊，因为他所有的兴趣爱好都在美术上，如果美术老师真的不要他上课，这对他的打击是多么的沉重。

在这里，余二月感受到了一种平等，这是一种从未有过的平等，确切点说，是心理上的平等。在他看来，这里都是孤儿，他们有着和他一样的命运，不同于先前学校，那些孩子有着他没有的优越感，现在每每想起，都令他感觉心酸。

只是生活的轨迹并非总朝着每个人所想象的那样发展，余二月也不例外。这个寝室加他一起共住有 14 个孩子，年龄参差不齐。寝室里只有两个小凳，有一个凳的一只腿还折了，没法坐，这唯一的一只凳，几天来，余二月就没有落过屁股。而他的床却成为被坐率最高的一个“大凳子”。他们习惯坐在下铺的床上，尤其是余二月的床，进门就是，这张床如同公用凳子一样，他们想坐就坐，想躺就躺，那种无所顾忌的模样让余二月十分恼火，但他不敢表露出来，因为大家都是这样做的，他怕他们打他，怕因为这事而闹得大家对他群起而攻之，他真的是没有还手之力。

余二月来到孤儿院已经快一个星期了，这天是星期六，下午没有课，吃完中餐，他不想在寝室里待着，他不愿意和这群没有礼貌的孩子在一起，他想起了冯修漪，那个被他喊作“妈妈”的人。

余二月上了三楼，一种“静”让他的心跳加快了，真的是静得如同寂静的黑夜那般，他的脚步放慢了，每个房门都是关着的，他知道冯修漪在三楼办公，但不知道是哪间办公室。

这让余二月有时间细细观察这里的一切。褐色的木门，木门上均有不同图案的浮雕，千姿百态，可因年深月久，到处裂着细小的缝隙，有的从浮雕的凹陷处开裂，感觉只要稍稍用力，这浮雕就会从门上掉下来。每扇门开了一扇嵌死的小窗，窗上装有铁栅，铁栅上还挂有一个铁环。是装饰，还是敲铁栅的锤子？环上篆刻着密码似的文字，字迹很娟秀，这让余二月更是觉得这里处处透着神秘和高贵，不是自己可以久待的地方。这又会让他联想到自己的老家，那泥巴糊成的墙，歪歪斜斜的屋梁，窗子是开在屋顶上的，很小，阳光就是从这扇小窗洒进破落的屋里，下大雨时，雨水淅淅沥沥地从开裂的窗缝落下。而这里的窗口却别出心裁，开在门上，不过，现在这些窗口都用各种画纸糊上了，以免被窥视。墙面灰秃秃的，坠着斑斑点点的水迹和不明物的油迹；地板有些地方松动了，踩上去冷不丁会“吱”的一声，那是破损的木板受压的声音；天顶全是壁画。这些画是余二月从来没有见过的，也是想象不到的，这些画都很美丽。

他挨个儿从门缝往里看，有的透过一丝缝隙看得见里面，有的不是贯通性的裂缝看不见里面，在第三个房门他看见了贺老师，桌上铺着一张宣纸，他正在宣纸上认真地画着什么。宣纸他是知道的，奶奶知道他喜欢画画，曾把他带到汉口南京路一个叫“荣宝斋”的地方。那里是武汉地区经营美术用品的具有专业特色的老字号。余二月当时想买纸画画，荣宝斋的工作人员就给奶奶讲解过宣纸，纸质绵软，坚韧洁白，吸墨均匀，揭折不损，耐久性能好，光泽经久不变，希望奶奶能为其孙子买宣纸作画。奶奶听入了神，当奶奶问了宣纸的价格后便犹豫了，一张宣纸差不多是一天的菜钱。奶奶就把她的想法跟余二月讲了，余二月听后，低着头，咬着嘴唇，小声对奶奶说：“奶奶，我们不买宣纸。”奶奶听后，长长地舒了一口气，然后说：“我娃乖，以后你长大了奶奶跟你买宣纸画画，你现在还小，现在用宣纸画画，是个浪费。”余二月现在想起，心里还是酸酸的，但他不怪他的奶奶，奶奶已经很不容易了。

想到这里，他心里一阵激动，他好想推门进去，看贺老师作画，水彩画，这种画法，他现在还没有学习过。不过他忍住了，他不敢贸然这样做，他不知道贺老师会如何对待他。

他继续往前走，往每个门缝里瞅，他在最前面的第二个门的门缝里瞅到了一个他日夜想着的人，那就是冯修漪，她正坐在一张旧沙发上闭目养神。这房子是一个套间，里面是她的卧室，外面是她办公的地方。他的心跳再一次加速了，他拿起了玻璃窗铁栅上的小锤子，他知道，只要他这么一敲，里面的这个人就会给他开门，他就会再次壮着胆子喊她“妈妈”。但这是多么的冒险啊，冯修漪会怎样看他，会不会把他当作一个累赘？人心真的是隔着肚皮的，他实在拿不准。余二月想，他来这里已经快一个星期了，冯修漪没有主动来看望过他，这是不是说明这个被他喊作“妈妈”的人压根就没把他当一回事。想着，余二月的心有点凄凉，先前的那么一点勇气也随着他内心的否定而退缩了。

突然，余二月感觉到这种静似乎有点不太正常。人呢？不可能人都不见了，他赶忙下楼，推开二楼寝室的门，还是只有刚来时那三个调皮的同学在，最让他难以忍受的是，其中一个同学穿着鞋的脚搁在他的床上。这同学的绰号叫姜大块，这个绰号据说还是冯修漪给他取的，当然是以开玩笑的方式说的。有一次姜同学和一个同学在楼道上打架，那同学个头小，被姜同学压在下面，正好被冯修漪看见，拉开后，便对姜同学说：“你是哥哥，你欺负比你小的同学干什么?!”结果另一同学解释，姜同学比那同学还小一岁。冯修漪上下打量了一下姜同学，然后说道：“你真是个姜大块呀!”此后，同学都不再喊姜同学的大名，就叫他“姜大块”。就是这个姜大块，看见他回来像没事似的，还哈哈大笑。他很想上前去揍他，可姜大块长得很壮，个头比他高。一双脚又肥又大，穿在一双破旧的脏球鞋里，他似乎闻到了从这双破球鞋里释放出来的臭气。这是什么人呀，他在心里诅咒着，在他的眼里，这个同学丑陋极了。他咬了咬牙，拳头捏了起来，他知道，只要这拳打出去，自己的脸或头就会遭到对方的重击，这是不言而喻的，因为他从对方的眼中看到嬉笑后面的凶狠和挑衅。他咬紧了嘴唇，不让自己的眼泪流下来，他转身，嘴里不由自主地小声骂了一句：“无赖!”

话音刚落，余二月的屁股猛地被人踢了一脚，他身子趔趄了几步，头险些撞在对面的墙上。他头都不用回，他知道这一脚是谁踢的。随后他听到了这样一句话：“你一口的乡里话，一个乡里伢，敢来这里跟老子搞！”

余二月的心被猛地刺了一下。“乡里话！乡里伢！”就是原来在学校里，那些调皮的城里同学也没有嘲笑过他是乡里伢，原来他一口的乡里话也是遭别人耻笑的理由！他的自卑感就这样又增加了一些。

余二月的脚步变得有点迟钝了，但他努力地迈开腿，向楼梯走去，他下到了一楼。

一楼是欢乐的海洋。

原来老师、阿姨、同学差不多都在这里，有几个阿姨余二月先前没见过，是后来听说的。

余二月不知这是怎么回事。

他慢慢走近他们，距离他们有好几米的地方，他站住了。

“张志冰。”一位30多岁的阿姨在喊。她瘦高个，皮肤黝黑，颧骨很高，语速很快，说话声音响亮，一看就是一个做事麻利有个性的女人。

“到！”一个看上去比他还小一点的男孩一边答应着，一边朝门口走去。一个50多岁的女人牵起他的手，带着他走了。

“龚凡成。”阿姨又叫了一个孩子的名字。

“到！”又一个男孩答应着，然后被一个老头儿接走了。

“徐丽花。”

在同样得到回应后，由一个太婆接走了。

站在这里的同学几乎都是以这种方式被一个个的大人接走了。而且那些同学的表情都是快乐的。

可他站在那里，却没有人叫他的名字。这到底是怎么回事，他们和他一样，都是没人要的孤儿，接他们的这些人，都是些什么人？这到底是怎么回事？他一再重复地问着自己这个问题。他突然想起了寝室里的那三个同学。对了，这三个同学同样没人接走，这说明并不是他一个人是这种情况。他转身想上楼问问他们。可转念一想，刚刚被其中一个同学欺负，他这会儿上去问，准没什么好话回答他。他又想到了冯修漪，现在已经顾不了那么多了。他三步换作两步地冲上三楼，来到冯修漪的门前，他拿起了窗口铁栅上的铁锤敲了两下。

“谁呀？请进。”是冯修漪的声音。

“我是余二月。”说着，他轻轻推开了门。

“进来吧，你有事吗？余二月。”冯修漪用有点疑惑又很温柔的眼神看着他，但并没有叫他坐下。

“我，我，我刚才在一楼看到好多同学都被人接走了，我不知是怎么回事。”他结结巴巴地说。

“哦，因为这件事呀。你坐下。”冯修漪指了指她桌子对面的一张椅子。

余二月坐下了。

“二月，这些同学也都是孤儿，但他们还有亲戚，比方说，有姑妈，有叔叔，有姨妈，有舅舅，但他们各自都有家庭，都有各种原因没有能力抚养，甚至有的孤儿还有爷爷或者奶奶或者外婆或者外公，但他们年岁已高，无论从经济和身体来说，都没有抚养能力了。这些长辈把孩子送到孤儿院，他们的内心是内疚和不安的，所以每个星期六的下午，他们就来接走被称作‘孤儿’的他们的亲人。”

冯修漪像对待大人那样认真地向余二月解释。

“他们回去后还来么？”余二月有点紧张地问。

“星期一的上午，他们再将孩子送到孤儿院来。”冯修漪说。

此时的余二月，心里五味杂陈。自己也有亲人呀，而且是一个有着爸爸、妈妈的孩子，还有一群哥哥，他们现在怎样了，他们想过我吗？我可有时想到他们呀！我的这些亲人的心好狠呀，连外人都不如。余二月想到这里，憋着快要流下来的眼泪，因为他知道，这个世界不相信眼泪，每当他伤心时，他会想起那个医院的清晨，那个场景，为了救他的奶奶，他向在场的所有人跪求着，哭喊着，他的眼泪难道流得还不够吗？

“二月，你不要难过，有我在，有政府。”

“没有，妈妈！”

“二月”，这是从冯修漪嘴里喊出的，多么亲切啊，就是现在，喊了两次！她还说了“有我在”，余二月情感的波澜再次泛起，他想，只有真正的妈妈才会这样喊，不，只有爱他的人才会这样喊，喊他的小名，才会说“有我在”，所以他毫不犹豫地看着冯修漪的眼睛，认真地又喊了一声“妈妈”！

冯修漪还是没有答应余二月这一声“妈妈”，只是爱抚地摸着他的头，问了他这些天在这里的生活和学习的情况。余二月很懂事，如同当初他回答奶奶问他在学校的情况一样，他回答冯修漪，在这里他一切都好。

冯修漪高兴地点了点头，嘱咐他，如果遇到什么困难就来找她。

第二节

阳光就这样再次照进了余二月的心里。

第二天是星期天，没有课。他当晚安心地早早地入睡了。这一晚，那三个同学也没有为难他。

“让我们荡起双桨，小船儿推开波浪，海面倒映着美丽的白塔，四周环绕着绿树红墙。小船儿轻轻漂荡在水中，迎面吹来了凉爽的风……”

轻快悠扬的歌声，钢琴声如流水将清澈的河水荡漾在了余二月的眼前，又如金钟撞击在他的心里。这首歌他并不陌生，读一年级的时候，音乐老师第一节课教的就是这首歌曲，让他这个并不太喜欢音乐的人也喜欢上了这首歌。

早已过了吃早餐的时间，食堂已关门，余二月是饿着肚子走进音乐教室的。“让我们荡起双桨”的歌声在教室里回荡，麦谷丰老师弹得很投入，同学唱得也很投入。麦老师让同学单独唱，很多同学都举手唱了。余二月唱歌有点跑调，曾经在学校，老师要同学自告奋勇举手唱，他以为唱歌很容易，也举手唱，可一开口，调子就跑远了，搞得全班同学哄堂大笑，自此他对唱歌再也没了信心。这时，他怕麦老师点他唱歌，他就坐在了后面，每当麦老师要点同学唱歌的时候，他就将头低下，眼睛看着别处。这是他以前在学校对付老师点名的方式，这个方法不错，但凡他答不上来的问题，他就用这种方式。

麦老师这时提出了一个问题：“哪个同学知道，这首歌的词作者和曲作者是谁？”

好几个同学举起了手，余二月有点按捺不住内心的激动，脱口而出：“词作者是乔羽，曲作者是刘炽。”这是他在学校上音乐课时听老师讲的。

所有同学都回过头去看了他一眼，这一眼是对他的不满，认为老师还没点他名他就开始抢答。

麦老师说话了：“你是新来的同学吧，以后发言要举手，老师点了名，你再站起身回答老师的问题。”

“嗯，好的。”但余二月此时哪里想放过这个表现的机会，他接着说，“刚上映不久的电影《英雄儿女》的主题歌《英雄赞歌》也是刘炽老师作的曲。”

“那乔羽老师还为哪些歌曲作过词，你知道吗?”麦老师认真地看着他。

余二月应该是知道的，在学校里上音乐课时老师讲了的，可他一激动，越是想表现自己，越是答不上来。

“老师，我知道。是歌剧《刘三姐》。”一个男同学也没举手站起来抢答。

“嗯，答对了。”麦老师回答。然后他对余二月说：“乔羽是人民的音乐家，他在贫困中长大，他信仰共产主义，很早就加入了中国共产党，他的每部作品都是歌颂伟大的祖国和人民，歌唱美好的生活，而且立意深刻，风格多样，词情俱佳，又平白如话，极易于传唱，具有很强的艺术生命力，是不可多得的宝贵的精神财富。所以我们要记住乔羽。同时我也想告诉同学们，贫穷并不可怕，贫穷是一所学校，这所学校会教会我们勇敢，教会我们坚强，教会我们珍惜现在的生活。在座的都是孤儿，家庭也因为贫穷或其他的不幸失去了父母和兄弟姐妹，但有共产党，有政府，你们就不会流落街头，你们的内心就会是富裕的，你们的心中就会有爱，阳光就会穿越阴暗，带你们走向光明。”

麦老师的一席话，听得余二月热血沸腾。在他往日的生活中，他感觉自己是那样的渺小，那样的无助，现在他和在座的所有同学都是平等的，也是可以表现自己的。

冯修漪、贺永铭、麦谷丰、殷修善，还有这里给过他耐心教导的老师，还有那些同样给过他平等和快乐的同学，余二月想起他们的笑脸，就感觉很温暖。

他时常拿起画板在花园里写生，他画树木，画这欧式的建筑，画花儿开放又凋谢，画这里的清晨和晚霞，他还时常跑出孤儿院，坐在石凳上画流动的人群。他觉得什么都是新鲜的，都是值得他去描绘的，正是基于这种对绘画强烈的热爱，他觉得他应该向绘画方面发展，而且他认为他在这方面是有天赋的。

是呀，在余二月眼里一切都是全新的，花儿在生长，树木在泛青，少年在成长，学业在长进，师生的情谊与这万物的生长一样，于无声处中渐显它的温情。只是，现实与想象的反差是那样的巨大，还未让他来得及细细体验新生活，美好就消失了。

余二月对新生活的期待，因一件事而改变。他发现同学开始疏远他，上课时也不愿意和他坐在一起，这种冷暴力让他接受不了，而且老师看他的眼神也变得有点奇怪，有时还欲言又止。他感到了痛苦，可这种痛苦又不好跟任何人说，怎么说呢？难道去问："你们为什么疏远我？"自尊心不断撞击着他，他好想发一顿脾气，他想大声喊出来，他想问："我到底做错了什么？"不过余二月也知道，很多事情是说不清也道不明的，爱与恨，有时只是一种感觉。他的这种痛苦也就只能憋在心里。

直到发生了那件事，才如一盆冷水泼醒了他。

那天，他看见有几个同学又坐他的床，而且在床上玩扑克，他的怒火"蹭"的一下上来了。

"起来，起来，起来，真的都欺负我是吧，你们自己又不是没有床，怎么总爱坐在我的床上呢？"余二月说这话时的声音很大，这是他有生以来第一次发这样大的火，对于同学这种随意坐他床的行为，这种愤懑早已蓄积在心，今天终于爆发了。他说话时的唾沫星子显然喷到了他们的脸上，因为他看到其中一个同学迅速地用袖口抹了抹脸。

"你个六根指头的怪物，你不配睡床，你只配睡猪圈！"说这话的是那个上次将脚搁在他床上的绰号叫姜大块的同学。

余二月感觉天都要塌下来了。他来孤儿院有一年多了，和一百多个同学有过交集，但从来没有哪个同学揭他的这个短，现在，这个叫姜大块的当着这么多同学的面揭他的这个伤疤。说实话，他都将自己的这个缺陷忘记了，不是真正的忘记，是装作忘记，他想通过这种"掩耳盗铃"的方式，将老天赐予他的这个令他感到羞辱的生理印记从记忆里删除。

他的头像是被千万个拳头捶击，他的双腿又麻又重，他的双手无力地垂下，他的眼睛里没有任何影像，他的心是碎的。万千思绪，好的、坏的都在这羞辱声中化为乌有。啊，就是这个姜大块，上次被他重重地踢了一脚，然后骂自己“一口的乡里话，一个乡里伢，敢来这里跟老子搞!”余二月的脑袋在短暂的静寂后，突然爆发出这个声音，这是姜大块的声音，这声音如丧钟敲响在他的心头。他多想，将这个姜大块撕碎，他万千的压抑，多年的屈辱，都想发泄在这个叫姜大块的同学身上。他不配做自己的同学。在余二月的眼里他就是一个无赖，他此刻想一头撞过去，将他撞倒，然后骑在他的身上，用他的拳头，使出他全身的力气砸在他的脸上。你难道不是一个孤儿吗?你难道不是没人要吗?你为何要欺负我这个备受创伤的同样是没人要的孤儿。一时间，他的仇恨都凝聚在这个点上，他的手开始颤抖，他的眼睛死死地盯着这个姜大块，姜大块此时傲慢地叉起腰，似乎是在等候他的挑战。

对面真的是一堵墙，一堵厚重的墙，这个姜大块在余二月眼里放大，再放大，他余二月就是使用三头六臂也撞不倒这一堵墙，这墙在他眼里实在太厚实了。

余二月战栗了，他确实不是他的对手。他曾遭受了亲人的抛弃；他曾遭受同学的拳头和辱骂；他为了在奶奶面前做一个孝顺的孙子，没有坚持切掉这根多余的指头，他忍了，他能忍的都忍了，再忍一次吧，活该自己不是对方的对手。

余二月将眼睛收了回来，走出了寝室的门。他听到身后爆出了一句:“你才是无赖!”

这句骂，余二月一点不陌生，就是那天这个姜大块将一只穿着鞋的脚搁在他床上时，他出门时骂姜大块的那一句。原来这个姜大块还将这句话记恨在了心里，可余二月那天为了这句话已付出了代价，他的屁股被姜大块给狠狠地踹了一脚。

自那天起，“六根指头”从大家背后的窃窃私语，变成无人不知。尤其是这些还未长大成熟的孩子，这些少有关爱的孩子，他们根本不懂如何站在对方立场看问题，如同余二月先前那个学校的同学，他们口无遮拦地将“六根指头”当笑话谈。

还有孤儿院里的那些阿姨，她们不同于孤儿院里的教师，基本都没读过什么书，有的是从农村来的农妇，迷信思想严重，讲起了八卦。

有一个阿姨不知是闲得过了头还是按捺不住自己激动的心情，她到处找余二月，终于在庭院里找到了他。那一刻余二月已排队领到了饭，他此时正因六指的事情想避开同学，便端着饭盒来到了庭院，想在这里静静地坐一下，静静地吃饭。

这个阿姨连饭都没顾得上吃，到处去找，终于在庭院里找到了他。她二话没说，扳起余二月那只拿筷子的右手，如同对待自己孩子那样随便，然后将他的掌心展开来看，哇，真是有六根指头，那根多余的指头比其他指头要小得多，倔强地长在大拇指的外面，上面也长有指甲壳，像半开的瓜子壳，咧着嘴，看着她。

余二月当然知道这个讨厌的阿姨要看什么，但他还是强忍住了怒火，他知道他要在这里长期生活下去，他不愿意去得罪这里的任何一个人，更何况是这里的阿姨。

余二月将手努力地往回收，阿姨此时正在兴头上，哪里肯放过这绝佳的让她看稀奇的机会。阿姨将眼睛从余二月的手指转向了他的脸，问道："你有两个父亲是吧？"

"么事？你说么事？"余二月以为自己的耳朵出了毛病，用武汉的方言问道。

"哎呀，这六根指头跟别的伢就是不一样，话都听不懂。我问你，你是否有两个爸爸。"阿姨有点激动，喘着粗气。

余二月的怒火早已烧上来了，但他仍然忍着，忍得他心口发痛。

"右手拇指的那个多余的第六根指头，如果是长在右手大拇指的外节就是你命里有两个父亲，也就是说，你母亲这一生要找两个男人。"阿姨越说越来劲，全然没注意到余二月面部表情的变化，他的身体已经在发抖了。

"还有，长有六根指头的人，这一生都会受穷，是一个做苦力的命，所以你家里人不要你。是不是你家里人认为你是个穷命就有意把你丢了？"阿姨的兴奋无以言表，讲得满脸潮红。这时旁边已经站了好几个余二月并不太熟悉的同学，有男有女，个个伸长着脖子在听。

"哎呀！"突然又一声"哎呀"，把余二月吓了一跳。

阿姨可能看到围观的人越来越多，她更加地兴奋，扯开喉咙继续她的高论："你看，你这根拇指细而长，而且还翘翘的，证明你应该很聪明，以后从事的职业是技术、文艺之类的，也就是说，不像我这个大老粗，去做服侍孤儿的事情。"

听了这话，余二月的虚荣心似乎升起来了，眼里有一点光亮了。

“但，未必。”阿姨说这话时，伸出了右手的食指竖在了自己的鼻尖，目光从余二月的手指回到了余二月的脸上，说道，“我看你的命未必好，反正六根指头我认为不会有好命，你要有这方面的思想准备。”

一番莫名其妙的论断将余二月的怒气推到了顶峰，他不知哪来的勇气，对着阿姨的脸回了一句：“你在胡说！”

“啊，啊，你说谁胡说呢？”阿姨举起了拳头。说时迟，那时快，余二月踮起脚尖将手中的饭盒劈头盖脸地反扣在了阿姨的头上，那汤汤水水的饭菜，从阿姨的脸上稀里哗啦地往下流，烫得阿姨哇哇大叫。

阿姨显然没料到余二月会来这一手，她愣了两秒钟，突然大叫着，大骂他是个没人要的野种。她一边骂，一边反扑。此时的余二月已是一个十多岁的小小少年了，他拼足了全身的力气，右腿一伸，钩住阿姨左膝处往回猛地一收，迅速将阿姨绊倒。巴掌声，起哄声猛然响起……事后才了解到，这些孩子拍手、起哄，是因为这个阿姨骂了余二月是野种，因这里的孩子们都是失去爹娘的可怜的孤儿，“野种”两字刺痛了他们，惹了众怒。

这个被余二月摔在地上的阿姨，怎肯就此罢休，她从地上爬了起来，再次向余二月扑过去。余二月早有心理准备，他用双手将阿姨猛地一推，阿姨仰面朝天重重地摔在了地上，幸好这里是草坪，不然阿姨的后脑勺非撞破不可。后脑勺是人体脆弱的部位，如果撞得严重，是有可能致命的。余二月当然不懂，他只知道他解了气，一口重重的恶气，这也是在他生命的十年中最扬眉吐气的时刻，多少怨气，多少不平，多少辛酸，统统在这“一推”中被释放了出来。

在同学们的叫喊声中，老师都向这里赶了过来，其中包括冯修漪院长。看到冯修漪的那一刻，余二月好似被一盆冷水浇醒了，他多想在冯修漪面前表现好一点，让她接纳他这个没有亲人的孩子，多想冯修漪的眼神看他时能充满爱意。由此，他总是在她面前努力地表现着，可现在，他闯了这么大一个祸，他不敢正视冯修漪的眼睛，他站在原地等待老师们对他的斥责，当然包括冯修漪对他的训斥。

“老师，就是这个六根指头将阿姨推倒的。”

“是的，是六根指头推的，跟我们没有关系。”

刚刚还起哄赞扬余二月打得好的那几个同学，现在对他一口一个

“六根指头”。余二月的心在流血，他痛恨他的六根指头，更痛恨这些骂他的同学。他此时自卑得无地自容，真想大地裂开一条缝让自己钻进去。

老师并没有理会这些孩子所说的“六根指头”，而是先将阿姨从地上扶了起来。阿姨突然大叫一声，要向余二月扑过来，被几位老师位住。

“上楼，上楼反省去，还不得了了，多大的孩子，居然打起阿姨来了，不好好反省，我们这里不要你了。”这是冯修漪的声音。

哪个训他都行，哪个不要他都行，哪个看不起他都行，余二月唯独就是怕冯修漪不要他。在同学们的起哄声中，余二月被冯修漪带走了。

在余二月的印象中，冯修漪妈妈是善良和蔼的，声音也是温柔的。余二月悲从心来，这难道是自己的错吗？这个阿姨凭什么要侮辱他，凭什么任由她掰开他的手掌让她去评判，又凭什么他不能还击？他余二月打人是不对，可这是被阿姨逼出来的呀，难道她就可以恣意羞辱他，他就应该没有反应？他痛，他麻木着，可总有憋不住的时候呀！

余二月被冯修漪带到四楼拐角的一间屋子里。

这屋子不适合住人，因为这屋子上面尖，下面宽，如金字塔形，是典型的巴洛克式建筑风格，这间屋子尖顶空间最高处达到近 10 米，占地面积近 20 平方米，看上去，恰如一把巨大的半开半合的伞，给人一种压迫感甚或是一种恐惧感。冯修漪将余二月丢在这里便锁上门，走了。

冯修漪渐渐远去的脚步声，在余二月听来，仿佛是给他一点点地关上了改变命运的大门。他觉得他生来就是受苦、受罪的，先前对冯修漪所有的幻想，只是他的一厢情愿而已。人生啊，他一个十来岁的孩子怎么理解得透，他觉得自己太可笑了。

这间屋子居然没有厕所！他认真环顾这间屋子，只有一张床和一把椅子。这是个什么地方，把我关在这里干什么，哦，说了是反省，我反省什么？余二月不想往下想了。

吃饭怎么办？解手怎么办？突然这些问题冒出，他越想越害怕，如果冯修漪把他忘了，忘了他被她关在了这间屋子里，他就会在这里活活地饿死。

他感觉浑身发痒，像有万千只小虫在噬咬着他的身体，他本能地从床上跳了下来，赤着脚在屋子里踱着步子。这时他看见床下有一个木桶，那是什么？他好奇地从床下将木桶拖了出来，闻到一股隐隐的臭气，他意识到了，这是一个便桶，啊，在他之前一定有人住过这屋子，难道也是来反省的？

时至夏日，有蚊子时不时在嗡嗡地叫。在寝室，虽然人多，没有纱门纱窗，但有蚊帐，这就够了。而这里，只能硬着头皮被蚊子咬。他伤心极了，憋着一口闷气，多想发泄出来，可他没有眼泪，眼泪只流给同情自己的人看，他已经懂了，这里没有这样的人。

吃晚饭的钟声敲响了，这钟声这时在他听来是多么地动听，又多么地让人紧张。该吃饭了，如果不是因为这件倒霉的事，他也应该排在吃饭的长长的队伍中，现在想来，那该多好哇！他想，冯修漪也许会放他出去吃饭的，她不会这么狠心。这时，他感觉时间过得特别慢，他在等待，等待脚步声的出现。可是，等啊等，没有听到脚步声，也没有听到有人说话，天黑了下来，他的感觉胸口有点憋闷。又有蚊子在他耳边嗡嗡地叫，他更加地坐立不安。他想起老家的农村，那一抓一把的可恶的蚊子。乡下的蚊子多，但地方宽敞，可以用艾蒿熏蚊子。艾蒿在乡下的路边随处可见，他年纪小，在家里做不了什么事，割艾草的活儿就让他干。他记得他从 5 岁开始割艾草，他赤着一双脚，背上背着一个小背篓，右手拿一把缺了口的旧镰刀，艾草背回家后晒干，编成草绳，就可以熏蚊子了。家里的背篓都是爷爷编的，三天可以编一个背篓出来，然后爷爷就走上十几里路到县城去卖。爷爷编有大、中、小号的背篓，爷爷编的背篓呈喇叭形，腰小口大，底部方圆，倒立时像个葫芦，左右两侧各有与肩同宽的肩带。小号背篓都有余二月的肩高了，背篓的带子也长了，爷爷就专门为他编了一个更小一点的背篓。

爷爷编背篓的过程他都看在了眼里。爷爷先用篾刀削去竹节凸起的部分，刮去外面的青皮，再将竹子劈开，划为细细的长条，一根根的。做笼骨的六根条子有两个指头宽，趁着竹子中的水分还没有完全蒸发掉，就将做笼骨的竹条放在火上加热烤软，又趁热扳弯浸在水里冷却。这是一个力气活，先编背篓底，再编主体，按压成型、打钎、底边加固、穿笼骨销口、编背篓带等。爷爷编的背篓十分漂亮，他很用心编，从盘底到销口每织三五圈都要用力地拉紧压实，每次爷爷拉盘底时都龇牙咧嘴的，因为不能留一点缝隙，如果按压不到位或用力不一致，编的背篓就很松弛、刮手，还直接影响背在背上的舒适感，不耐用，也没有看相，这样的背篓卖不了好价钱。编背篓不光是一个力气活，还是一个苦活，爷爷的十个指头关节粗大，一双手满是豁口，豁口如一个个细小的刨子，“刨子”处黑黢黢的，那里面装满了岁月，盛满了辛酸。

余二月的思绪被肚皮的叫声又拉回到了现实的场景。中午他将饭菜扣在了阿姨的头上，饭没吃成，现在到了晚饭的时间他已经很饿了，看来这晚饭恐怕又是吃不成了，难道孤儿院就因为这件事要把他饿死不成。

突然，他听见门上的窗子有小铁锤敲击的声音，他心里一惊，有人来了，是谁？他心里一阵惊喜和慌乱，忙柔声问：“谁呀?!”

“不要害怕，是我，送饭给你吃。”一个女孩子的声音在门外响起。

余二月几步跨到门前，从门上的窗口往外看，一个和他年龄差不多的小女孩手里捧着两个馒头，两人的眼睛正好对视。

这小女孩朝两边看了看，然后将馒头从门上的窗口递给了余二月，小声说道：“今天你跟阿姨打架我都看到了，是阿姨不对。我趁食堂师傅没注意，在簸箕里拿了两个馒头。”

啊，原来是这样。余二月心里掠过一丝凉意，同时也感到一丝温暖，在这冷漠的世界里，还有人关心他，而且是一个他并不熟悉的女孩子。

余二月的眼睛几乎没有眨一下地看着小女孩，小女孩长得很漂亮，白皙的皮肤，有点上翘的鼻子，圆圆的脸蛋，一双眼睛又大又亮，清澈如水，说起话来眼睛忽闪忽闪的，只是右眼下的脸颊处，长了一块对于这张脸来说过于大了一点的桃红色胎记，像一个小地图，贴在那里。

余二月从来没和任何女孩子近距离接触过，也没有哪个女孩关心过他，可以这样说，他的生活中，从来没有出现过女孩子。

余二月接过了小女孩递过来的馒头，因为太饿，他也顾不了形象，几大口就将两个馒头吃完了。不知为什么，他忘了说“谢谢”，只是感激地看了小女孩一眼，就将头从门上的窗口缩了回来。

余二月刚刚坐下，忽闻一声尖叫："哎哟！"接着一个女人的声音在低吼："好你个妖怪，你敢偷拿馒头给六根指头吃。哼，我看你手里拿着馒头上了四楼，想你就不会做出什么好事来，要你来破坏规矩，敢打我的人，就该饿死！"

啊，这是那个阿姨的声音，小女孩为自己挨打了。

夜深了，小女孩的模样却在这时占据了他的大脑，她的模样在他眼里无比清晰，那大大的眼睛，白皙的皮肤，甜甜的微笑，还有那块桃红色的胎记，如一朵小花，多么奇特的女孩呀。他想着想着笑了，他平时怎么没有注意到她，她在他的眼前出现过吗？

这一夜，余二月迷迷糊糊中，总感觉有什么声音在响，但又辨别不出来，是哭，是叫，是咳嗽，搞不太清楚，反正是不太愉快的声音，时不时地冒出来。

第二天早餐的铃声响了，他又紧张起来，每天的早餐都是馒头、稀饭，他不知为什么很喜欢吃馒头稀饭，稀饭里还给点咸菜，他觉得吃起来很香。

时间一分一秒地过去，大概过了一二十分钟，余二月听到门上窗口的铁锤敲了几下，啊，一定是送饭的来了，又是那个女孩吗？他心里一阵激动，他走到门前，正要探向窗口。门却被人轻轻地推开了。

冯修漪。余二月惊喜极了，他见冯修漪一手端着饭盒，一手拿着两个馒头站在门口。

余二月赶紧接过了饭盒和两个馒头，怯怯地看着冯修漪。

"昨晚反省得怎样了？饿了吧，给你拿了两个馒头。"冯修漪有些生气地看着他。

"是我不对，我不该动手打阿姨，但她也不应该羞辱我，我也没有惹她，我，我这指头……"他絮絮叨叨，有点语无伦次，他低头看了一眼自己的那个第六根指头。

第三节

生活的黯淡不完全是困苦造成的，更多地是人性的丑恶导致的。余二月对这些理解不了，却尝够了人间的辛酸，这让他过早地成熟，同时也让他知道，活在这个世界上，必须坚强地面对。

又一个星期天到了，孤儿大都被亲戚接走了，孤儿院很静谧。余二月走在庭院里，阳光异常地好，六月的花儿开得正旺，经过了夜露的滋润，更显光彩夺目。此时的栀子花犹惹人爱，经风一吹，带着暑气的缕缕花香便飘进大楼，直抵鼻翼，让人神清气爽，那种舒心是很难用语言表达的。女孩尤其喜欢，女教师也不例外，都爱摘上几朵放在装有水的瓶子里，放在桌上或床头，让房间充溢着芳香。

余二月就这样徜徉在花的海洋，感觉无比通透。

“六根指头，你有两个爸爸呀?！嘻嘻，哈哈！”

余二月的心猛地一惊，然后猛地一沉，这声音是从大楼上飘过来的，听声音很像是他同宿舍的那三个调皮大王在喊。大楼就在余二月的身后，他不想回头看，他装着没听见，他想用这种方式让他们闭嘴。

可这些该死的同学，他们看他没有理会，便越说越来劲，越说越过分。

“喂，六根指头，你是不是个怪物呀，我们怕你这个怪物！嘻嘻，哈哈！”

余二月终于忍无可忍，他回了头，果然是同宿舍的那三个同学，他们和他一样，没有亲戚，星期天也在孤儿院里度过，此时他们正坐在二楼的窗台上嘻嘻哈哈地叫嚷。

在这里没法过了，他宁愿在马路上流浪也不想在这里待下去了。余二月突然冒出这样的想法，他已经受够了。

余二月想到了冯修漪，是她把他带到孤儿院来的，他要去找她，要她把他送回到奶奶住的地方，虽然房子已经不属于他了，但他想要冯修漪跟居委会的赵主任说说好话，找个地方让他栖身，就是吃百家饭也行，他吃过百家饭呀，那些人善良，那里没人骂他。他就这样胡思乱想着，他在这里站也不是，走也不是，痛苦极了。

余二月拖着沉重的脚步，方向是庭院的尽头，那里有一潭清泉，他向着清泉走去。

清泉如镜，他将脸伸向了清泉，啊，这是他吗？他没有主动照过镜子。印象中，他那张稚嫩的小脸上，长着两只惶惑的眼睛，他听人背后议论过他：“这孩子从小没人疼爱，看他那双眼睛，看人总是躲闪着，可怜的孩子。”泉水里的这张脸，成熟了，坚毅了，眼睛也笃定得多，但这又能怎样呢？他又想起了他的奶奶，奶奶呀，你明明知道同学因为我这多余的指头骂我，你明明知道我多想切掉这根多余的指头，可你听医生的，说什么这多余的指头并不影响我的生活。是不影响我的生活，我这多余的指头也不影响我写字，不影响我读书，不影响我做事，可这多余的指头影响我的美观，影响我做人呀。你明明知道我不是你的亲孙子，因此我有顾虑，很多事情我不敢直接表达，你难道就不能站在我的角度替我想一想吗？

余二月感觉很委屈，他觉得这个世界对他是不公平的。

夜深了，他回到了宿舍，那三个同学已睡了，同学都没有闩门的习惯，因为没有什么东西值得偷。

我是低等人，我是低等人，我这可恶的多余的指头，余二月心里这样骂着自己。这一晚，余二月所有的心思都在这根指头上，这让他喘不过气来。突然一个念头闪现在他的大脑，他想起食堂的菜刀，漆黑的刀背，闪光的刃，它的锋利和自己的命运也许有着神秘的联系。

他想着想着，到了食堂门口，微光从窗户里射进来。余二月看见食堂的大门上挂着一把锁，门推不开。他绕到窗口，和其他窗口一样，上下各两扇，让他惊喜的是，上半边有一扇窗口开着，估计是起通风作用。他三两下就蹿了上去，然后轻巧地跳了进去。然而，余二月的脚刚刚沾地，两个黑影便窜了出来："喵——"是两只猫，它俩换着花样地叫着，有的叫声像狼嚎，有的叫声如婴儿的啼哭，他顾不了那么多，在伸手还能见到五指的食堂里摸索，寻找菜刀。还好，他很快在案板的架子上找到了，他的心提了起来，他握起这把刀，不对，多余的那个指头在右手上，他把刀换在了左手，却感觉很不习惯，这一刀剁下去，能剁准吗？而且他看不清楚，天色很暗，他打算将刀带回寝室。

余二月的心剧烈地跳动着，他推开了寝室的门，走过姜大块的床前。姜大块睡在二层，下面一层的同学回家过星期天了，一层的床是空的，他提起刀，准备回到自己的床上，不知是什么惊动了姜大块，他翻了一个身，余二月吓了一跳，待没有动静后余二月才上了床。

门外响起了脚步声，由远而近，好像在敲隔壁寝室的门，好一会儿才出来，又开始敲他寝室的门，房里其他三个同学被敲醒，余二月吓得赶紧将刀丢在了姜大块的床下，将电灯拉开。进门的是食堂大师傅和冯修漪。食堂大师傅和冯修漪表情严肃，他们环顾了一下房间后冯修漪问："现在几个同学在这房里睡？""就这四个人。"有同学回答。余二月的嘴却像被封住了一样，一个字蹦不出。

"嗯。"冯修漪一边回答，一边用眼睛四处搜寻，当她弯下腰朝床底下探寻时，余二月锁紧了眉头，他感到头晕目眩，他知道如果孤儿院的人知道他半夜里到食堂里去偷了一把菜刀，他就成了一个小偷。而且偷刀干什么，杀人吗？这个问题就严重了。

"这是什么？"冯修漪从姜大块的床下将那把菜刀提了出来。

"啊，就是这把菜刀，怎么会在这里，是谁偷的?!"食堂大师傅大叫着。"乖乖，刀果然是被这些孩子偷走了。偷刀干什么？"大师傅大声询问。

原来余二月从食堂里翻窗时，两只关在食堂的猫咪像着了魔一样乱叫，睡在食堂隔壁的大师傅被惊醒了，他马上意识到一定是食堂有了动静，因为他太了解这两只猫了，但凡有了情况它们才这样叫唤。

大师傅打开食堂的大门，门锁没有被撬动的痕迹，窗户也是完好无损，关得牢牢的。他首先看挂在吊顶上用挂篮装着的剩菜和馒头，似乎并没有谁动过，他又寻找餐具，锅碗瓢勺都安安稳稳地躺在原位，却发现食堂里的两把菜刀少了一把。他有点不敢相信这一事实，他想谁又会半夜里进来偷刀呢？这贼是怎样进来的呢？大师傅四处察看，最后他的目光停留在了大门上的那两扇窗户上，一扇窗口打开着，先前一直就是这样开着，大师傅想，这小小的窗口大人的身体一般是进不来的，莫非……小孩子干的？拿刀干什么？他不敢再想下去，赶忙上楼敲开了冯修漪的房门，惊慌地将他发现的一切讲给了冯修漪听。冯修漪也感到十分震惊，决定去敲学生的寝室找出那把刀。

"这刀是怎样进到房里的，到底是谁晚上去了食堂的？不说就要警察将你们抓起来！"冯修漪眼睛扫着这几个孩子说。

"昨天我们三个都在一起玩，一起睡觉，六根指头……"那个脸上长满雀斑的男孩刚说到这里，感觉在冯修漪面前这样说不妥，赶忙改口说道，"我们昨晚没看见余二月，不知道他昨晚上回宿舍睡觉没有，我们仨肯定没有出门。"

冯修漪的目光转向了余二月，余二月此时已经准备破罐子破摔了，他知道逃不过这一劫了。他一脸无所谓的表情，也不说是，也不说不是，反正就这样了。

“到我办公室去，一个个地询问，你先来。”她指着姜大块，手拍着姜大块的脑袋，“你们都在宿舍里等着，哪儿也不许去。”

最后一个轮到余二月，进了冯修漪的办公室，她第一句话就是：“你为什么要做出这种事来?！你知不知道做这种事的后果？这是小偷行为呀，我们这里是不收小偷的呀。你准备收拾一下你的物品回家吧。”

当现实真的摆在余二月眼前的时候，他才真正地感觉到自己已无路可走了，当真能回到奶奶原来的地方吗？那里已经没有他住的位置了，那些居民真的能长时间地施舍他吃百家饭吗？他不敢想。余二月没有回答，他默默地流泪。

冯修漪明白这事是他干的了，因为其他三个同学她都是通过这种方式问话，他们否定的态度极其的强硬，唯独余二月以默认的方式回应她。

一个单纯的孩子，一个可怜的孩子，一个需要帮助的孩子。冯修漪看着余二月，心里涌起怜悯的疼爱。她放缓了语气，她想让余二月把心里的话说出来。

“你拿刀干什么呢？”她将“偷”改成了“拿”。

“妈妈，我想将我那根多余的指头剁下来，我恨那根指头，同学都骂我六根指头。”说完这句话，余二月突然放大声不管不顾地哭，“我还想吓吓同寝室的那三个同学，他们总是因为我是六根指头欺负我，打我。”

一声“妈妈”，将冯修漪的母爱又唤醒了，她强压着内心的激动，说道：“跟你说了，不要喊我妈妈。”

余二月听了这句话，突然止住了哭声，咬着嘴唇，看着她。

“妈，”刚说出一个字，他马上打住了，“冯院长罚我吧，我改正，我再也不会偷东西了，不会再去拿刀的。”

“知道错还是一个好孩子，你回宿舍去吧，同学要问你，你什么也不要说，就说叫你上去问了一下。”冯修漪叹了一口气说道。

善良的冯修漪知道，如果将余二月偷刀这一事情说出去，这余二月就甭想再在这里待下去了，小偷二字要跟随他一辈子，这孩子已经够苦的，不能再给他施加压力了，只能让同学认为刀也不是他偷的。

余二月完全不相信冯修漪就这样放过了他，上次和阿姨打架都被罚了，偷东西应该比打架更恶劣。他一时想不通这是为什么，但他心里充满了感激，内心无比地激动。他向冯修漪深深地鞠了一躬，情不自禁小声地喊了一声："妈妈！"然后倒退着向门外走去。

第四节

欢乐的笑声从大堂传到宿舍，星期一又到了，那些到亲戚家过完星期天的学生回来了，接着食堂传来碗筷的交响乐，余二月也在这欢乐的交响乐里，朝着食堂的方向跑去。

"喂，六根指头，那刀是你偷的吧？"在长长的早餐队伍里，那个令余二月又痛恨又害怕的姜大块突然对着他大声喊着。

"没有证据，不要乱说，谁说他偷刀了？"是冯修漪的声音，她知道同学会因这件事怀疑到他，又要欺负他了，所以她偷偷地观察着。

姜大块听冯修漪这样说，马上闭住了嘴，做了一个鬼脸。

冯修漪转向余二月，把他叫了过去，小声对他说："你吃了早餐，然后等同学们都上课后，你就到我办公室里来，我有事找你。我已经给你请好了假。"

余二月轻轻推开了冯修漪办公室的门，他在门口站住了。

"余二月进来。"冯修漪轻声说着。她走上前去，将余二月拉进了办公室："我带你到一个地方去。"

"到哪里？"余二月小心翼翼地问。

"到了你就知道了。"冯修漪微笑着说。

冯修漪将自己的提包收拾了一下，然后带着余二月下楼。她推出一辆自行车，这是冯修漪的一辆上海"凤凰牌"女式自行车，紫色，非常漂亮。余二月曾听一位每星期回姨妈家过周末的同学说过，冯院长有一辆"凤凰牌"自行车，和他姨妈的自行车是一样的，需要凭票购买，光有钱买不到。

余二月看着这辆漂亮的自行车，内心却是恐慌的，冯院长不会和我妈妈一样，在要丢弃我的最后时刻，给我一点温情吧？

冯修漪将自行车优雅地推出大门，然后认真地告诉余二月，等她骑上车之后，他再跳到后座上。

冯修漪的左脚踩着自行车的踏板小跑几步，伸出右腿优雅地骑了上去，然后缓慢地向前运行。余二月哪有这种经历，他有点慌乱，拖着自行车的后座小跑着，两腿步调错乱，不知是怕摔跤还是用力过猛，他猛地一跳，自行车连同两人一块重重地摔在了铺满小石子的路上。余二月年轻机灵，一骨碌地爬了起来，冯修漪却没那么幸运，摔在地上，疼得爬不起来。

余二月此时死的心都有。他闯祸了！

他赶忙想把冯修漪扶起来，他看见冯修漪的额头鼓出了一个大包，嘴在出血，冯修漪的嘴磕在了一块石头上，门牙被磕掉了一颗。此时的冯修漪什么话都说不出，她将余二月伸过来的手甩开，然后自己努力从地上爬了起来，从包里拿出手绢捧住了嘴。

同样让余二月感到后怕的是，那辆漂亮的紫色凤凰牌自行车龙头右侧的油漆也撞脱了不少，露出黑灰的底色，龙头歪斜，自行车右侧手上套着的黑色手柄也被撞裂，在上面摇晃着。

天应该是塌下来了！余二月双腿打战。

冯修漪捧着嘴，在路边坐着。

“冯……”余二月仍不知怎样称呼冯修漪，但喊“妈妈”绝对是不配了。他想反正孤儿院是待不下去了，心里反而轻松了一些，他说：“对不起，我以后赚了钱来孤儿院赔给您！”

余二月自己都不知道以后在哪里生活，他想，以他的处境，他不可能有好的前途，但他只能这样安慰冯修漪了，安慰这个给过他温暖，伸出援手在他生命的路途中救过他一段的好人，他甚至想，希望冯修漪能给他两个耳光，让她解解气，也让他赎赎罪。

冯修漪嘴里的血终于止住了，她要余二月站在原地等她，然后她把自行车推回了孤儿院。

余二月听到过类似的话，这话他已经刻在心里了，他最亲爱的人，他的大哥也是这样说的，要他站在原地等他。他就这样站在原地，他的眼睛看着几年前来时的这条路，冯修漪牵着他的小手，走在这条石子路上，那时的他，还憧憬着美好的未来。

那是冯修漪吗？她换下了那条白底蓝花的连衣裙，现在着了一身黑衣黑裤，就是他第一次见到冯修漪时她穿的那一套，现在在余二月眼里，这身衣服尽管显得高雅，却过于严肃。他看见冯修漪的额头涂了红药水，与身上的黑色形成强烈的反差，并在太阳的反射下异常地显眼，鲜艳如血。

余二月想迎上前去，再说一声“对不起!”但他知道这句话的分量太轻，他的嘴唇动了动，最后什么也没说。他的眼睛不敢看向冯修漪，他不知道下一刻会发生什么。

“走，我们乘车。”冯修漪双眉紧锁。

一路上谁也没有话。怎样来的还是怎样回去。他想起那些有亲戚的同学，他们每星期都会走在这条石子路上，但他们是可以回来的。

路，有两种，一种走在上面再也回不来了；一种可以来回地走，也就走出了感情。

走着，走着，树木稀疏了，两人走到一条大马路，在一个公共汽车站前冯修漪停住了脚步。

他们上了一辆公共汽车，不知经过了多少个站台，在一个繁华的地方他们下了车。他跟着冯修漪，她牵住了他的小手，她手腕上的金手镯垂下，在阳光下无比耀眼，反着白色的光芒。冯修漪将他带到一家医院门口停住了，说道：“到了。”如同几年前他跟着冯修漪到了孤儿院门口，冯修漪也只说了这两个字。

这是本地一家较大的公立医院，余二月似乎有点印象，但一时想不起来什么时候来过或者经过这里。

挂号，排队，按照医院的程序走着。余二月想，冯修漪一定是来镶牙的，他余二月害得他这个救命恩人破了相，她要以这种方式告诉余二月，我冯修漪不要你有道理的，她要让他知道，门牙摔掉了一颗，安一颗门牙需要花多少钱呀?

“挂个骨科。”冯修漪将钱递给了挂号员。

挂骨科，难道冯修漪的腿摔断了?余二月越想越害怕。骨科在二楼，是第三门诊的一个年纪较大的男医生坐诊。

“哪儿不好?”医生问。

冯修漪把余二月拉到医生面前，要他坐在椅子上。“他的右手长了六根指头，您看看，能否手术将这多余的手指头去掉。”

这声音如雷鸣，比他奶奶当年带他到医院，要求医生切除他多余手指时的感觉还要强烈。做梦，他经常有做梦的感觉，但这一次他确实觉得自己是在做梦。他的呼吸开始急促，他睁着一双大而疑惑的眼睛，怕这一眨眼的工夫美好的梦就会从他身边溜走。老医生扶了扶眼镜，用手摸了摸那根多余的指头说：“这不影响生活的，多一根指头没关系，做手术的话，是有一定风险的，如果没将骨骺切除干净的话，还会复发，这不是没有可能的，等于白花了冤枉钱，人还吃了亏。几年前，有一个老太太也是领着一个小男孩来看六指，那男孩好像只有七岁左右，手术的成功率还要高点，我都将他们劝回去了，我的意思是说，不做为好。”

同样的话语，同样的境况，余二月此刻就断定这位老医生说的那个小男孩就是自己。还有医生说话的语气，像极了几年前奶奶带他来看手时坐诊的那个医生，对，就是他，那扶眼镜的动作，那毫不在乎的模样，这模样让他牢牢地记在了心里。

这时的余二月，已不再是几年前的儿童了，他成熟了很多。他在心里想着，绝不能放过这次机会！因为他的这个六指，几乎左右着他的命运。

而命运的转机就在眼前！

“妈妈，求你要医生把我这根讨厌的多余的指头去掉吧，我在同学面前就是因为多了这根指头被他们打，被他们骂，我在同学面前就因为这多出的一根指头抬不起头来。妈妈，求你了！”说着，他向冯修漪跪下了。

奶奶病危，余二月跪着求医生，跪着求邻里，他小小的年纪承受着他不应该承受的东西，为了什么？为了获得生存的希望，为了他的奶奶，也为自己。现在他同样没有别的办法，只能用最原始、最本能的“跪”这种方式。

“哎哟，这孩子，跟你妈妈说清楚就是了，不需要这样，这样搞，你和你的妈妈显得多生分呀！”老医生低着头从眼镜上方看着下跪的余二月。

“起来，是带你来做手术的。”冯修漪抿起嘴在说话，估计她怕医生看到她缺了一颗门牙，她是爱美的。

“妈妈，我长大了赚了钱，我一定把我赚的钱全部给你，给妈妈，我一分钱不留，我要报答你。”余二月说。

冯修漪流泪了。

“多大了？”医生问。

“快 11 岁了。”冯修漪说。

“这个年龄做这个手术年龄是大了点，不过还是长身体的时候，可以做，伤口也相对好愈合，年龄再大了做这个手术，风险就更大。”

“我做定了！”余二月脱口一句。

“那还得你妈妈同意呀。”医生不知是有意逗余二月还是征求冯修漪的意见。

“那就做吧！”

“报销吗？”

“不能报销的。”

“好，知道了，尽量开便宜一点的药，但手术费不能减。”

“不谈钱的，我这有，只要把手术做好。”

一个多小时手术就做完了。当老医生宣布手术完成时，余二月有点不大相信自己的耳朵。自己和别人一样了，再不是六根指头了吗？他看着被医生包扎着的这只手，他感觉这是真的，那纱布还渗着殷殷的血迹。

“近几天手不要沾水，不能感染。也不能拿笔写字，三天后来换药。”医生嘱咐着。

“二月，你听见了吗？”冯修漪对余二月说。

“嗯，听见了。”他看见冯修漪说话时空洞着的门牙，心里一阵恐慌、内疚还有激动，因为冯修漪喊他“二月”，而不是“余二月”。多么亲切的称呼啊。

“妈妈，你的牙齿，你看一下医生吧！”这声“妈妈”是他的心在喊，这从心里发出来的声音，不知冯修漪感受到了没有，此时此地，对余二月来说，只有“妈妈”这种称呼才是恰当与合理的。

冯修漪摇了摇头说：“钱没带够，手头没钱了，明天我再来看牙齿，你不要想着我。”

余二月抬头看了一眼冯修漪，她额头上鼓起的大包，表皮像被沙子猛烈刮蹭过，留下一道血印。

走出医院，余二月感觉天空是如此湛蓝，他大口地呼吸着潮热的空气，他的心开始放飞，乌云从他眼前消失，鸟儿“唧唧”，“咕咕”地叫着，穿过树叶，像是在和情人窃窃私语，鸟儿又从这个树枝飞到那个树枝，仿佛在表演给他看。余二月小小的心脏啊，快活得快蹦出胸膛飞走了，他想放声歌唱。

回到宿舍，已近中午，余二月刚好赶上午餐。他不知是有意想让同学知道他的手指做了手术，还是无意让同学看见，他手术去掉第六指的消息从他这里迅速传开了，同学们又将这事当歌一样唱，几乎全孤儿院的人当天都知道了。

“谁带六根指头做的手术?”

“不知道。”

“早上看见冯院长来叫他，是冯院长带他去做的手术吧?”

“他真有福气，那钱也是冯院长帮他出的了?”

同学们七嘴八舌议论着，脸上都流露出不可掩饰的嫉妒——醋坛子打翻了。

余二月这一次才不计较同学怎么议论，怎样挖苦他，就因为这倒霉的第六根指头让他吃尽了苦头，他要让同学们都知道他余二月，也可以和他们一样，是一个身体健全的孩子，他更要让同学们知道，他有一个爱他的冯院长。

这一天，孤儿院的话题就是：冯院长带余二月到医院将他的第六根指头切掉了。

“冯院长”带来的效应可真好，同宿舍那几个专门欺负他的同学变得乖巧了许多，对他收敛多了。

这一夜，余二月高兴得又难以入眠了，当困意袭来时，刚要睡着，一阵高兴又将他的睡意给击跑了。可他愿意呀，他愿意这种幸福出现在他感知得到的生活里，也在他睡着的梦里，在他每天 24 小时的生活里，因为这种感觉对他来说多么地宝贵，多么地难得。

天蒙蒙亮了，余二月没有急着起床，因为医生说了，要他休息几天，他切除指头的这只手还不能握笔。吃早餐的时间到了，同学都到食堂去了，他却没有食欲。按常理，心里不高兴才会没食欲，他余二月却跟别人相反，是太高兴了就没食欲，这高兴劲仿佛占满了他的肠胃，他感觉不到饿。他站在了窗口，从这里他可以清楚地看到大门和院墙，以及院墙里的一切。他知道冯修漪今天要去医院看牙齿，他是想在没人知晓的情况下站在窗口看看他的“妈妈”。

啊，他看到了冯修漪那辆紫色凤凰牌自行车了，多漂亮啊。自行车手柄不知什么时候也换好了，冯修漪今天肯定要骑这辆自行车去看牙齿，这可爱又可恨的自行车呀。他贪婪地看啊，怎么看都看不够，他觉得奇怪，先前怎么没有感觉到呢？啊，“妈妈”来了，他从心里呼唤着，她正向自行车走来了。余二月的眼睛一眨不眨地看着她。不对，这人不是冯修漪，他揉了揉眼睛，就见那人急忙低头匆匆地摆弄了一下冯修漪的自行车，然后又匆匆地走了。她在干吗？她，就是那个骂他六根指头的阿姨，那个害他被罚的阿姨，余二月百思不得其解。他站在窗口前，过了一会，冯修漪出现了，余二月的心跳快了起来，他多想喊她一声“妈妈”。冯修漪走近了自行车，她径直推车，自行车却停在原地一动不动。她弯腰看上锁的地方，发现不知什么时候被人锁住了，她四下张望，没看见一个人，她又下意识地摸摸口袋，嘴里自言自语：“自行车的锁，明明被我打开了的，忘了拿病历，上办公楼去了一趟，又上了一个厕所，这么短的时间怎么被人锁上了，钥匙也拿走了，谁干的？”她自言自语地说着，脸涨得通红，站在原地向四周看了看。余二月明白了，刚才那个阿姨将冯修漪的车钥匙拿走了，她在使坏。

余二月从宿舍里冲了出来，他将他看到的一切告诉了冯修漪。

“小点声，你真的看见是那个阿姨拿了我的钥匙？”

“是的，绝对没错，就是那个阿姨拿的，和我打架的那个阿姨。”

“好了，我知道了，这事你不要对任何人讲。”

那个阿姨为什么要拿冯修漪的自行车钥匙呢？原来当她得知是冯修漪带余二月到医院将他第六根指切除后，心里就恨上冯修漪了，心想，这个余二月那天把我打成那样，你对他的惩罚那么轻，然后你还用这种方式犒劳他，这不是鼓动他下次再欺负我吗？今天她上午买了早餐准备上楼，恰巧瞥见冯修漪的自行车停在大院门口的侧面，就拿走了钥匙，可她万万没有想到，她这一举动，全被余二月看在了眼里。

第五节

余二月想起那夜听到的怪异的声音，他想趁今天同学上课、老师教学，冯修漪到医院看病的机会到四楼去溜达溜达，好好观察一下这神秘的四楼，这些房间里到底住着什么人，或放着什么神秘的东西。

那天晚上听到的那些怪异的响动，是从隔壁或者挨着隔壁的哪间屋子里传出的，反正就是这几间屋子其中的一间。这个楼层的门上，同样有小窗口，窗口同样被各种画纸糊着，看不到里面。这时，余二月听到“咚”的一声，好像是什么东西掉在了地上，一种沉闷的声响。他循着声响望过去，这声响应该是挨着禁闭室的第三个房间里发出的。他蹑手蹑脚地走到门前，门上的窗口虚掩着，他的心猛地一跳，他轻轻地将这个小小的门窗推开一点，看见里面有十几张床，床上有躺着的孩子，有坐在地上的孩子，看上去都是学龄前的孩子。

这间屋子很大，像是两间屋子被打通形成的，因为房子中间有一个半弧的造型，没有门，从这间屋子可以直接进到那一间屋子。里面有三个女人，其中一个就是那个和余二月打过架的阿姨，这让余二月有点吃惊；另外一个女人40岁的模样，身高看上去有一米七，身材壮实；还有一个女人50岁左右，瘦瘦的，黑黑的。一个3岁左右的女孩趴在地上，头向上仰着，嘴里流着口水，发出“呜呜”的声音。阿姨坐在一张靠椅上，手里织着毛衣，像是在哄小女孩睡觉，就听她压低嗓音对小女孩低吼道：“再哭，就把你送去喂老虎！”

这句低吼真管用，小女孩的哭声戛然而止。

原来四层楼里的这间大屋子，住着的都是有残疾的儿童，这些儿童生下来就被父母抛弃，被送到了孤儿院。照顾这些有残疾婴儿的被称作“阿姨”的人，基本没什么文化，即使当初来时还有一点点耐心，后来被这些吃喝拉撒都不能自理的孩子消耗殆尽，心理逐渐变得有点扭曲。

余二月从门窗外提心吊胆地看着里面的一举一动。突然，他看见那个和他打过架的阿姨不知为什么打了那个趴在地上的小女孩一下，哭声便又响起，阿姨又用同样的方式吓唬小女孩。余二月再也不愿多看一眼，他蹑手蹑脚地离开了，而这些画面却印在了他的大脑，怎么也挥之不去。

第四章 心存歹念 谜样结局

第一节

他想到街上去看看，看看这世界。自从来到孤儿院，除了冯修漪带他出门看病，他几乎没有走出过这个大院一步。

此时正是 7 月的暑天。这天的清晨有点奇怪，浓雾笼罩着这座城市，像早春一样，天气真如人的脾气，有时是不按规矩办事的。

余二月溜出了孤儿院。雾水浸润着万物，给闷热的天气增加了丝丝的凉意。雾霭中，远处的房屋有点模糊，也辨不清方向。往哪个方向去？余二月知道，孤儿院后门通往花园方向的尽头的围墙外，有一条小路，还有一条静静的小河，小河边，开着格桑花，它细细的花茎，上面顶着一朵小小的花朵，花朵的色彩各异。

河的对岸看得见一排排的自建小屋，像是农家，其实不是，是早年间从农村搬进城的人，这些人早已融入于城市的生活，只是改不了较浓重的乡音，他们在城里干着最苦最累的活，又不懂计划生育，越生越穷。

如果想到对岸，站在这条路上，往左前方走上 3 公里有一座小桥，隐约能看见人力车在小桥上行驶；这里的河岸边有一条小木船，只要给划船的老伯交上一毛钱，就可以过到对岸。没生意时，老伯就会拿出笛子，坐在船头上，吹上一曲《牧民新歌》或《长城长》。《牧民新歌》是老伯最拿手的曲子，他每每吹时，激情总是不减，而且听起来相当专业。

对于余二月来说，吸引他的是老伯吹笛时的状态，那状态让他想起小人书中牧童坐在牛背上吹牧笛的画面，这本小人书的名字就叫《牧笛》，是他在孤儿院的图书馆看到的。图书馆不大，是一个不到二十平方米的房子，但每天几条长凳上几乎都坐满了孩子，低年级的居多。

余二月环顾着四周，又抑制不住地低头看了看还用纱布包扎着的手，想到明天就可以到医院去拆纱布了，他可以大方地在同学面前伸出手掌，他不由高兴得“嘿嘿”了两声。

余二月没有目标地漫步着，黑色沥青路比较平坦，比孤儿院正门的那条石子路要好走，他想，那天冯修漪的自行车如果骑在这条稳当的沥青路上，他也许就能稳当地跳上自行车的后座了，冯修漪也不会摔伤，那辆漂亮的自行车也不会摔坏。路上的行人不算多，青少年几乎看不到几个，这样年龄的人都上学去了，能看到的大多是老年人和被他们牵着的学龄前的儿童。街对面的墙角搭了一个简易的棚子，有一个修车的男人，看上去20多岁，坐在一个小凳上，左手拿着一个轮胎，右手正在用一个铁刷子在轮胎的破损处打磨，然后在打磨处涂抹胶水，他做得很专心。修车人旁边停着一辆旧三轮车，三轮车旁站着一个中年男人。余二月心想：冯修漪自行车的车把套能在这里换一个吗？余二月向着修车师傅方向急走了几步，这时修车师傅正抬头跟车主说着什么。

这张脸似曾见过。

不会吧？

余二月的心重重地沉了一下，然后突突地跳着，像打鼓一样，使得他的呼吸有些急促。他将眼睛睁大，再睁大，是的，是他——大哥，是我的大哥。怎么可能是他，他怎么会在这儿修车？不可能。余二月又揉了揉眼睛，这时修车师傅又埋头补起了车胎。

“还好，你这个洞口不大，适合这种冷补，简便、耐用。如果洞口大了就需要打蘑菇钉了。”

这声音余二月再熟悉不过了，这声音是独特的，如同人独有的面孔，独有的指纹。还有那一口的家乡方言，尤其是那个“洞”字，汉口话是二声，家乡方言却是四声，而那个“口”字，汉口话是也是二声，家乡方言就是三声；简便的“便”字，汉口话是四声，家乡话却将四声往上抬，而且发音拖得很长，耐用的“耐”字也是如此，这些显著的特征，就是汉口人辨别“乡里话”的根据。对于余二月来说，乡音是他再熟悉不过的。

“大哥呀！”余二月在心里喊着，他泪如雨下。泪水模糊了他的双眼，挡住了他的视线，他用手把脸上的泪水抹去，再睁大眼睛，他要好好地看一看他的大哥。狠心的大哥呀，那么寒冷的冬天，你将我丢在大街上，你让我等你，等你给我买个烧饼，可你从此没了人影，你还记得吗？你想过我吗？是你亲手丢弃了我，丢弃了一个只有六岁的我，那时的我孤苦无助，绝望恐惧，伤心至极，害怕至极，你想过吗？我只有六岁呀！

余二月心情复杂地躲到一个大树后面，从这个方向正好能清楚地看见大哥的一举一动。

三轮车的胎不一会儿就补好了，车主付了大哥三毛钱，说了一声“谢谢”就走了。

人烟稀少的大街上，就剩下余二月和他的大哥，这个世界真大，这个世界也真小。这两个有着血缘关系的人，就这样在大街上各占一隅，犹如在老家的老屋，只有大哥和他。

余二月的眼睛就这样死死地盯着他的大哥，仿佛一眨眼大哥就会飞走一样。他真的是怕大哥飞掉吗？肯定不是，因为现在的余二月有吃有住有学上，他已经不稀罕大哥的帮助了，甚至大哥承诺的那个“烧饼”他早已忘到九霄云外。他只是想从这个大哥身上读懂这个世界，他就这样死死地盯着大哥，这个有着和他相同的血脉的大哥。家里穷，养不起，就多我一个吗？孩子多，养不起，是我的错吗？这个问题曾无数次地在余二月的大脑中回响。大哥呀，我可是一个有血有肉有知觉的人，你在那样一个寒冷的大冬天里将我丢在那个巷子口，你想过我的感受吗？对了，你会说是妈妈让你丢我的，但这个举动是你做出来的，后果是你造成的，造成我成为一个孤儿。虽然没有太坏的结局，我被人收养了，也许这是你做大哥的想要的结果，是你和那个被我们称为妈妈的人想要的结果，想有人能够将我这个只能吃饭不能做事的有着六根指头的讨厌的怪物收养，你们就是这样想的，我可以肯定。大哥呀，此时的你，你在想什么呢？你想过我你最小的弟弟现在在哪里，他怎样了吗？你也许会想，他死了，死了更好，那不是你的错，不是你弄死的，所以说，对你来说，我死了更好，一了百了。

雾霭已经散去，天空透亮，太阳悬在东方，火红火红，正斜斜地放射着灼热的光芒。沥青地被太阳的高温照射，微微熔化，踩上去有点粘鞋。

余二月就这样看着他的大哥。大哥不知从哪里拿出一盒香烟，抽出一根，然后点上。大哥会抽烟了，一定不是在家乡学的，家里没钱给他抽烟。大哥低头抽着烟，然后抬起头，脑袋转向余二月的方向，余二月慌张地将脑袋缩回到大树后，不过还好，大哥的眼睛抬了起来，眼睛望向了孤儿院巴洛克式建筑的那两个尖顶，又望向孤儿院的围墙，围墙里是花园，大哥看不见，然后他又向小路两边看看，大概是在看有无需要修车的人。他只几口就将一根烟抽完，他猛吸最后一口后抬起头，望向天空吐了一个大的烟圈，眼睛又回到那两个尖顶上，阳光是从大哥的背面照射过来的，所以他的眼睛没有受到阳光照射，很自然地睁着。再然后，很长一段时间他就这样看着那两个尖顶和不算太高的围墙——围墙上空有一群鹦鹉在俯瞰花园，绿色的头冠在风中抖动，叽叽喳喳着，在它们眼里，这里的一切一定都是梦幻的，美好的。

余二月揣摩着，大哥在想什么呢？一定在想，我一个乡下人，如果能住进这座房子该有多好哇，他或许已经知道这座房子现在已经变成了孤儿院，由政府管理，但他知不知道，他的那个最小的、被家人称作老七的弟弟正住在这里？他知不知道，被一家人嫌弃的那根多余的六指，会有人出钱给他切除，他家的老七已不再是被家人嫌弃的克星了，而是一个长相俊俏、身材高挑又正在接受正规教育的正常的孩子。大哥无论如何不会想到的是，被他亲手丢弃的那个老七，现在正离他咫尺，只要他起身，走上几步就能触摸得到。如果大哥知道他家的老七正在离他不远的地方，他愿意与老七相认吗？

余二月的思绪紊乱，突然生出一个强烈的愿望，他想冲过去，他想去质问大哥，为什么要丢弃他？爷爷奶奶身体还好吗？还有爸爸，当然还有妈妈，他多么不想说出“妈妈”这两个字，既然你们都不喜欢我，我为什么还要惦记着你们，我现在完全不需要你们了。但是呀，余二月的冲动又上来了，他还想去问问他的这个大哥，为什么要丢弃他？

余二月的一条腿从大树后面迈了出来，可第二步却怎么也迈不动，因为大哥的形象在他眼前模糊了，渐渐成为一个鬼怪，那眼睛、鼻子，整个的脸都在扭曲，没有一个地方能符合印象中大哥的特征。余二月又想起大哥对他说的最后一句话：“你在这里等着，我去给你买个烧饼。”大哥，你给我买的烧饼呢？你不去给我买烧饼，怎么跑到这里来修车呀？混乱的思绪填充着余二月的大脑，这些思绪最后只变成了一种感觉，那就是恨！

“恨”让余二月也无心散步了，他向孤儿院的方向走去，那儿，才是他实实在在能够填饱肚子的地方，比一个烧饼更让他感到踏实的地方。

第二节

生活就是这样，总是有意外不期而至，每一刻都成为一个无法回去的历史片段。

人，是一个奇怪的动物，无法完全控制自己的思维，有些事，不是说你不想了，就可以不去想了，有些东西会如影子一样紧跟着你，这些东西都是深刻的，特别是那些背离了人伦道德的东西，就会成为心里的一种羁绊。

中午吃饭时，同学们都在谈论着一件事：吃完饭大家要在一楼大厅集合，要给同学们发放新衣、新裤、新鞋，同学们都很高兴也很疑惑，因为规定是每两年发一次，去年已经发了，不知今年为什么要提前发。有的同学说，是学校没记准时间；有的同学说，是院长觉得这些孤儿太可怜了，改为一年发一次。总之，这次午餐是同学们吃得最高兴的一次。

中午十二点半不到，同学们就蜂拥在了大厅，管行政的是一个女干部，学生喊她管老师。剪着齐耳短发的管老师大声嚷着要同学们排队，同学们嘻嘻哈哈地排好了队。那个同寝室的姜大块估计太过于兴奋，他冲着余二月跑过来，笑着拍了拍他的肩膀，说道：“喂，六根指头，这两天怎么没见你上课呀?”

“谁是六根指头!”他的底气就这样上来了。

那个同寝室的，脸上长有雀斑的男同学赶紧将姜大块拉开了，低声说道：“冯院长的干儿子，不要惹他!”声音虽然不大，但余二月是听真切了。原来自从冯修漪带余二月到医院切除了六指后，孤儿院就有这种议论了。

余二月的心里敞亮了，就连那个姜大块也谦让了他三分。

星期一的上午，同学们来上学后，学校动员学生今天做一天的大扫除，要求地板、门窗、楼梯的扶手，以及楼道、花园的角角落落都要仔细地打扫。一天下来，整个大楼包括庭院都被这些学生打扫得干干净净、清清爽爽。并要求学生第二天全部穿上刚发的新衣、新裤、新鞋，还要求换上干净的床单被褥。为此，同学们在背地里议论纷纷，有的说晚上学生要集合出门看电影，有的说有人来挑选孤儿领养，有的说要照集体照，等等。对于这些孤儿来说，不管哪一样，都是他们所期盼的。

原来，星期二的上午，市里的相关领导要来孤儿院调研、视察。

星期二早上，院长殷修善和冯修漪副院长表情严肃地从楼梯上并排走了下来，跟着走下来的还有部分老师，他们在大门口依次排列，学生在教室里上课。

8 点 40 分，一阵轻微的骚动，有老师低声说："市领导到了！"

一辆吉普车停在了孤儿院大门口，殷修善院长和冯修漪副院长还有几位老师立马迎了上去，满脸灿烂的笑容。车上下来七八个人，走在最前面的是翁副市长，40 多岁的模样，个头高大，有点秃顶，在晨光中显得锃光发亮。紧跟其后的是市民政局的孟局长，孟局长看上去有 50 岁左右，然后是慈善组织处的刘处长，他看上去有 40 多岁，皮肤黑黑的，个头大概只有一米六多一点，其后依次下车的应该是市民政局的相关领导，他们笑容可掬，慢悠悠地，踏着方步，走进这座孤儿院。

殷修善院长操着不太标准的普通话，嘴里一路小声说着"欢迎"，冯修漪的话不多，举止得体大方，面带微笑。正、副两位院长带着视察组一行人首先到庭院走走、看看，麦谷丰的琴声飘然而至，荡漾着温馨。冯修漪不失时机地讲解着这座庭院的来历，不时夹杂着"感谢"二字，感谢市领导、市民政局对这所孤儿院的重视。然后冯修漪介绍着庭院里花卉的名字，还有树木的生长周期，此时葡萄架上的葡萄已完全成熟，又大又圆的紫红色葡萄仿佛一只只眼睛，带着欣喜在微笑，在微风中向大家点头致意。民政局的孟局长仰头看着，抑制不住地笑了，赞许着，大家都循声望向葡萄架。翁副市长今天的心情特别地好，他纵身跃起摘到一颗，用手简单地擦了一下，就送进了嘴里，连声说："好甜好甜！"大家一起鼓掌，气氛异常地活跃。然后翁副市长又乐呵呵地说："不会说我偷吃葡萄吧？"

"不会，不会，翁副市长关心孤儿，能得到翁副市长的赞扬，我们很高兴啊!”冯修漪提高着嗓音说，然后一行人都哈哈大笑。

“葡萄架上的这些葡萄，这里的孤儿都能吃到吗?”翁副市长问。

“能吃到，葡萄熟了，我们都会摘下来让大家分享。”冯修漪说。

冯修漪走在花丛中，站在葡萄架前，显得是那样的打眼、美丽，尽管她已经快50岁了，但保养得还不错，加上欧式的五官和高挑匀称的身材，给人感觉，她就是花丛中最耀眼的那一朵。一行人在花园转了两圈后，余兴未了地回到大楼。

一行人依次参观了学生的宿舍、教室，还有食堂，三楼是正副院长和教职员工办公休息的地方。四楼是住着残疾儿童的大房间，今天大门虚掩着，这些残疾儿童也换上了新装，新的被单、被套，屋里的孩子们有的睡在床上，有的坐在小凳上，不哭不闹，木讷地看着推门进来的每一个人。

“有什么困难吗?人手够吗?”翁副市长一行人在正、副两位院长的带领下走进了房间，挨个看望这些残疾孩子，询问着。

“感谢市里领导来我们孤儿院参观。”说话的是那个和余二月打过架的阿姨。“唉!”接着阿姨长长地叹息了一声，原本有点笑意的脸随即拉了下来，继续道，“你们没看见?这里的伢，不是傻子就是瘫子，他们话也说不清楚，流着口水，每天还要哄着他们玩，像哄宝贝一样，我对自己的伢都没这样耐心过。”阿姨抱怨着，仿佛她每天生活在水深火热之中一样。

这让正、副两个院长感到吃惊，脸有点挂不住了，他们突然意识到，原来这里的阿姨对孤儿院的管理是如此地不满。

“全都是骗人的，她在说假话!”

一个声音从门口传了进来，把大家吓了一跳——是余二月。原来余二月知道今天市里领导要来调研、视察，有点按捺不住激动的心情，就没去上课，站在宿舍的窗前看着大门口。

由于太突然，大家瞬间没有反应过来。还是阿姨反应快点：“你个六根指头的怪物，这里没有你说话的地方。”说完，阿姨对着余二月还“呸”了一口。

本来心里有火的余二月，这一下更愤怒了：“你满嘴谎话，你虐待这些残疾孤儿，你以为你做的事没人看见……”

如同平静的湖面突然丢进一块烧红的铁板，“嗞”的一声，把所有人都击蒙了。

“你放屁，大家不要听他胡说!”说这话时，阿姨的语气显然没有了刚才的底气。

“到底怎么回事，你进来说清楚。”冯修漪有点诧异。

“我那天亲眼看到这个阿姨踢了残疾儿童一脚。”

“完全是在胡说! 你活得不耐烦了，找死!”阿姨干吼着，做出想要揍他的动作。

冯修漪压抑着愤怒，俯下身子问这些残疾儿童：“小朋友，杜阿姨打你们了吗?”

这时余二月才知道，这个阿姨姓杜。

“打了。”一个三四岁模样的小男孩结巴着说。

“打，打什么了，谁打你了?!”杜阿姨鼓起眼睛，对着那个小男孩吼着说。

“哇!”小男孩哭了。

民政局的孟局长一脸严肃：“如果查证属实，要对这个阿姨严肃处理!”

其他两个阿姨站在一旁，表情怪怪的，好似有点幸灾乐祸。

这个阿姨名叫杜秀芝，不仅对这里的残疾儿童态度不好，对和她一起工作的同事的态度也专横跋扈，大家都不喜欢她。

停顿了几秒钟，杜秀芝突然对着冯修漪大声喊道：“你先把你自己管好，你拿公家的钱给六根指头做手术，你这叫贪污，拿公家的钱做好人!”

冯修漪始料未及：“你可不能乱说，我是拿我荷包里的钱给余二月做的手术，是我私人的钱……”她的脸涨得通红，语无伦次。

“孤儿院是政府办的，财务由专人管，有会计，有出纳，每笔都有出处的，要查清楚非常简单。这里的孤儿看病有规定，什么病可以报销，什么病不能报销。余二月的一只手上长出了六根指头，但不影响生活，属于美容范围，孤儿院没这项医疗开销，每一笔报销还必须有我这个院长签字，我没有为余二月切除第六根指头的治疗费签过字。”殷院长平静地向市领导汇报。

“我是同情余二月，虽然六根指头不影响他的生活，但给他的心里蒙上了巨大的阴影，就拿你来说，上次和余二月打架，就是因为你笑话他长了六根指头。”冯修漪说。

“想处理我？凭什么？”杜秀芝上前拦住了孟局长，要他说个清楚。

“你作为孤儿院里的阿姨，照顾好这些孤儿，尤其是要照顾好这些残疾儿童，这是你的本分，你要提高认识。”孟局长说。

翁副市长说话了：“这一切我都看在了眼里，如果小朋友反映的情况属实，院里要深查，这里是慈善机构，你要端正好态度。”

杜秀芝显然没经历过这些，她是一个从农村进城的没文化的合同工，她的眼里只有钱，只顾自己的感受。她显然被这一拨领导的指责给震慑了，于是她使用了惯用的手段——撒泼。她突然大叫一声：“我不活了！”随即将自己的脑袋往墙上撞去。冯修漪离她最近，一把没有拉住，杜秀芝的脑袋还是撞在了墙上，就听“咚”的一声，她的身子像泥鳅一样滑在了地上，大家扶住了她，要她冷静，她却哭得更带劲了。

孟局长很冷静，他说：“你不要来这一套，撒泼在这里是行不通的，你的这些做法已超出了你的职责范围。”

杜秀芝词穷了，一行人走出来的时候，还听得到她声嘶力竭的干号。余二月偷偷地溜下了楼，他心里有些慌乱。

四楼尽头的一间房是一个套间，外间是财务室，里间是档案室，过道两侧是办公室。档案室里面保存着大量的账本，还有老照片，那些泛黄的老账本，摞起来有几米高。翻开来，每一页都用细细的钢笔尖，密密麻麻地记录着孤儿院的每一笔收入和开销，贴满了各种各样的收据，就连租借了哪家的一个木梯，租借了哪家的一个电炉，什么时候归还的，时间、地点，都记录得清清楚楚。而那些老照片，铺开来，仿佛就是一幅连环画，和着这些老账本共同再现着过去的年月，再现着孤儿院里师生的生活。

市领导一行人看着眼前这一摞摞档案资料，看着这一张张老照片，追寻着孤儿院的历史进程，脸上都露出了满意的笑容。

“你什么时候带余二月去做的手指切除手术？”殷修善问。

“上月，6月份的时候。”冯修漪说。

“病历还在吗？”殷院长问。

“在，我看病的病历也在，也就是我镶牙的病历。”冯修漪补充道。

“将近半年的报销单找出来，看看有没有冯院长镶牙和为余二月手术的医院治疗报销单。”殷修善对管档案的工作人员说。

外间的一位会计听到忙接口道：“没有，冯院长今年都没来报销过医药费，不需要找，我知道。”

“找一下，不要嫌麻烦。”殷院长语速较慢，但语气坚定。

近几个月的账本很好找，就在面上。

会计将近期的账本又翻了一遍。“没有。”没有冯院长和孤儿余二月的医药费报销单。

第三节

市里领导这一次到孤儿院调研，也让几近封闭的管理方式得到了有效的改善。

让人想不到的是，第二天市里最畅销的报纸，用头版头条报道了昨天市领导以及市民政局领导一行到孤儿院调研一事，肯定了孤儿院这所福利部门所做出的贡献，也指出了管理中有待完善的地方。报道同时表达了市领导对孤儿院的关心，并表示，将进一步提升孤儿院的管理水平，增加师资力量，并从资金上给予帮助。

这一报道，让正、副两位院长的心终于安定下来，让全院职工欢欣鼓舞。

让人欣喜的是，几天后，孤儿院就陆续收到了来自各界人士的捐款，有一位捐款者还寄来一封饱含深情的来信，说他曾被这家孤儿院收养，得到了很好的照顾，现在他已是一名自食其力的劳动者，有了稳定的工资，还结婚生子，过着幸福的生活。这一封信经冯院长在孤儿院里的广播播出后，孤儿们很受鼓舞，有的流下了激动的泪水，纷纷表示，一定要好好学习，将来做一名对社会有用的人，回报社会。

好事是一桩接着一桩，政府不仅要孤儿能学到文化知识，还希望他们有一技之长，将来到社会上有一个谋生的手段。政府决定出资让孤儿学手艺，比如纺织、缝纫、绣花、制鞋、木工等。

热火朝天的景象在这个看似宁静的孤儿院里呈现。学生们除了上午上课，下午还可以根据自己的爱好学习技能，一个强烈的愿望在鼓舞着这些没有父母的孩子，他们希望以后能通过自己的能力在社会上生存。

孩子们在老师傅们的指导下，学习技能的劲头很足，半年后，这种工读并进的方式取得了良好的效果，他们制作的衣服、鞋子、桌椅都达到了技术要求，还能贡献社会。

余二月却有着自己的理想和打算，他把主要的精力放在绘画上。

自从市领导和民政局的领导一行来巡察、调研，给孤儿院增加了以上的优厚待遇外，最让余二月内心感到满足和兴奋的是他拆穿了杜秀芝阿姨的恶行。原本还有点担心市里领导知道这个丑闻后会对孤儿院产生不好的影响，没想到不仅警示了孤儿院的管理，还给孤儿院增加了这么多的福利待遇，这样看来，市里的领导是多么关心我们这群孤儿啊。

就在市领导来孤儿院巡察、调研的一个星期后，孤儿院开了一个师生大会，着重提到了杜秀芝涉嫌虐待残疾儿童的行为，需要防微杜渐，并组织这些残疾儿童到医院做了身体检查。对杜秀芝给予了处分，一是处以 200 元的罚款，每月从她的工资中扣除 5 元；二是杜秀芝的工作调换为保洁员，就是打扫孤儿院的卫生，包括厕所的卫生。

这一决定如重锤实实砸在杜秀芝的身上。她每月只有 32 元的工资，扣除 5 元，只剩 27 元。她算了算，一个月从她工资中扣除 5 元，200 元要扣 3 年多，她还要交伙食费，家里有 4 个未成年的孩子，她的老公，一个地道的农民，上面还有老父老母要养。她要气疯了。

杜秀芝决定去找殷院长，她在这里干了十几年，从没近距离接触过殷院长，她觉得殷院长和她之间有着一条跨越不了的鸿沟，这条鸿沟的名字，在她看来，就叫尊与卑。但现在，她已经顾不了那么多了。

杜秀芝因为着急，敲错了门，她敲到了冯副院长的门上。当冯副院长拉开门时，杜秀芝不敢抬头看，却看到了一双女人的脚，她抬头，是冯副院长。她伸头往门里看，里面没有殷院长，她说道："怎么会是你？"

"你找谁？"冯副院长反问。

杜秀芝不好对冯副院长说找殷院长，便说了句："哦，敲错门了。"

杜秀芝拍了一下自己的脑门，发现殷院长的办公室在冯副院长的隔壁。她扶在殷院长办公室虚掩着的门上，想缓一缓心情再敲门，却没想门开了。杜秀芝撇撇嘴角，喊了一声：“殷院长！”殷院长“嗯”了一声，然后说道：“门也不敲就进来哪？”

杜秀芝听殷院长这样说，气势也弱了下来：“我是来请求院长大人的，罚我 200 元太多了，我上有老，下有小，我每月只有 32 元工资，我一家老小都指望着我那几个钱。”杜秀芝可怜兮兮地说。

“孤儿院是慈善机构，孤儿都是可怜人，你虐待孤儿的行为是不道德的，罚你钱是对你所犯错误的惩罚和警示，你必须对你的行为负责。”殷院长严肃地说。

“我没有文化，有些地方做得是不对，还请殷院长原谅！”杜秀芝的声音带着哭腔。

殷院长说：“罚款还是轻的，你要好好吸取这次教训，如果仍然不改，我们可以开除你。”

这一夜，杜秀芝没有合眼，她想到殷院长对她说的话，她想到她起床后就要拿着扫帚去打扫卫生，还有厕所，她不知怎样迈出这一步。她多想回到被自己诅咒过无数次，现在却像天堂一样的工作地点，那些可怜的残疾儿童，也许正在盼望着自己像以往那样来到他们的身边，可他们真的盼望自己吗？说不定这些可怜的残疾儿童恨死我了，那天残疾儿童不是当着我的面，向来调研的市领导哭诉我的罪恶吗？他们有错吗？没有呀，是我有错呀。“我要脱胎换骨，我想……”她懊悔着，心里涌起了无数个“我想”，可她知道，这都只能是妄想了。

我今天就要拿着扫帚、抹布做清洁了，怎么没有人通知我去报到，难道，难道这份工作也不需要我了？她有些心慌起来。突然，她的脑海闪现出一个人——冯修漪，她也是院长呀，虽然是一个副职，但分管着院里的人事，向她求个情，看能否减免对她的处罚，尤其是那 200 元钱。

她想好了，找冯院长的理由是，现在还没人安排她上岗，她在寝室已经等了两小时了。

她有些忐忑地来到冯院长办公室门外，作了两次深呼吸，用食指在门上敲了两下，声音不大，但里面的人应该听得到。

没有回应。

过了十几秒，她用食指和中指并起来对着门敲了三下，这次的敲击声比刚才要响一些。

仍然没有回应。

她探起头往门缝里看，嘴里还自言自语："上班时间跑哪里去了？"

"杜阿姨，你看什么呀？"冯修漪从卫生间方向走过来。

原来冯修漪上卫生间去了。

她跟着冯修漪进了办公室，她大胆地瞟了一眼冯院长，还好，冯院长看她的眼神很平静。她强迫自己冷静，却一眼瞅见了那辆自行车，它立在窗子下面，非常显眼。

她的心狂跳了起来。人是容易被暗示的，做贼心虚的她不敢再与冯修漪的眼睛对视，想说的话也憋了回去。

"你有事吗？"冯院长淡淡地问。

她哀求道："冯院长，看在我在这里干了十几年的分上，看在我对您忠心耿耿，看在我一个农村妇女的难处，我请求你不要扣罚我 200 元钱，那钱可是我的命呀，我一家子都指望着那钱过日子。"她还想讲下去，她不自觉地又瞟见了那辆自行车，她把话便吞了回去。

"你做了些什么，你自己心里清楚，这是院里领导开会决定的。"说完，冯修漪转过头，朝自行车深深地看了一眼。

冯修漪进一步暗示道："想要人不知，除非己不为。"

杜秀芝的大脑"嗡"了一下，嘴里说："自行车钥匙不是我拿的，你这是诬陷……！"

"你怎么知道我自行车的钥匙被人拿了？"冯修漪说话的声音不大，但字字冰冷。

"你下去吧。到保洁室上班去。"

第四节

自从孤儿院办起了纺织、缝纫、绣花、制鞋等劳动课后，学生的精神面貌有了很大的改变，这种"工读并进"的教学方式让孩子们都觉得自己有了盼头。很多老师在没课的时候也来学习，现在孤儿院除了每天的钢琴声，还多了劳动的欢笑声，俨然一个幸福的乐园。

杜秀芝这时的心情可不一样，自己在冯修漪面前不打自招的那句话，让她无地自容，觉得自己实在是太愚蠢了。而自己被调换成保洁员，还要从工资里扣除 200 元钱，每月扣 5 元，要扣 3 年多，她认为这个决定大有可能是冯修漪在报复她，她在这个问题上起了很大的作用。此时，一个罪恶的念头冒了出来，你冯修漪不让我好活，我也不让你活得舒坦，我大的坏事干不了，但要你再尝尝我的厉害还是可以的。

杜秀芝之所以突然有这样一种想法，是她去冯修漪办公室这一天下着雨，哗哗的雨声与她灰暗的心情合为一体，让她心情更加地沉重。今天的上午，因为下雨，她去冯修漪办公室的时候，她看见那件洗了的蓝色碎花丝绸连衣裙挂在了拐角的走廊上，这条连衣裙多漂亮呀，她注意到，只要冯修漪去重要的场合，就会穿上它。

复仇的兴奋让杜秀芝来了精神，好不容易等到天空暗了下来，夜深了，她拿起一把小剪刀，避开宿舍其他阿姨的注意来到三楼，来到拐角的走廊处，她的心狂跳了起来，拿着剪刀的手不停地颤抖着。雨哗哗地下着，突然一道闪电划过天幕，接着轰隆隆的数声巨响震耳欲聋，她手上的剪刀掉在了地上。闪电过后，走廊里一片漆黑，她弯腰找剪刀，摸了半天也没摸着。她躲在角落里，生怕被人发现，过了好几分钟，她缓了缓神，再次在地上摸索着找剪刀，她感觉她的脚踩到了什么东西，硬硬的，她的心一阵激动，弯腰摸索，正是她要找的那把剪刀。

不能犹豫，犹豫什么事情都干不成。她不停地鼓励着自己，但拿着剪刀的手还是在哆嗦。这时她突然想起冯修漪的那张脸，那张漂亮的脸，那张脸在她面前突然变得渐渐模糊，她仿佛听到冯修漪在说："罚你 200 元。你明天拿着扫帚打扫厕所去！"

杜阿姨撑开了剪刀，举到了那件漂亮的丝绸连衣裙旁，突然，又一道闪电划过，雷声大作，刚刚平和了一点的雨又下大了，电光闪过那一瞬间，她看见这条裙子如仙女的绸带在暗夜的电光中不停地摇曳，仿佛在抗议，在拒绝即将面临的厄运。

太漂亮了，太耀眼了。越是漂亮，越是耀眼，越要毁掉它。

剪刀触碰到了裙子，这个时候只要她稍稍一用力，一条美丽的裙子就会毁于一旦。不行，一个声音在她耳旁响起，如此这般，第二天早上孤儿院就会引发一场轩然大波，她就会直接被揪出来，这是毫无疑问的，因为这事做得太过分。

杜秀芝就这样犹豫着，就在这时，仿佛上帝向她挥过来一只手，告诉她这事该怎么做。有了，是的，有了。她举起小剪刀在这条漂亮的裙子的下摆处斜着剪开了一个小口，呈三角形，如果不注意是看不出来的，但实实在在地把这条裙子给毁了。

接下来，一个、二个、三个，她一口气剪了上十个。

她做得确实巧妙，冯修漪做梦都不会想到，她这条漂亮的、高贵的、她最喜欢的裙子已经不是一条完整的物件了，就是拿到典当行去，也不值钱了。

第二天，杜秀芝到保洁室报到。

保洁室的保洁员告诉她，扫帚、拖把、抹布都在门后面放着。中午保洁员开个会，做具体的分工，要她今天把一楼的大堂和走廊拖干净就行了。

杜秀芝拿起拖把，到女厕所接了一桶水，将拖把放在桶里打湿绞干后，却有点放不下面子，她猛吸了一口气提起拖把来到走道。走道没人，她机械地拖起来。

“杜阿姨!”

杜秀芝回头，是小戴，他说：“殷院长和冯院长刚刚召集院里领导开了一个短会，考虑到你的家庭情况，决定减轻对你的处罚，只扣罚你 100 元，这钱每月还是从你的工资里扣除。但你一定要吸取教训，在新的岗位上要好好工作，不要辜负两位院长对你的期望。”

太意外了！杜秀芝说：“谢谢殷院长，谢谢冯院长的大恩大德，我这辈子做牛做马也心甘情愿呀。”杜秀芝一激动，大话就从她嘴里出来了。

杜秀芝丢下拖把，三步并作两步地到了三楼，大声说着：“感谢殷院长，感谢冯院长，感谢……”她直接往冯修漪办公室的方向奔，却老远看见走廊拐角处冯修漪那条漂亮的连衣裙还挂在那里，她的激动瞬间被一种难以言说的内疚和不安抑制，步伐变得沉重起来。

冯院长的门虚掩着，杜秀芝将门推开了，喊了一声：“冯院长!”

“嗯，你有事吗?”其实冯修漪已经听见她刚才的“感激”，明知故问。

“冯院长，我一定好好地工作，绝不辜负你和殷院长对我的好。”然后对着冯修漪深深鞠躬，脑袋半天没有抬起，她不敢直视冯修漪的眼睛。

“知道了。”冯修漪说道，“保洁的工作比起照顾残疾婴儿也许还要辛苦，而且这种工作于大庭广众之下，工作做得好与坏一目了然。”然后她又说了一句：“你下去工作吧。”

杜秀芝看世界的眼光开始有了转变。在保洁分工的小会上，她主动提出她分担打扫厕所的工作。孤儿院里一楼到四楼共有 8 个厕所，其中包括男厕 4 个，女厕 4 个。这些天，她将厕所旮旮旯旯的顽固污垢都认真彻底地清除了，使厕所看上去锃光发亮。为此，大家纷纷赞扬杜秀芝，这让她第一次感受到了受人尊重的幸福。

但每天下午学生那种热火朝天的学艺景象还是刺激了杜秀芝，她有时在缝纫课的课堂外稍有停留，看上几眼。她的这一举动被一起工作的其他保洁阿姨看在了眼里，自从杜秀芝来做保洁后，赞誉声就不断，这让其他保洁阿姨就对她有些嫉妒，认为杜秀芝在作秀，于是将杜秀芝这一举动告诉了冯修漪院长，不过是这样描述的：“杜秀芝上班不务正业，经常在缝纫课时待在窗外张望。”

第二天下午，院里却贴出了这样一张公告：为了让职工有一技之长，有一个另谋生计的手段，从明天开始，所有职工，除星期天外，另给半天时间学手艺。

然而，公告贴出后，其他几位保洁阿姨都知道了，唯独杜秀芝不知道，因为她不识字，也没人告诉她。

于是，杜秀芝发现，居然有保洁阿姨学手艺了，虽然偶尔才去学，却是在上班时间呀。她非常地不解，非常地羡慕，她又不好去问，这让她内心十分煎熬。她多想进去学呀，她想学缝纫，这个愿望太强烈了。可是她不能这样做，她的这份工作还是院长恩赐的。直到一个月后的一天，冯修漪找到她，她的心提到了嗓子眼，因为剪裙子的事一直是她心中的一个结。

“杜阿姨，你怎么不去学点手艺呢？这么好的机会，你也要抓住呀！”冯修漪问。

“在哪儿学手艺？”杜秀芝欣喜地问。

“就在院里呀，纺织、缝纫、绣花、制鞋等，女同志都是可以学的，又不收学费，我认为你学缝纫比较好，学会了，可以给自己的孩子做衣裳，这样经济上要节省得多。”冯修漪说。

“上课的时间，我要工作呀？”杜阿姨说。

“你没看一楼贴的公告吗？除星期天可以学外，每星期还有一个半天可以去学习的。”冯修漪疑惑地说。

“哦，好好，真好！谢谢冯院长。”说这话时她的眼睛一直躲闪着。

杜秀芝真的变了，她是真心实意想改变自己，改正自己的缺点，可那个内心的枷锁却困扰着她，她不敢想象这可怕的一天什么时候会到来，那条漂亮的连衣裙时刻在她的眼前晃动着。

第五节

几年过去了，让杜秀芝担心的事没有发生，她的生活逐渐步入了正轨。

余二月这时已是一个少年了，唇上已长出了绒毛，喉结如一颗小小的核桃，说话时一动一动的，喉音夹着轻微的鼻音，很容易让人联想到入春时的杨柳，轻扬的枝条，在微风中自傲摇曳，窸窸窣窣的声响就会送入耳膜。有人说青春万岁，其实我们可以说很多东西是可以万岁的，如精神、如信仰，却唯独青春不能万岁，青春实在太短暂了，短暂得有时让人恐慌，抓不住也存不下，就那么稍纵即逝，但这就是青春美好的所在，上天就是这么不解风情。

青春的可贵，俊美少年是感觉不到的，他只活在当下，觉得有挥霍不完的青春，甚至还巴不得快快长大。余二月此刻的心境就是如此。也难怪，他 8 岁就进了孤儿院，孤儿院虽然能够满足他的温饱，满足他基本的学习，但他不了解外面的世界是怎样的，他的内心充满了探索的渴望。

这不，这天余二月正徘徊在夕阳的影子里，思绪飞扬于遥远的天际，想象着天边云朵背后的霞光该如何褪去。他眼前却晃动着一朵云彩，迟迟不愿离去，这让他想起了那个小女孩，那个给他送过馒头的小女孩，像霞光一样美丽。余二月就是在这样的一个时刻，猛然想起了她，好久没有见到她了，是呀，好久了，好久了，无论是在课堂上、操场上，还是在食堂长长的队伍中，她在余二月的眼里就这样消失了，而他此前从没有认真考虑过这个问题。他一阵内疚，她可是在他最无助的时候给了他温暖的人，那是一种实实在在的温暖，冒着挨骂的风险，她是那样勇敢地来到他的面前，送来他需要的馒头。这种想念一旦进入他的大脑，就再难抹去。这个云朵一样的女孩上哪儿去了？他开始寤寐思服。遗憾的是，他居然不知她的名字，也没法去打听。他怎样问呢？问谁呢？难道他去问杜秀芝阿姨，那个给我送馒头的，被你骂了的那个小女孩到哪里去了？难道他去问其他的老师，那个脸蛋上长了一块桃红色胎记的小女孩怎么没见着了？他不好问，也不能问，他只能细细地观察。

余二月决定从明天上午开始，早早地就去食堂吃早餐，他想或许云朵姑娘并没走。

第二天上午很快来到了，时光真的很懂得余二月的心思，这天清晨天亮得特别早，6 点钟晨曦就已经布满天际。

余二月洗漱完毕，认真地整理好自己的衣裤，还用刷子将鞋子认真地刷了刷，他幻想着云朵能看到他最光鲜的一面，他这才拿起碗向食堂走去。

此时食堂的两个大煤炉正冒着蓝色的火焰，大块的煤炭烧得火红火红，热气噌噌地向上涌动着，发出轻微的呼呼声。食堂师傅穿着白大褂，头戴白色高帽，在忙碌着。三层高的大蒸笼里，冒出白色的雾气，将整个厨房笼罩在热烘烘的蒸气中；馒头的香气弥漫着，飘向食堂大厅。食堂大厅的人却寥寥无几，时间尚早，余二月便来到庭院。花木经过一夜的露珠滋润，散发出微微的馨香，仿佛刚被雨水灌溉过，看上去是那样的清新、透爽。庭院里很安静，有两三个老师在散步，不时仰头四处看看，再伸伸手臂，弯弯腰，做着舒展的动作。

余二月返回到食堂时，已经有十来个人在此排队了，锅碗瓢勺不时发出叮咚声，好不热闹，食堂的两位师傅刚刚从煤炭炉上端下熬稀饭的一只大锅，而另一只煤炭炉上的蒸笼仍在冒着大气，在呼呼地鼓着劲儿。余二月坐在了最后一排的一张桌子旁，从这个角度可以看见进来的每一个人。他的心情有点激动。食堂越来越喧哗，男孩子们三两成群地嬉笑着打闹着进了食堂，女孩子们文文静静地进了食堂。余二月的眼睛看着食堂的大门，每进来一个女生，他的心就紧绷一下，直到食堂用餐的人都走了，大门再无人进来，他才意识到云朵可能真的从这里消失了，一种失落紧紧地拽着他的心。

这种失落和痛苦让他不能接受，可是，他连云朵的名字都不知道，他觉得唯一可问的只有杜秀芝，云朵曾因为给他送馒头遭到杜秀芝的谩骂，她对云朵的印象应该是深刻的，她作为孤儿院的一名员工，或许会知道云朵的去向。

那天早上，余二月没有要稀饭，向师傅多要了一个馒头，然后他仍然坐在了最后一桌。他看见杜秀芝了，她没有像先前那样习惯性地敲着饭盒走进食堂，她的目光比先前柔和了许多。待杜秀芝端着饭盒走出食堂的时候，余二月跟了上去，喊了一声："杜阿姨!"杜秀芝回头看见是余二月，她应了一声，然后对他笑了笑，什么也没说。余二月说："杜阿姨，我想问您一件事，行吗?"

"有么事?"

杜秀芝问话时，眼里含着笑意，这让余二月的胆子更壮了，他说："那个……"刚刚说到这里，连他自己都不知道该怎样往下说，因为"那个脸上有一块红色胎记的女孩"，这句话他怎么也说不出口。

"那个么事?"杜秀芝笑着问。

这时，余二月发现身边似乎有老师和同学在注意他们的交谈，尽管老师和同学一脸漠然的表情，可他觉得这句话就是不好这样问。

杜秀芝看出了余二月心里有话，她走到墙的一角，问他到底有什么事情。余二月看得出，尽管他与杜秀芝的不愉快已经过去几年，但留在杜秀芝脸上的那一点点阴影还是从她带有嘲讽的嘴角泄露了出来。

余二月眼睛从杜秀芝的脸上移开了，他说："杜阿姨我想问你一个人，那个脸上有一块桃红色胎记的女同学怎么没看到了，她曾送过我两个馒头。"

"哦，你说的是那个女孩呀，她给你送过馒头，这个事我知道。你知道这两个馒头她是怎样拿到手的吗?是她偷的!"杜秀芝刚刚还有点笑意的眼角露出了轻鄙。然后叹了口气又道："她走了，再也不会回来了。"

"就因为她多拿了两个馒头的事吗?她后来到哪里去了呢?"余二月难过极了。

"什么是多拿了两个馒头，她是趁厨房师傅不注意，偷走了两个馒头，她这样做是因为你呀。"杜秀芝的性格虽然改了很多，可她在说到关键事情上，在说到与自己有点关联的问题上，还是表现出了她的自私。她应该是想证明她当年和余二月的那场争斗她是对的，而斥骂那个小女孩这件事，她并没有错到哪里去。

杜秀芝的一个“偷”字刺痛了余二月，但他忍了。

片刻过后，杜秀芝继续说道：“她偷馒头的事殷院长和冯副院长都知道了，我也知道了，院里的老师也基本都知道了，估计她怕被罚，就躲到四楼那个露天平台上。那几天正好下着雨，她晚上就睡在平台檐子下的水泥地上，然后就受了凉，得了风湿，她爬了出来喊救命，虽然她的命保住了，却站不起来了，后来孤儿院通知了她的亲戚，据说是她的姑妈把她接走了。唉，也是蛮可怜的。”

“啊！”余二月不由倒吸了一口冷气。

“你还是蛮讲感情的，还记得她，一个小屁伢，哈哈。”杜秀芝这句话不知是发自内心的玩笑，还是嘲讽他。余二月除了那句“她的姑妈把她接走了”，其他好像什么都没听见。

这时，余二月听见一位老师在高声训斥：“读英语，发音要准，你却在这里叽里哇啦，结结巴巴的，声音还蛮大，把其他同学正确的读音也给压下去了，跟你说过多少遍了，声音小点，小点！”

余二月被英语老师吸引了过去，他悄悄走到教室门口，他想从门缝里看看老师训斥的是哪一个学生，是男生还是女生。

“来来来，我教你发音。”英语老师走到了这个女学生的课桌前，一把抓起她的课本，高声说道，“你把英语单词的下面都标着汉字，这怎么学得会，你就是把喉咙喊破了也读不会的。”英语老师是一个女的，很年轻，看上去20多岁，她尖起嗓门又面向全班同学高声说：“跟你们说了哈，哪个再在英语书上标汉字，我就让他滚出教室，永远不要听我的英语课。”说完，“啪”的一声，她将这位学生的课本重重地摔在桌上，气哼哼地转身，向讲台走去。

“贾老师，你出来一下。”余二月听出是殷院长的声音，原来他正在各个教室窗口巡视，突然听见贾老师的呵斥声，便走到了这个教室的窗下。余二月吓了一跳，他竖起了耳朵。

“贾老师，我们这里是孤儿院，是慈善机构，有不少残疾孩子，这些孩子很可怜，都是被父母抛弃或是失去父母的孩子。这个女孩也是一个残疾孩子，由于先天发育不良，导致口吃和歪嘴，就连正常言语表达都较费劲，你还年轻，后面的路还很长，你对这些特殊的孩子要有耐心。”

殷院长说这话时声音不大，但余二月还是听清楚了，他的内心充满感激，因为殷院长的这番话在他听来，仿佛说的是他，他想起他曾是六根指头的时候，那种被人歧视的感觉。

什么是家，难道这还不够吗？即使是自己的爸爸妈妈也未见得能说出这样暖心的话，这话出自一个长者，一个与这些孩子毫无血缘关系的长者。

等到英语老师的教学声又在这个教室响起后，余二月知道殷院长离开了。余二月再也没有心思去上数学课，他想梳理一下自己的心绪，激动、温暖的感觉紧紧地包围着他。他想，这个孤儿院虽然有一些尚待完善的地方，但在政府和院长们的关怀下，一个个无家可归的孤儿被接到这里收养，他们不讲条件，就是为了一个“善”字，这一切的一切都让他感动。

余二月上到四楼半最高层的那个阳台，他又想起了那个给他送馒头的小女孩，那个怕被惩罚而独自上到这里来而得了风湿病被姑妈接回家的她，现在看来这个小女孩的惧怕是多么地多余。余二月此时像洞悉了人生一样，觉得活着真的很好。

第五章　心有所向　在所不惜

第一节

孩子们吃完晚饭，有时会三五成群地走出孤儿院，走到两公里外的一个近郊，这里有一家国营大农场，种着各种水果，不同季节的水果诱惑着这些很少吃到水果的孤儿。可农场的大门 24 小时有门卫把守，农场四周有 2 米多高的围墙。孤儿院的孩子们早已将水果成熟的季节摸得很清楚，比如，6 月份桃子成熟了，这个时候，栀子花也盛开了，道旁十几株栀子花的香气一阵一阵地被吹进人们的鼻翼，所以每到这个季节，女孩子们尤其喜欢往这里跑，有时趁人不注意还摘上几朵插在头上。8 月份是苹果和梨子成熟的季节，到了 7 至 10 月份，随着叶子的飘落，有些苹果就撑不住自己圆滚的身体，骨碌碌地落到地上，孩子们想象着那情景，多想飞身进去，去捡拾那一个个又红又大的苹果，尤其是风起的时候，这种想象更加地强烈。梨子呢？又甜又香又脆，他们吃过，美味极了，虽然梨子长得没苹果那么漂亮，但梨花很漂亮。

对于这些孩子们来说，农场这个果园就成为他们魂牵梦萦的地方。每次来到这里，这群孩子就会缠着守门的老头，说服老头让他们进去，还表白，他们进去只是玩玩，绝不爬果树摘水果。守门的老头也不是傻子，他明白，这群孩子分明就是冲着果树来的，所以从不让孩子们进去。老头守得住这边却守不住那边，有几次还真的被一群孩子给突围了。有一次还惊动了农场的领导，果农也跑出来抓孩子，被抓住的一个孩子在“审讯”过程中，说出了他们是孤儿院的孩子，这下好，农场的人拖着这孩子找到了孤儿院的领导，殷修善和冯修漪很是生气，狠狠批评了这几个孩子，并在院里大会上通报了这事，说如果再有学生发生这事，就要从孤儿院里开除。这之后，这些孤儿很长时间都没敢往农场跑。

或许，欲望是这世界上最难控制的东西，它主导着大脑，无论何时何地，无论此时在做什么，“欲望”这玩意儿都会如妖魔一样缠绕，对于这些稚气的孩子来说，更是如此。他们身体的每一个细胞，都在“欲望”之下在身体里乱捣着——那一片一片呀，几乎望不到边的农场里的香甜的水果林啊，只要能拿到手，就可以送进嘴里，然后慢慢品尝。这种有质感的幻觉仿佛让孩子们入了魔，那是六七十年代，物质很匮乏，一般家庭很少能吃上水果，而在孤儿院他们也只品尝过孤儿院里种的葡萄，但这里却有一个果园，这对于这些孤儿来说是不可抗拒的。当然，也不是完全触不可及，有时高大果树的枝头挂着果子伸出了墙外，然后经过大风那么一吹，就偶有几个果子掉落在了地上，成为他们的囊中之物。

这天吃罢晚饭，包括余二月在内的七八个孩子又相互邀约着前往农场。这是一个初秋时节，被人们习惯地称作“秋老虎”，虽已近傍晚，火红火红的太阳依然灼热地斜照在大地上。这群孩子裹着浑身的汗臭疯跑着，不一会就到了他们日思夜想的农场，风吹来了苹果的馨香，胃肠的蠕动开始鼓动着他们的身体，他们游荡在农场门口。

老头儿警惕地看着这一群孩子，随即从门卫提起了扫帚，故意扬了扬，以示做好战斗的准备。

这群孩子此时却像一群瞄准了猎物的狼一样，目光都盯住了老头儿。

孩子们私下里议论过，说落在地上的那些熟透了的苹果，那些快烂但还没烂的苹果，丢了实在可惜，这次他们就是想说服守门的老头，去捡几个掉在地上的苹果。

这时，老头的脸看上去有点狰狞，他手上的扫帚开始不停地向着空中上下转动，像在练习如何要猴。看来说服老头儿是不可能的！

从苹果树上落下的苹果还真被孩子们看见了，它们被一堆一堆泛黄的落叶覆盖着，这种视觉下的诱惑真是残酷得很，惹得他们直吞口水。他们在门口晃悠着，嬉笑着，看似快乐无比，心里却无比煎熬。这时老头儿拿起了门口的簸箕，捡起了掉在地上的那几个苹果，稳稳地放在了簸箕里。这群孩子的心开始剧烈地跳动，眼里放射着灼热的光芒，死死地盯着簸箕里的那几个苹果。

老头儿是想将这几个苹果递给我们，打发我们快快滚开。他们心里这样想着。簸箕里的苹果又大又红，像熟睡中婴儿的脸蛋。他们的眼睛都瞪大了，都盯着老头儿拿簸箕的那只左手，这只左手只要朝着门口的方向稍稍一扬，苹果就会滚落在他们的跟前。此时的空气仿佛凝固了，孩子们的嬉笑声瞬间停止，同时也停止了晃动的脚步。老头儿的那双脚却迅速地向院内走了几步，手一扬，苹果落在了一个人的身旁。不远处，有一个正在修理自行车的人，但没有一个孩子注意到这个人，他们的注意力全在老头儿身上，全在这个簸箕上了。

“冲啊!”不知是谁叫喊了一声，孩子们如小鸟，向着果园狂奔。有一个孩子一骨碌地爬到了苹果树上，已经摘下一个苹果在啃咬了。老头儿急眼了，他丢下手上的簸箕，拿起墙边叉苹果的长竹竿，追打着这群孩子，一边追，一边骂。

只有一个人停止了脚步，这个人就是余二月。余二月愣住了，因为就在老头儿将簸箕里的苹果扬在修车人的身旁时，他的大脑顿时“轰”了一下，那不是他的大哥吗？只见大哥忙乱地将一个个苹果捡了起来，放在了他身旁的一只又黑又脏的帆布包里，然后拿起了一个苹果，在自己的裤子上擦了擦，忙乱地送进自己的嘴里大咬了一口，眼睛还向四下观望，仿佛怕被人抢走似的。

自从上次余二月在街上看到大哥后，这一晃又是好几年了，余二月竟将大哥忘在了脑后，连梦里都没出现过，他恨他的大哥，居然连梦都拒绝他的出现，他的这种恨，是恨在骨子里了。现在，大哥又出现在了他的眼前，同样是他看见了大哥，大哥没有看见他，他不想看到大哥，可双眼由不得自己，他紧紧地盯着大哥。算来，大哥也有二十七八岁了。他成家了吗？一股酸楚涌上心头，看看大哥现在的样子，一定过得很不好。到底是血脉相通啊，想到大哥的境况，余二月不由得有点泪湿眼眶。大哥又啃了两大口苹果，将眼睛抬了起来，看着老头儿在果园里追着孩子们乱跑，然后又啃起了苹果，再将目光投向了余二月的方向，他的心猛然跳动了起来，不过这一眼大概只有一秒，大哥的目光又收回到自行车上。余二月长长地吁了一口气，大哥已经认不出他的这个弟弟了，他的这个弟弟已经长高了，长成一个少年了，长胖了，长白了，穿得也体面了，时间真是一支魔杖，可以将人变成鬼，也可以将鬼变成人。

余二月想离开这里，迅速地离开，什么苹果不苹果的，他已经吃苹果的事忘记了。就在他拔腿要走时，大哥不知为什么又将头从自行车的方向抬了起来，重新看向了他的这个方向。这次大哥的眼睛带着惊讶，眼睛瞪得大大的，嘴唇动了动，但瞬间目光又平静地转向了正在修理的自行车。余二月不能再多想了，他拔腿朝着孤儿院的方向跑去。

大哥好像认出他了！

那晚余二月躺在床上，心情复杂极了，这个让他无比痛恨的大哥又被自己见到了，他害怕大哥找到孤儿院来，他已经不再是那个只有6岁的需要他帮助的小男孩。

还好，一天、两天、三天，一个星期过去了，一个月过去了，没有听说有谁来找过他，这事就这样过去了。恨也好，牵挂也罢，都在时间的流逝中渐渐褪去。

第二节

那是一个初春，一个平常得不能再平常的日子，清晨的风，缓缓地吹着，院里的树枝已吐出嫩芽。

音乐老师麦谷丰如往常一样，起床后，早早地来到庭院，想在这里伸伸腿，弯弯腰，呼吸一下新鲜的空气。她明白，像她这样一个独身女人，如果到了晚年身体不好是很悲惨的，这种意识时常让她有一种紧迫感，锻炼身体便成为她每天的必修课。当她站在葡萄架旁，双手叉腰，脑袋随着身子左右上下转动时，突然，她的眼睛扫到了一个让她感到十分诧异的东西，墙边窗下好像躺着一个人，一身黑衣。她停下动作，有点惊恐地慢慢走近，定睛看着那个令人诧异的东西，不由大叫了一声，真的是一个人，一个男人，她壮起胆子再走近些，躺在地上的居然是殷修善院长。他的面部已没了血色，一只腿显然已经断了，一只眼睛半睁，另一只眼睛微闭。就在麦谷丰转身想呼喊时，突然她听到殷修善院长重重地喘息了一声，她回头，天哪，殷院长还活着，她赶忙凑上前，想扶起他，殷院长的脑袋歪向了一侧，就像电影里人死时的情景，麦谷丰明白，殷院长是真的死了。

他一定是从三楼他的住处掉下来的，因为殷院长尸体正对着三楼的这扇窗口。修道院的大楼，每一层的空间都很高，相较于中国的建筑，三层楼有五层楼的高度，人从这种高度重重地摔在花坛边的水泥道上，生还的可能几乎为零。

麦谷丰老师一扫平日的斯文，她跑进大楼，失态地边跑边叫："不得了了，快来人啊，殷院长跳楼了！"食堂做早点的师傅最先赶了过来，他们掐着殷院长的人中，住在这里的老师和学生听到叫喊也往这边跑，现场顿时乱作一团。突然一道特别刺耳的女人的声音传来："修善！"这声音居然来自冯修漪，她不知是什么时候跑了下来，因为大家的注意力都在殷修善身上。冯修漪蹲下了身子，用手抚摸着殷修善的额头。大家在惊恐之时，被冯修漪这个有点怪异的动作分神了，居然忘记现在最急需的是拨打急救电话。

快报警，快打电话要救护车呀！不知是谁提醒了大家，才有人往楼上的办公室跑，慌乱地去拨打电话。

十几分钟后，辖区派出所的民警和救护车相继赶到，一个中年女医生蹲下身子，翻看了一下殷修善的眼睛，又摸了摸他的脉搏，然后站起身拍了拍手，说了一句："人没了！"说完，人坐上救护车，救护车呼啸着开走了。

车的身后，留下一堆满脸惶恐的人。

辖区派出所的民警在现场进行了认真的勘查，确认这是自杀非他杀。

几个男同志将殷修善的遗体搬到了一块木板上，盖上了白被单，昨天大家还看见殷院长习惯地背着手，来回地在各教室门口巡视，现在他却躺在了木板上。一切来得是这样的突然，乱哄哄的场面开始安静，气氛阴郁。

此时，早春的太阳已经升起来了，每个人却感觉不到丝毫的暖意，仿佛呼吸都是冰冷的，空气也变得阴冷。大家还站在原地，不愿离去，各自心情复杂，表情凝重中带着诧异。过了一会儿，殡仪馆的车到了，仿佛又刮进一股冷风，下来四个面无表情的工人，他们从车上拖下来一个长方形的，油漆已脱落的，看不出什么颜色的铁制的尸体运转箱。他们掀开盖子，将盖子重重地掀在地上，走到遗体前，提起殷修善的脚和手，放进箱子里，然后盖上盖子，抬起装了尸体的铁盒子放在灵柩车上，动作机械而冷漠。

美术老师贺永铭突然想起了什么，说道："冯院长呢？刚才还在这里。”说完他四处张望。

大家的眼睛也开始搜索，突然有人指着离花坛不远处的一棵菩提树说：“冯院长好像在那里。”

大家的目光都投向了这个方向。冯修漪歪坐在菩提树下，脸上的泪水还未干。大家十分错愕，你看看我，我看看你。大家纷纷上前扶起了冯修漪，并无话找话地说了一堆劝她节哀之类的话。说着说着，大家似乎感觉到有点怪怪的，怪在哪里，又说不出。还是贺老师打破了这种尴尬，他小声地对冯修漪说：“殡仪馆的人都到了，派出所已为殷院长开具了死亡证明，殷院长这就要被送到殡仪馆了。”

冯修漪“哦”了一声，勉强地站了起来，她被人扶到灵柩车旁，她东倒西歪地向灵柩车深深地鞠了一躬。

这一天，全院的人都在谈论殷修善院长的死，教学根本无法进行，因为老师的关注点都在这个上面：有的说他是看破了红尘；有的说是他不适应在中国生活，想家了，又回不了国；有的说他没有结过婚，觉得生活无望；有的说他得了难以启齿的不治之症，病痛的折磨让他痛不欲生；还有一个平日里看上去很有修养的老师，讲了一个不知真假的故事，引得在场人发出“啧啧”声。

杜秀芝更像是打了兴奋剂一样，嘴巴完全没有停歇过，完全忘了当初两个院长对她的忠告和挽救，她现在满脑子就在这件事上，说不上是高兴，也说不上是难过，她就是那么一个人，谁不幸了，她就兴奋，她就控制不了自己。

现在院里的一把手自然成了冯修漪。

几天后的一个晚上，杜秀芝来到四楼的平台，她今晚的心情很复杂。她想人生苦短，连殷院长都落得个活不下去的地步，她还好好地活在这个世界上，自己又有什么想不开的呢，活着，就是硬道理。

“如果没有天上的雨水哟，海棠花儿不会自己开，只要哥哥你耐心地等待哟，你心上的人儿就会跑过来哟，只要哥哥你耐心地等待哟，你心上的人儿就会跑过来哟……”

美妙的歌声不知从哪里飘了出来，隐隐约约，实在是太好听了。是音乐老师麦谷丰吗？不像，麦老师的声音没有这样柔弱、凄美。是收音机里放出来的吗？也不像，没有伴奏。是谁呢？这么晚了还在唱歌。这首《敖包相会》在城里几乎是家喻户晓，但在没有电，没有收音机的六七十年代的农村，这首歌，农民是很难听得到的。尽管麦谷丰每天都要弹奏歌曲，但基本都是革命歌曲，这种爱情歌曲孤儿院是不提倡教学生唱的，所以杜秀芝感到非常吃惊。她想循着歌声找出唱歌的人，她想看看到底是谁有这么好的一副嗓子，能唱得这么动听。

杜秀芝情不自禁地跟着歌声从平台走了出来，当下到三楼的时候，歌声没有了，夜显得异常的安静。她突然想起上午的事，身上的鸡皮疙瘩冒了出来，再加上整栋楼的光线很暗，没有灯光，只有半个月亮在探头探脑，天幕星星点灯似的将微光洒向大地，她感到了害怕。

余二月也隐隐约约听到了歌声，声音很远。仿佛是上天的感应，他感觉这歌声的声线很像冯修漪，他虽然不懂什么叫声线，但说通俗点，就是每个人独有的声音，如同人独有的指纹，这个知识他是在课堂上听麦谷丰老师说的。余二月蹑手蹑脚地上着楼梯，他同样想近距离听听冯修漪的歌声。

三楼快到了，只差几步，余二月跟以往一样，心开始跳动，他的脚步放慢了，突然，他看到一个黑影正从四楼下来，是杜秀芝，正往冯修漪办公室的方向窥探，余二月意外地“啊!”了一声，这一声把杜秀芝吓得魂飞魄散，这个在农村长大的女人，是迷信的，她以为遇到了殷修善的鬼魂，大气都不敢出地又溜回了四楼平台。

余二月也吓得不轻，他飞快地下楼，回到了宿舍，在床上辗转反侧，今天真的是遇到了鬼，夜里歌声响起，黑影窜出，他越想越害怕，越害怕越想弄个明白。这晚一这歌声时断时续，声音不大，有些凄凉。关键是，这歌声怎么听怎么就像冯修漪在唱。余二月同寝室的几个同学睡得很香，轻轻的鼾声十分均匀，此起彼伏。

大约到了夜里 3 点的光景，余二月又鬼使神差地起了床，他的头先探向楼梯，没人，又竖起耳朵听了两分钟，没有任何动静。他壮着胆子开始上楼，一步两步三步，他只能听到自己怦怦的心跳，还有两步就到三楼了，他停下了脚步，怎么也不敢迈上去，他此时怕的是那个黑影，如果那个黑影这时窜出来，他该怎样对付，黑影是人，还是鬼？他在原地站了几分钟，壮起胆子迈上了最后的两步，然后向冯修漪办公室的方向，当然也是她休息的地方小心地走去。

门是关着的，从门缝也看不到里面，门上的小窗子不知什么时候也给封死了，只能隐隐地看到窗子上的画，这画在他的眼里，突然变成两只硕大的眼睛，死死地盯着他，他的心更虚了。歌声突然响起，这真把余二月的胆子吓破了。“只要哥哥你耐心地等待哟，你心上的人儿就会跑过来哟哦。”果然是冯修漪在唱歌，这歌曲的最后一句在冯修漪的嘴里反复循环，越唱越颤抖，声音不大。

这是怎么了，冯修漪为什么不睡觉，半夜唱歌，还带着哭腔？他想进去安慰，但他哪有这个胆子。

余二月在冯修漪的办公室门口站着，不敢敲门，但也不愿离开。

不知不觉，楼道里的光线有点明晰了，天开始亮了。就在余二月胡思乱想时，他听到了房里的脚步声，感觉是向着办公室的门走来，如果与冯修漪碰面，他该如何向她解释？离开已经来不及了，他本能地将身子贴在房门右边的墙上。

随着“吱呀”一声，门开了。一个头探了出来，那是冯修漪。余二月浑身战栗，两边太阳穴突突地跳动着，心中无比紧张。或许是光线有点暗，她居然没有发现余二月。冯修漪手里什么都没拿，然后将门带上，左拐，向着楼梯的方向去了。

余二月长长地吁了一口气，半天才缓过神来。又稍停了片刻，他心里打了一激灵：冯修漪这深更半夜要去哪里？

失落与恐惧，像山一样向他压过来，他已经习惯了有冯修漪的日子，凭他的直觉，他将失去冯修漪这个唯一的靠山，也是唯一关心他的人。

他要阻止她的离去，他的生命已和她联系在一起了。

余二月突然反应过来，她应该还没走远，他追了出去，他二步并作一步地下楼，门房的顾师傅拦住了他，问他半夜往哪里去？余二月一时不知如何回答，支支吾吾道：“冯院长出门了吗？”

“噢！”在顾师傅犹豫的应答中，余二月已经走在了雾蒙蒙的大街上。

往左，还是往右？左边是通往城市的大街，右边是枝叶伸展的岔道。余二月想，她一个女人，在空无一人的街上是害怕的，应该走大道。他左拐，向着前方奔去。雾气渐渐遮住了他的双眼，这雾气表明，等天幕拉开后，就是一个大好晴天。他努力睁大双眼，努力辨识着前方的人影。空旷的大街上，居然没有一个人，他们都还在这座城市的一栋栋小房子里沉睡。如果冯修漪走的是右边的道，那他几乎就没希望了，他在原地茫然地站了几秒钟后，然后又向着反方向狂奔。

跑过几百米，出现一条马路，左边是孤儿院的学生喜欢去的方向——果园方向。余二月在这十字路口停住了，冯修漪到底往哪个方向去了。左边没有人影，右边同样没有人影，马路对面是农田，她不可能下到农田里去，那只有两条路可选，左边或右边，到底是哪一边？这个问题在他的大脑里焦急地回旋着，他哭了，大声喊了起来：“妈妈，妈妈，冯妈妈，你去哪里了，你不要丢下我！”可空旷的大街上没有回音，只有渐亮的天幕在默默地看着他。

余二月的心空了，在他成长的过程中，他生命中最重要的一个人，居然以这种不可理喻的方式离开了他，也离开了这些需要她的孤儿。

生活啊，生活！

第三节

余二月突然想起，冯修漪出门时，只将办公室的门带上了，并没有上锁。他想趁天还没有大亮，老师、同学还没有起床，走进冯修漪的办公室看一看，里间是她的休息的地方，在那里或许能找到她留下来的信息。

他向着孤儿院的方向飞跑而去。

此刻的孤儿院，除了食堂的大灯亮着，其余的地方仍是一片寂静。

要抓紧时间！他气喘吁吁地推开了冯修漪办公室的门，门果然没上锁。他的心狂跳着，他环视着办公室以及里间卧室的一切，先前的他，从来没有真正认真地环视过，在他的眼里，这是一个神圣的地方。

不需要开灯，他基本能看清屋子里的一切。

屋子里依然整洁，就像平日冯修漪还在工作的那个状态。他意识到时间在飞快地流去，也许不到半个小时，楼道里就会响起脚步声，最可怕的是，如果有人在这个时刻来敲冯修漪的门，那么他在这里算什么？不是小偷，还能是什么？他要抓紧时间搜集有用的信息。

他的眼睛停在了桌上的一个牛皮纸的信封上，上面写着：我的遗嘱。

余二月的脑中“轰”的一下，他摸着椅子坐了下来，颤抖着打开了这封信，娟秀的字迹印入他的眼帘：

信的抬头没有称呼：

“这个决定是在我失去老殷的那一刻就有了。”

余二月看到这里全身的汗毛都竖了起来，“老殷”不就是殷院长吗？冯修漪与他不就是上下级的关系吗？

请原谅我的不辞而别。一个生无可恋的人，在生命的最后时刻也无须顾忌什么了，那么就让我在这里痛痛快快地将这一切写出来吧，这是对我自己的一个交代，也是对这个社会的一个交代，更是对老殷的一个交代。

我曾经是一个修女，在天主面前发过终身愿，以表示对天主的献身，不得结婚，不淫不欲，质本洁来还洁去。可自从英国人在中国办起了这家孤儿院，自从我也来到孤儿院，我就从心理上脱离了修女这个角色，我也自然地认同了中国人的认知，做一个食烟火的人。于是我努力遵从约定俗成的生活方式，那时我还年轻，我也希望书中描写的爱情能降临到我的头上，可我想得太天真了，“修女”这个符号，早已像烙铁一样烙在了我的身上，我走到哪里，人们都会用异样的眼光看着我，既有尊重也有欣赏，但更多地是距离，我相信一定有很多男人喜欢我，因为我有文化，年轻，漂亮，可是没有一个男人敢向我表白，甚至没有一个男人敢直视我，也没有一个人关心我的婚姻大事，大家都认为我是一个与众不同的圣洁的女人，我就该独居一辈子。

什么是圣洁，后来我明白了，就是用一生的忍耐和禁欲去获得人们敬重的目光，这目光曾让我自信和骄傲，认为自己仿佛是天使，可我实际得到了什么呢？得到的就是漫漫长夜的苦熬，我能向谁说去。渐渐地，我也就死了这心思，将爱情这扇大门紧紧地关闭，全身心地投入到了孤儿院的工作中，我将这些孤儿都当成自己的孩子一样对待，我爱他们，我是真心爱他们，可我渐渐发现，我越是爱这些孩子，我越想拥有一个自己的孩子。我变得焦虑，我多么希望有一个男人能勇敢地站在我的面前，对我说一声：“我娶你！”或者说一声：“我爱你！”即使不能给我婚姻我也愿意，我就会伸开双臂投入到他的怀抱中。

后来有一个人爱上了我，我也爱上了他，可他总是欲说还休，搞得我痛苦不堪。我几次想献身于他，他都痛苦地拒绝了，他说他的身体早已留给了上帝。我说你早已不是上帝的人了，你是一个实实在在的能够感受快乐的人，现在快乐就在你的身边，你为什么不接受呢？我说得这么透彻，他像没有听懂一样，摆了摆手，然后两行清泪淌了下来，再然后就是转身离去。

人是一种复杂的动物，他越是这样，我越爱他，他博学、严谨、真诚、善良，和他共处的时间越长，越觉得他稳重可靠。我们经常在无人的时候谈论理想，谈论哲学，也谈论爱情，就是不谈我俩能否以爱情的方式发展。于是我常常想，他也许是在考验我，有了这种想法后，我便死心塌地地跟随他了，我想他终有一天会被感动，他固执的想法会改变，哪怕在他行将就木那一天能接受我的爱，一天，半天，一分钟也行。我常常在夜里，双眼望着天花板，诅咒着他的迂腐，我真想打开他的大脑，拿着放大镜，仔仔细细地看看他到底想的是什么。难道仅仅是因为信仰吗？所谓的信仰到底是什么？说实在的，我和他结婚是没有任何阻碍的，我们都是自由人，都拥有了中华人民共和国的国籍，我就等啊，等啊，却等来了他跳楼的消息。你们看到这里，应该明白是谁了吧？不错，我说的就是殷修善，你们的殷院长，他的离去，瞬间将我的灵魂抽去，瞬间我就变成了一个行尸走肉，从这个意义上说，就是他害了我，我便想到追他而去，无论是上天堂，还是入地狱，我都要亲自去问问他，他为什么要对我这么冷酷？

在我走之前，还是有一个人让我最最牵挂，也许是上天的缘分，我早已将他与亲情联系在了一起。他喊我“妈妈”，他越是这样喊，我心里的压力越大，因为我是这所孤儿院的副院长，这里所有的孤儿我都视他们为我的孩子，于是我常常告诫他不要这样喊我，可现在，就在此刻，我多希望他能再对着我喊一声“妈妈”呀，二月，我的孩子，说起来我是对得起你的，我对你最大的帮助就是帮你去掉了你那可恨的第六根指头，你知道吗？这一决定将会改变你的一生，你就不再是人们眼里的一个怪物了，我让你抬起了头，让你有了第二次生命，这个意义是重大的，你现在可能不会完全体会，但你总有一天会感受到，是我让你的命运发生了质的转变。

现在，在我走之前，我最放心不下的就是余二月，他是一个实实在在的孤儿，没有亲人，也没有亲戚，就是他的所谓的亲人亲手将他丢弃，在那样一个寒冷的冬天，下得了这种手的，只有最无情的人，这就是与他有着血缘关系的亲人。我存有一笔钱，共计3600多元，这钱我最初的打算是拿来作陪嫁用的，现在已经不需要了，我在这里也没有血亲，我送给余二月2000元，他现在已经是一个16岁的少年了，他不可能永远待在孤儿院，他喜欢绘画，我希望他在这方面有进一步的发展，同时这笔钱也足以让他成家，其余的1600元就送给孤儿院了，希望这笔钱能改善孤儿院的福利待遇。

余二月看到这里又吓了一跳，这里老师的工资每月只有几十元钱，这得存多久呀，他激动得有点不能自持，他的眼泪遮住了他的视线，他用手抹了一把泪水，又看了下去：

这笔钱我昨天下午就到银行分两笔存了，将其中的2000元所在的账户转成余二月的名字，其余的1600元，账户名写的孤儿院，两张存款单都放在这封信里。为安全起见，我没请人给余二月刻印章，我怕被人盗走，到时麻烦辖区派出所的龚所长请人为余二月刻一枚私人印章。

……

余二月的呼吸近乎停止了，他慌忙拿起信封，看到信封里果然有两张存款单，他拿了出来，是中国银行的存款单，存款单比一般的纸稍微厚一点，但他拿在手里如千斤之重。

信的最后是冯修漪的落款和日期，这封信的结尾好像有点仓促。

我现在怎么办？万一这存款单被人拿走怎么办？存款单谁都可以去取，只要冒名签名或盖章即可。如果自己就这样拿走，而且将信和两张存款单都拿走，也不会有人知道。余二月做着思想斗争，最后还是摸索着将信和存款单放进了牛皮信封，又将信放在了桌子上，拉开门，回到了寝室。

同寝室的同学都还没有起床，睡姿各异地躺在床上还做着美梦，但对于余二月来说，任何梦都没有现实离谱，他不知道自己是该笑还是该哭。

余二月睡在床上，脑海里全是那封信和那张属于他的存款单，如果这时返回去将信和存款单拿回来也许还为时未晚，这一大笔钱对于他来说实在是太重要了，他从来没有见过这么多钱的存款单，甚至连存款单都没见过，此刻他的心如有猫爪在挠。

余二月在床上辗转反侧，木板在他不安的翻身中发出咿咿呀呀的声音，自己却全然不觉。姜大块轻微的鼾声骤然停止，他突然从他睡的那个上铺跳了下来，对丝毫没有防备的余二月一顿好揍，嘴里用武汉方言骂道："睡个觉像板沙，你以为老子不敢打你，老子打给你看！"此时的余二月还沉浸在说不清的激动和失落中，对姜大块突如其来的猛揍半天没反应过来。

寝室热闹了，其他房间大概也听到了这边的动静，本很安静的拂晓便提前掀开了它的面纱。

余二月似乎没有太理会这次姜大块对他造成的伤害，他的心还在那封信和属于他的那张存款单上。

他起床，脚不由自主地朝楼梯走去，这时他发现他的脸似乎有些肿胀和疼痛，他知道他被姜大块打伤了。他停止了脚步，去吃早点的老师也陆续下楼，学生也陆续向食堂的方向走去，他知道他已经不可能再回到冯修漪的办公室去了。

双重的失落和身体的疼痛并未将他的兴奋扫去，他的注意力仍然在那封信和那两张存款单上，其中一张存款单是他生活的全部希望，他怕这希望还没点燃，就会瞬间化为泡影。他完全没有胃口去吃早点，他在庭院里徘徊。

那封信和那两张存款单会落到谁的手里？拿信和存款单的人会交给孤儿院的人吗？就是要交，现在该交给谁？他就在这个问题上纠缠不休，他痛苦极了，他甚至后悔自己没有果断地将信和存款单拿走。

这一天，除了听到大家都在谈论殷修善的跳楼事件，再没有其他什么内容可以听到，也就是说，这封信可能还没有落到谁的手上，或者已经被人拿走，但出于自私的目的，没有将这件事说出来，但无论是何种原因，都让余二月焦虑。

当晚，余二月哪里睡得着，但他不敢再辗转反侧了，他平躺在木板床上，眼睛死死地盯着天花板，估摸到了凌晨，他悄悄爬了起来，蹑手蹑脚地又来到了冯修漪的办公室的门口，他推了推门，不好，门关死了，他的心猛地一沉，这说明已经有人来过了。他努力平息着自己失望的情绪，他后悔得真想扇自己的耳光。最让他痛心的是，他又不能将他在冯修漪的办公室看到的这一切告诉任何人，这样的话，不但别人不会相信他，还会认为他图谋不轨。

他什么也干不了，他如坐针毡，心情异常地复杂，冯修漪的心愿自己没能帮她如愿，但这又能怪谁呢？她应该亲自和他交代这一切。这样想着，他又觉得自己有点自作多情，他是她的什么人？他没有资格这样要求她。

两天过去了，如同什么都没有发生一样。他想找孤儿院的领导谈谈他看到的这一切，即使有人误会他想行窃，他也顾不了了，因为有了这笔钱，他就可以脱离这里，去开创自己美好的生活。但他转念一想，找谁呢？还真没人可找的，这里已经没有院长了。这时又一个画面出现在他的眼前，那存款单上分明已写上了他的名字，但就是拿不到。痛苦像浪花一样在他胸中翻滚，他无论如何要想办法落实这件事。

“余二月，你出来一下。”第三天，孤儿院教务处的郑玉明股长把正在上美术课的余二月叫了出来，然后把他带到办公室，一起进来的还有一位民警，这是辖区派出所的所长，姓龚。余二月有点惶恐，自己没有做什么坏事呀，难道是有人看到了他擅自到冯修漪的办公室，然后揭发了他？稍停片刻，他反而冷静了下来，心想这样正好，他可以把看到的一切告诉他们。

龚所长来孤儿院找余二月，正是为了这张存款单的事。原来冯修漪想得很周到，她怕同事看到她的信和存款单别有所图，或者出于嫉妒藏起来，她专门给派出所的龚所长写了一封信，信里详细交代和说明了相关的事宜，并告之了有一封信和两张存款单在她办公室的桌上，现在他们要三人对六面地去兑现冯修漪的遗嘱，龚所长按照遗嘱，请人帮余二月刻了一枚章子。尽管大家都还不知道冯修漪现在是死是活，但按现有的情况，只能按冯修漪的遗嘱去做。其实大家好多天没有见到冯修漪了，大家以为殷修善的去世给她造成了很大的伤痛，几天不露面也属正常，也就没有到冯修漪办公室去打扰她，殷修善的后事也就由孤儿院的相关人员办理了，他们商量，等这阵儿过后，再向冯修漪汇报。直到派出所的所长拿着这封信来到孤儿院，大家才知道冯修漪的抉择。一波汹涌的浪潮还未停息，另一波又起，大家的谈资又集中在了冯修漪身上，当然是和殷修善联系在一起谈的。

教务处的郑股长带着龚所长和余二月来到冯修漪办公室的门前，习惯性地敲了敲门，没人应答，又推了推门，门是锁着的。龚所长说，人已经离开了，这封信里已经说得很清楚了。但谁也没有冯修漪办公室的钥匙，龚所长便在大家的见证下，叫人将门锁撬开了。余二月的心紧张无比，他的眼睛迅速看向桌面，那天分明放在桌上的那个大信封没有了！大家开始翻找冯修漪的遗嘱和存款单，但翻遍了她的文件夹、抽屉、书、里间卧室、床，在所能找的地方都找了几遍，也没看到什么遗嘱和存款单。

“没事，存款单掉了可以到银行去查存根。”龚所长到底是见过世面的人，他的一句话，让余二月悬着的心一下放松了许多。

“现在就去银行查存款单。余二月就不用去了，你安心上你的课，有结果了告诉你。”郑股长对余二月说。

余二月嘴上“嗯”了一声，脚步却跟了过去。

龚所长和郑股长向银行柜台工作人员讲明了来意后，并出具了派出所和孤儿院的证明，并要求将冯修漪的这笔钱全部取出。

这位柜台女工作人员仔细查找了有关“冯修漪”三个字的存根后，突然大声说：“这两笔共计 3600 元的存款单，前天已被人全部取走，一分没有了！”

大家同时“啊!”了一声。

“先别急。”还是龚所长冷静，便问是怎样的一个人取走了这笔钱。

工作人员回忆了一下说，是一个女人，四十多岁，之所以印象较深，是因为这两笔钱当事人都要得急，她说是当事人委托她代取的，她说她不会签名，但她本人有印章，便拿出一枚印章，然后犹豫了一下盖上了。

“赶快将这两张存款单找出来。”龚所长急切地说。

不一会工作人员就将两张存款单找了出来，“杜秀芝”三个字清晰可见。

“杜秀芝!”

郑股长几乎是叫了起来。

“这个杜秀芝专门干坏事，她还将冯院长自行车的钥匙拿了，害苦了冯院长，冯院长没找她算账，还帮助了她，这个忘恩负义的强盗!现在又偷冯院长的存款单，她又坏又贪!”余二月喘着粗气说。

“这些事，包括今天的事都不是你小孩管得了的事情，这个杜秀芝会受到处罚的。”龚所长说。

“现在就去找杜秀芝，赶快，别让她把钱都花掉了!”郑股长慌乱地说道。

他们一口气跑回孤儿院，楼上楼下找了一圈也没看到杜秀芝的人。此时，劳动时间的杜秀芝正在花园里偷偷休息。

“杜秀芝，你在这里干什么?”郑股长这一喊，着实把杜秀芝吓了一跳，她回过头来，当看到站在旁边穿一身警服的龚所长时，脸色瞬间变了，但她马上佯装正经地对郑股长笑了笑，说：“刚打扫完厕所，想在这里透透气。”

“跟我们到派出所走一趟!”龚所长说完这句话，杜秀芝慌乱地说道：“叫我到派出所干什么?我又没有做违法的事情。”

“你自己做的事情你自己清楚。走!”龚所长最后那声“走”吓得杜秀芝的扫帚从手上掉了下去，她故作镇静地用双手理了理衣领，跟着龚所长和郑股长去了派出所。

晚上 7 点多钟，守在大门口的余二月终于看到穿着警服的一男一女的两位民警押着杜秀芝回到了孤儿院，其中一人就是龚所长。杜秀芝在铁的事实面前如实交代了她的行窃罪行。

原来就在殷修善去世的当天晚上，当杜秀芝隐约听到冯修漪在唱歌，也感觉有点不对头，想去看看究竟，却看到余二月的影子，她躲了起来，到了下半夜，她又怀着强烈的好奇心去冯修漪办公室的门口看看时，门居然被她推开了，这让她感到十分意外，她想进去，但不敢，她怕冯修漪发觉。于是她屏住呼吸聆听，十几分钟过去了，没有一点声音，静得可怕。她想冯修漪一定睡着了，卧室在里面，只要她不惊动冯修漪，就没事。她要进入她的房间，她要看看她的秘密。

那个信封可能太显眼了，比一般常用的信封要大，杜秀芝打开了信封，她认不了几个字，信也就懒得去琢磨了，但她认识存款单，因为她经常要向家里汇钱。一个罪恶的念头立即涌上她的心头——据为己有。

她小心翼翼地向办公室里间的卧室走去，床上空无一人，被子叠得整整齐齐，房间也不凌乱，像什么也没发生一样。杜秀芝明白，冯修漪出走了，门没关，是想让人看到桌上的信。而在杜秀芝看来，她是最幸运的人，她就这样轻而易举地得到了这两张存款单，共计3600元。

风险肯定有，杜秀芝也想到了，但她认为风险可能很小，冯修漪所有的交代都在这封厚厚的长信里面了，这些交代只有她杜秀芝知道，她也就知道怎样对付了。

所以杜秀芝并不十分慌张，她拿出了存款单，很顺利地将钱从银行里代领了出来，全是10元的人民币，共360张，她用当初从农村来时带来的一个头巾包捆了起来，再用几层塑料袋包裹，又从商店里买了一个陶瓷坛，将钱装了进去。当夜她偷偷摸摸地跑到庭院的一个角落，用小铲子挖了一个坑，将装有巨款的坛子埋了下去，她想等风平浪静后，再将钱取出拿回老家。3600元，如果按她的工资算，不吃不喝要得好多好多年才能赚到，她激动得哪里睡得着觉，这一夜她自己都不知道是怎样度过的。

在民警还有郑股长等人的见证下，杜秀芝指认了埋钱现场，她知道自己彻底完了。

杜秀芝这个性格蛮横，不知感恩还心怀鬼胎的女人，最终被孤儿院开除，并交由公安机关处理。

第四节

余二月拥有2000元遗赠的事，很快传遍孤儿院的每一个角落，大家又从对两个院长的谈论，转为对余二月的谈论。有的说余二月跟冯修漪八辈子前就是一家人，有的说大仙对冯修漪有过预测，她对余二月要有福报，否则来世不为人胎；更有人说，余二月就是冯修漪的私生子，种种说法，总的一个意思，就是对余二月的忌妒。大家想不通，同为孤儿的余二月，为什么能赢得冯修漪无私的爱，想不通，想不通，就是因为想不通，大家就想搞个明白，让大家能够想通。

最后大家还是想不通。

在院里几位行政干部的见证下，派出所龚所长将2000元现金退还到了余二月的手上。

余二月一辈子也没见过这么多的钱，在他眼里这钱多得让他感到窒息。龚所长建议，让财务股的郑股长明天陪余二月以余二月的名字将钱存在银行，今晚暂放财务室的保险柜里，这样安全。

于是，这钱在余二月手里还没捂热，就被郑股长拿走了，但她并没有让出纳存放到保险柜里，而是准备自己为余二月保管。

余二月当然是不知道这一切的，但他还是一夜未眠。

第二天，余二月的第一堂课是数学课，他不想上，他想趁这个时间跟郑股长一起，将钱存到自己的账户上。于是他跟数学老师请了假，说明了情况。他到食堂吃早餐时，眼睛一直盯着进来吃早餐的人，他看见郑股长进来了，可郑股长像没有看见他一样，拿了一个馒头就直接走了，稀饭都没要。余二月毕竟只是一个十几岁的少年，他不敢追上去问，他第二节课也不想去上了，就坐在寝室里，等着郑股长来找他。

可一个上午过去了，郑股长也没来找他。午饭的时间到了，余二月根本没有胃口去吃饭，估计饭堂都卖完了，他才去找郑股长，想问问到底是怎么回事。

此时的郑股长正靠在椅子上闭目养神，因为她的办公室没有休息间，是和另外两个女同事共用一间办公室办公。郑股长看见余二月来了，她赶紧起身，示意他出门。郑股长将余二月带到庭院，先是赞美了余二月的乖巧和懂事，说连冯院长都将他当作最亲的人，说明余二月这孩子确实聪明可爱，以后她会关照他的生活，等等，可就是不提这笔钱的事。然后郑股长像什么事也没有一样，说："你去休息吧，下午还要上课。"

余二月虽然只有16岁，但已经懂事了。他想，再不说就更没机会了。他吞吞吐吐地说："郑股长，冯院长给我的那笔钱，我想今天存到银行里。"

郑股长说："你懂什么，你才16岁，钱放你那儿不安全，这钱先存在我这里，过两年再转给你。"

"那不行，我现在就要这笔钱，钱可以存到我的名下！"余二月焦急地说。

"不是的，"郑股长叹了口气又说，"我的女儿从小得了小儿麻痹症，需要钱做手术，得需要一大笔钱，我没有钱，这笔钱能否先借给我，然后我每月从工资里还给你，按银行的利息，一分不少地还给你。"

余二月的头摇得像拨浪鼓一样，他说这钱是冯妈妈的遗愿，是送给他的，他不能违背。16 岁的少年早已洞悉了人世间的许多丑恶，所以他的态度非常坚决。

"什么妈妈？她一个外国人，跟你有什么关系，你人小心大，这里有这么多的孤儿，她唯独给你，那就巧了，这钱要给更需要的孤儿，或者上交。"郑股长虚张声势但压低着嗓门说。

余二月紧张极了，也气愤极了，他自顾自地大声叫了起来："把钱还给我，你欺负孤儿，我要告诉龚所长，你把钱独占了，你这是抢劫！"

这一喊还真奏效，郑股长的一只手轻轻地挡住了他的嘴，示意他不要喊，她只是和他商量罢了。她的态度缓和了下来，要余二月到财务室跟她去拿钱。

郑股长在社会上混了这么多年，年过四十了，她知道怎样化解矛盾，也知道做事需谨慎。

郑股长将用报纸包着的现金，从上了锁的自己专用的柜子里拿了出来，并在财务室两个工作人员的见证下递给余二月，说道："这里面是 2000 元现金，给你了哈。"

余二月没有打开用报纸包着的这包钱，他抱着这包钱赶紧出了财务室的门，他将这包钱抱得紧紧的。

这一天，余二月是无法上课了，他不知把这包钱应该放在哪里才安全。放在寝室显然不行，同样找个地方挖个洞埋起来也很危险，因为在孤儿院，几乎所有的人都知道他获得了一笔巨款，眼睛都盯在他的身上。他决定自己到银行去一趟，看能不能用他的名字将钱存起来。他将钱装在黄色军用书包里，抱着书包去了银行。

一路上，余二月提心吊胆，眼睛不时地向四周张望，生怕突然窜出一个人将他的钱抢走了。到了银行柜台前，他向四周看了看，在确定没有人注意到他后，他将钱从黄色军用书包里拿了出来，告诉这位银行柜台的女工作人员，他想用他的名字将这笔钱存起来。

一位四十多岁的女工作人员看着递上来的一摞钱，再看看余二月，问这是多少钱。余二月告知是2000元钱后，女工作人员的视线从钱上转移到他的脸上，问他多大年纪。余二月刚要说16岁，想到不到18周岁可能会被这位银行工作人员拒绝，他说："18岁了。"

"有18岁吗？"

"有的。"

这位女工作人员的眼睛才从他的脸上再转到这笔钱上。然后又像想起什么似的，说道："你还在读书吧，哪来这么多钱呀？"

"我妈妈去世了，她留给我的遗产。"余二月自己都不知道自己怎么说出了这样的话，并为自己的聪明暗自得意。

"你家没有其他兄弟姐妹呀？"女工作人员将目光又投向了余二月。

"没有的，我是抱养的。"说完这话，余二月感到后悔了，这话对方会信吗？是不是有点离谱呢？

女工作人员突然想起了什么似的，她若有所思地自言自语道："前两天好像有警察来查问一笔存款单，有一个男孩也跟着，是你吗？"

"是的。"

"那好吧！祝福你遇到了这么好的一个院长，你要好好保管好这笔钱，不要随便花了。"

"好的。我绝对不会乱花，等我长大了，娶媳妇时再取出来。"

"哈哈，太有意思了，这么小就想到娶媳妇了？"

余二月太高兴了，一问一答中，他的心高兴得快蹦出来了。

女工作人员开始数钱。数完第一遍时，嘴里自言自语地小声道，不对呀！然后又开始数第二遍，"怎么只有1500元钱？"

余二月听到了，伸头看向柜台里的这个女工作人员，脱口道："怎么可能，郑股长刚刚把我的，原本就是2000元钱！"

这时听到吵闹的银行另一位男工作人员走到女工作人员身边，一边问，一边向地上查找钱有没有掉到地上。

女工作人员情绪异常地激动，说道："你这么小就想诈骗，你是孤儿院的吧？赶快把你们的院长叫来，把问题说清楚！”

“我明明是 2000 元钱，那天你亲自给龚警官的。”余二月一边激动地喊着，一边大哭起来。

“报警，报警，这个小男孩想诈骗钱，你还哭，你装得还蛮像的。”女工作人员大声说着，边说边拨电话报警。

十几分钟后，派出所的民警来了，在银行了解和查看了柜台的情况后，又向余二月详细询问，是否自己把钱弄丢了或者借给谁了。

余二月猛地想起，郑股长向他借钱的事，以及郑股长说的那些话，他把这一切告诉了民警，民警听后半信半疑，询问得到肯定的答复后，他们先指定银行人员将这 1500 元钱以余二月的名字存了起来，然后几个人商量，看由谁把这张存款单为余二月保管。又是保管！余二月听后，气得连哭的力气都没有了，他一个劲地说，就放我这里，就放我这里，我已经长大了，我会好好保管的，这是冯妈妈给我的！他们你看看我，我看看你，就这样默许了。余二月将存款单折叠起来，紧紧地抓在手上，就像抓着维持自己生命的那颗心脏一样。

郑股长的态度可想而知，这一点毫无悬念。她彻底撕下作为一个管理人员的斯文，她当着大家的面，大声指责余二月人小心坏想陷害她，并对天诅咒发誓，搞得自己像受了多大委屈一样。这一点，余二月还真不是郑股长的对手，他一张嘴，就被这女人给怼回去了。那时的孤儿院，没有监控，没有录音，在没有证据的情况下，民警也不能随便搜郑股长的办公室，任由郑股长在办公室独自翻腾，什么抽屉呀，柜子呀，角角落落呀，自己的衣兜、裤兜都掏了个底朝天，甚至为了表示自己的清白，准备脱裤衩给民警看，被民警及时阻止。搜索的结果，没见到什么 500 元钱，那可是厚厚一沓的纸钞呀。

“那 500 元钱就在郑股长那里，我的 2000 元钱明明是郑股长给我保存了，这事大家都知道，可今天上午她给我时，我信任她，我没有当面点钱，我哪儿也没去，到银行就少了 500 元钱，这钱就是她拿了。”余二月说着又伤心地哭了，在他的哭声中，夹杂着郑股长否定的诅咒发誓。

到哪里去说清楚，一个说给了，一个说没给，又没有第三人在场，什么证据都没有，在一番闹腾后，就这样烟熄火熄，不了了之。

事情似乎是不了了之了，但这刺激对余二月太大了，有好多天，他都跑到郑股长办公室去闹，去要钱，去反复说着郑股长帮他保管这2000元钱，却偷拿了500元；反复说着郑股长说她的女儿得了小儿麻痹症，需要钱做手术，向他借钱他没借的经过。一时间，这个孤儿院又热闹非凡，从谈论殷修善的死和冯修漪的出走，到冯修漪赠给余二月2000元钱，到现在谈论郑股长偷拿余二月的500元钱。大家先前同情余二月，后来又斥责他，说这钱本来就不应该是余二月的，是余二月钻了冯院长的空子，骗取了冯院长的信任，其实说穿了，还是嫉妒。

一种吞不进，又吐不出的苦就这样憋在余二月的心里。

走，忘掉这些烦恼，我余二月现在手头有钱了，是一个有钱的孤儿了，他有着绘画的天赋，他想去闯荡这个世界，最重要的，他要去找他的冯妈妈，他可以凭着他的记忆将冯妈妈画下来，他要凭着这幅画走遍天涯，找到他的冯妈妈。而当这种想法真的要自己去实现的时候，他又胆怯了。走，上哪儿去？毕竟他没有独自闯荡过，他的童年和少年都是在大人们的安排下走过来的。

或许，一个孩子的心一旦放飞，就再也追不回来了，他知道，他的心已不在这里，他失去了他最可依赖的人，他也失去了在这里待下去的信心。他暗下决心，拿着冯妈妈给的这笔钱，一定要好好地活着。他计划好了，按每月40元生活，这1500元钱也可供他生活3年多的日子。大人们的工资每月平均也就40元左右，如果他再节俭一点，就是不干活也能过上好几年，他在这几年里一边找冯妈妈，一边规划自己的未来。

那段时间，余二月的脑子里全是这2000元钱的事，他既痛苦，又彷徨，但更多的时候是不甘和愤怒。郑股长呀，我明明是2000元钱呀，这个挨千刀的非要偷拿小孩的钱，每每想到这里，他的气就有点接不上来，这500元钱对他是多么的重要，却平白无故被讹走了，唉！

是的，他要离开这里，离开这个伤心之地，他就不相信这么大的世界就容不得他的存在。然而，另一种声音又在余二月的耳边响起：孤儿院里的孩子到了18岁的年龄，市民政局就会为其安排工作，做自己力所能及的事情，这是很令人向往的，他曾一百次地想象长到18岁时自己的处境，那时他就可以靠自己的一双手养活自己。但要等到18岁，还有近两年，这实在让他无法忍受，诸多原因让他鼓足了勇气离开。

第五节

那是一个星期一的早晨，那些有亲戚的孤儿已高高兴兴地陆续回到了孤儿院，看着这一张张喜庆的脸庞，余二月的内心充满了悲凉，他从没享受过这种待遇，他一年三百六十五天都在这里生活，他唯一可以依赖的人就是冯修漪妈妈，可现在这唯一的依赖也被抽走了。

余二月本想从大门出走，但身上那只装满衣物的布兜儿和装满日常洗漱的黄色军用书包实在太过显眼，这个在贫困中长大的孩子，怎么也不舍得丢弃这些东西。他站在窗前踟蹰着，内心充满了矛盾。“男儿志在四方”，他不记得是谁说过的这句话，这句话鼓动着他，他咬紧了牙关，看来只能在夜幕的掩护下出走，像冯妈妈一样，走得悄无声息。

当天，余二月和往常一样坐在教室里上完每一节课，看着眼前熟悉的老师，突然有一种不舍袭来，这一张张面孔他从没有认真地看过，但现在他希望将他们铭刻在心里，因为他知道，这一别或许就是永远。

冬季的夜黑得很早，吃过晚饭，天已经很暗了，同学各自找着自己的玩伴，有的在音乐室，有的在乒乓球室，有的在绘画室，有的则偷偷跑出大院去溜达。余二月往庭院走去，他在寻找能翻越的围墙。他发现靠着泉水的这堵墙，远离大楼，大楼的灯光射不到这里，借着黑夜，人可以神不知鬼不觉地在这里消失。但这堵墙有 2 米多高，不借助东西攀扶是翻越不过去的。他犯难了，如果找借口从大门出去也不是不可能，但太过张扬，他最担心的是身上的那张 1500 元钱的存款单，他真的怕有人打主意，怕有人抢劫，他早已了解人心的险恶。他在庭院里溜达着，北风吹得树枝乱颤，风声像哨子一样在他耳边经过。他的目光看向墙边一棵棵大树，那么高，那么壮，不知道这些大树的年龄，大概已经不年轻了，树身呈深褐色，树皮厚且脆弱，不定期地脱落着，又顽强地再生长，叶片在风中抖动，花儿早已不见了踪影。这里，一切都是萧条的。

大树！余二月突然想起，他曾看见大院里的工人修剪花木，给大树喷洒药物时，用的是双人梯，非常稳当，他当时还很好奇，因为从没见过这种梯子，农村的老家有木梯或竹梯，只能靠墙使用，而双人梯却可以独自稳当地站在地面。他一个激灵，他感觉这梯子在大院里放着，有这个印象，这个印象应该没错。

他借着月光挨着墙寻找着，终于在围墙拐角一个粗壮的水管道旁发现了折叠着的梯子，原来双人梯是可以折叠的。太好了！他回到宿舍，没一个人，都出去玩去了，他从自己的柜子里拿出早已准备好的布兜儿和黄色军用书包，做贼似的跑进了庭院，将两个包包放在靠着泉水的那个墙根，然后他四下看了看，他感觉没有人注意到他，他小心翼翼地将梯子搬到墙根，撑开梯子的双脚，背上斜挎黄色军用书包，一手拎着装得满满的布兜儿，轻松地爬上了围墙。就在这时，“嘭”的一声闷响，拿在手上的布兜儿从他手上滑落，掉在了围墙里，他好不沮丧，他又小心翼翼地准备从双人梯上下来。可由于双人梯的两只脚是撑开的，离墙体有些距离，加之天黑有风，枯枝残叶的影子在他眼前不停晃动，他一脚踩空，人重重地摔在了地上，他顾不得身体的疼痛，第一时间想到的就是黄色军用书包里的那张存款单，这张存款单他是夹在一个绘画本里的，他也不敢打开黄色军用书包，他怕万一存款单掉出来或被风吹跑了天黑找不到，他便将手伸进黄色军用书包里去摸，他一边摸，心里一边打鼓，他终于摸到了，那是一张比大人手掌窄一点，长一点的纸，比书本的纸张要厚一点。在，牢牢实实地在军用书包的书里夹着，还有刻有自己名字的那枚印章，他放在了笔盒里，他打开笔盒，印章稳稳地躺在里面。他这才放心地从地上爬了起来，还好，只是右腿的膝盖受了点伤，还能走动。

那张纸是存款单吗？一种莫名的担忧又转了回来。“放在书里夹着不安全。”他自言自语道。于是他的手又伸进了黄色军用书包，又摸索了半天，将存款单摸了出来，在黑暗下对着天空看了看，是他的存款单。然后他将布兜儿的结打开，将存款单塞进了衣物里面，又牢牢地打了一个结，中间留了一个小口，他将左手伸了进去，挎在了肘部，心想这样更安全。他重新踏上梯子，动作麻利地翻上围墙跳出了庭院。

就在余二月落地站稳脚跟之时，一种茫然袭上他的心头：往哪儿去？哪里才是他的家？不过这种感觉并非自己 6 岁时被大哥丢弃的那种失望，因为他长大了，最重要的，是他手头有钱了，那 1500 元钱给了他足够的勇气去面对今后的生活。

余二月一手挽着沉甸甸的布兜儿，肩上斜挎着黄色军用书包，远远看去，颇像一个小逃荒者。16 岁的余二月的身高虽不高，但浑身充溢着的青春气息以及没有完全褪去的稚气，就是在暮色中，也能辨别出他大概的年龄。

跳下庭院的围墙，出现在眼前的是两条路，一条往右，一条往左，余二月左拐，这是果园的方向，他不知为什么要朝这个方向走去，或许这只是下意识的反应。现在对于他来说，吃水果并不是那么难的事，他的那笔存款，可以满足他天天吃水果的愿望。到底往哪里去？他走着走着，一个现实的问题又回旋在他的大脑，自己安身的窝在哪呢？管它呢，走到哪，算哪。

第六章　我心飞翔　独闯天下

第一节

只要拿着刻有自己名字的这枚印章和这张存款单，就可以到银行取到钱。天，大亮了，余二月首先要找的就是银行，在这举目难得见到一人的地方，哪里有什么银行，这真有点棘手。离孤儿院不远的地方有银行，他的钱就存在那里，但经过几乎一夜的奔走，已经离那儿很远了，他有点后悔自己没有考虑周全，他不知附近有没有银行。

这时有一个老农从远处走来，肩上扛着一把锄头，穿着蓑衣，背上背着一顶草帽，待走近，他才发现老农穿了一双露出大脚趾的军用球鞋。在这冬日的清晨，看着这样的景象，余二月不禁打了一个寒噤，他又想起他六岁时被大哥丢在路上的情景，也是穿着一双破鞋。他问老农，大爷，这附近有银行吗？大爷叹了口气道，这儿哪有什么银行呐，银行都在城里，然后他指了指余二月来时的方向说，往这个方向走，走十几里地就进城了，你再去问问。

余二月说了一声“谢谢”，转身朝着来的方向跑去。

尽管存款单在身上，印章也在身上，但他心里还是没有底，他从没取过钱，不知银行的工作人员会不会找出什么乱七八糟的理由拒绝他。此时，天边已出现了鱼肚白，他走走跑跑，不知跑了多久，他感觉腿肚子有点打软了，这才想起吃早饭的时间应该过了，可他现在连买一块米粑粑的钱都没有，因为这张“巨款”，商店的店员是不认可的。

他身心俱疲，冬日的太阳已懒懒地斜挂在了天边，像无精打采的气球，任由北风从他身边拂过。他终于看到孤儿们经常光顾的那个果园了，他下意识地停下了脚步，他想起了他的大哥，他的大哥今天或许又要来果园里修鞋。他在门口张望了几眼，守门的大爷一如既往地跑了出来，嘴里对着他叽里咕噜地不知骂着什么。

余二月终于找到了银行，柜台里坐着的还是那个女工作人员，余二月努力控制着自己不安的心，他拿出存款单递了过去，居然没有说要取多少钱。

“怎么？取钱？取钱干什么用？”女工作人员问。

“想，想，想买点东西。”余二月憋了半天憋出这样一句。

“不想在孤儿院了？”她认出了他。

“没有哇。”

“那你背着两个大包干什么？”

“回姑姑家住几天。”余二月急中生智想出了这么一句。

“听说你什么亲人都没有，冯院长才把你当干儿子对待的，她才将这么多钱赠送给你，我说得没错吧？”

余二月听着这女人啰啰嗦嗦地发问，心里烦透了，但又不敢得罪她，便不大耐烦地应付着：“我姑姑现在想认我，要我去她家住。”

“那你这笔钱应该留给孤儿院那些真正没有亲人的孤儿，或真正需要帮助的人，你现在有人管你了，你这钱就叫不当得利。”

“什么不当得利，这是我的福分，冯妈妈送给我的，现在这钱就是我的。”余二月委屈得不得了，压着火气说。

“那还不是因为你会讨好卖乖！”对面那女人摇着脑袋，用眼瞥着他说。

余二月喘着粗气，以此隐忍随时可能迸发的怒火，他知道，钱还没有到手，现在还不能跟这女人发生冲突。但他的目光还是表达了他对这个女人的不满。

这时，柜台里面的那个四十多岁的男人，听到了他俩的对话，有点坐不住了，走过来问情况。

那女人赶忙满面堆笑地说：“主任，没什么，搞着玩的，逗逗这个男孩。”

余二月感觉更委屈了，但转念一想，但愿这个女人只是在逗他，如果她真的想为难他，这个问题可就大了。

对面那个女人坐直了身子，将桌上的存款单重新拿了起来，问余二月想取多少钱。

取多少钱？这个问题又在他头脑里打转，因为他对钱根本就没有多少概念。

“取 200 元钱。”

“200 元钱！取这么多钱干什么？”

这个女人真的是讨厌，这是我的钱，她怎么这样不知趣，我想取多少就取多少。余二月心里想着，但这种愤懑他仍然不能表现出来。

“我给我姑妈一点，我要在她家住。”说出这话后，他为自己机智的应对能力感到满意。

“哦，可你这是一张定期一年的存款单，非得明年到期了才能取。”

对面那女人先前看到存款单没说一句，现在来了这么一句，这不是故意刁难他吗？余二月急得大叫了起来：“什么定期的，你这分明是在刁难我，我要取钱，这是我的钱！我的钱！我要取钱！”

听到叫喊，里面那被称作主任的男人走到了柜台前，歪着脑袋从柜台里面看了他一眼，然后拿起桌上的存款单看了看，说：“是定期的，明年到期才能取。你如果现在想取，你需要将你的户口簿拿来。”

户口簿？他突然想到，对呀，我没有户口簿，我怎样在社会上生存？但是他现在不能回孤儿院了，他是一个没有年满 18 岁的少年，孤儿院是不会放他走的，这样就麻烦了。

余二月急了，他已经下了这样大的决心，他无论如何是不想再回到孤儿院去了。于是他带着恳求的口气说：“求求你们，这是我的存款单，是我的钱，我的户口簿在孤儿院，我不想回到那里去，不是那里不好，是我已经长大了。”

“你怎么能证明你是有户口簿的。我开始怀疑你这钱的来历。”那个男主任说。

余二月听罢，手掌开始沁汗了。

“这钱是他的，是孤儿院的冯修漪院长离开孤儿院时赠送他的，这件事我知道，派出所的龚所长也知道。刚才我是在逗他。”对面那女人说。

对面那女人又开口了：“你办个手续，我将定期存款单转成活期存折，这样你需要钱的时候就可以随时取了。”她拿出一个红色的本子，是一个活期存折，余二月取了 200 元钱后，对面那女人又将剩余的 1300 元转成了活期存款。

签字，盖章，拿钱。余二月接过对面那女人递给他的存有 1300 元的活期存折，还有 20 张 10 元的人民币时，心里无比激动。他将存折放进了黄色军用书包的书里夹着，将200元钱放进了黄色军用书包的小口袋里，然后迅速离开了这里，他担心这个情绪不稳定的女人会改变主意，将他刚刚拿到手的钱找个理由再要回去。

第二节

余二月朝着孤儿院的方向走去，只有到了那里，他才能辨识方向。

到了，这幢巴洛克式的建筑风格的孤儿院突然像一块吸铁石，吸住了他的双脚，他仰起头，一幕幕画面涌上他的心头：冯修漪、殷修善、麦谷丰、贺永铭、厨房的老伯、门房的老头，还有那个曾让他日思夜想的云朵姑娘，以及让他痛恨不已的杜秀芝阿姨，还有与他朝夕相处却让他讨厌至极的同学姜大块，还有那个可恶的郑股长，还有天天见面的语文、数学和英语老师们，更有那些与他命运相同的孤儿们，所有的一切，像电影一样在他眼前浮现……跨进这个大门，一切都会回到原点，安安心心地学习和生活。

然而，有些事情是回不到从前了，比如孤儿院里所有人看他的心态——他已经不是一个普通的孤儿了，他可能已经被嫉妒所包围。

他重新提了提肩上的两个包，朝着冯妈妈带他来的方向，向着中心城区的方向走去，他走得很快，他怕稍有迟疑他就会停下脚步，因为能成为他成长记忆的基本都储存在这幢建筑里，吸引着他留下。

他的肚子太饿了，他想尽快找到吃的。他想起来了，这条街上有两家早餐店，店铺还比较大，有热干面、豆皮、水饺、肉包子、油条、米粑粑、面窝等。他曾多次在清晨徘徊在这两家早餐店的门口，看着、闻着这些香喷喷的食物，他就想，等他长大了，拿到了第一笔钱，他要做的第一件事就是要尝遍这两家早餐店的食品，尤其是面窝。这种极具武汉特色的“面窝”，其实与“面”没有任何的关系，是将大米和黄豆磨制的面窝浆倒至铁瓢中油炸而成，炸出来的面窝是又酥又香又脆又软，黄豆比例越高，炸出来的面窝也就越松软。他虽然没吃过，但他感觉那一定是世界上最好吃的东西，很多次，他就站在离炸面窝师傅不到半米远的地方，看着，用鼻子深深地吸着，眼睛直勾勾地看着那些排队买到面窝的人，他知道他的这种样子很难看，但他就是控制不了，他甚至想如果有人将面窝不小心掉在地上了，他一定会弯下腰去捡，稍稍拍拍上面的浮灰，然后也不看旁人向他投来的异样目光，自顾自地吃掉。人生啊，最美好的事除了睡就是吃了，他这样想着。

现在他有钱买这些好吃的食物了。他一边向前走，眼睛一边饥渴地望向街边的店铺，他担心那家炸面窝的店铺关门了，于是他又加快了脚步。街边的住户基本都是平房，用木板和木柱子做成的两层楼房子，很多都很陈旧了，尤其是楼梯木板，上下楼时楼梯就会吱呀作响，还有轻微的晃动，有的甚至裂掉一块，形成一个豁口，人如果不小心踩在这个豁口上就容易摔下来，尤其是年纪大的人，上下楼梯时他们都特别注意。

这时几乎每一家都关门闭户，唯有国营商店的门是开的，而早餐店的人，清早 4 点多钟就开始用柴火、煤球生炉子了，5 点钟就有上早班的人稀稀拉拉地来吃早点，随着天光开始大亮，吃早点的人就多了起来……

余二月终于看见了早餐店，现在已经是早上 9 点多钟了，吃早餐的人很少了，那个炸面窝的老头也关小了炉门，在不紧不慢地炸着面窝，其他的早点摊也是一样，时间过了就冷冷清清的。他的眼睛径直看向面窝，但没有做出一副馋相来，因为这面窝对于他来说，可以说是囊中之物。他的手伸进黄色军用书包，摸出了一张 10 元的人民币，递给炸面窝的老头："给，买 5 个面窝。"说这话时他的声音有点大，有一种很自信的感觉。

"鬼呀！拿这么大个钱，看我这里有没有钱找给你。"炸面窝的老头，边说边看向余二月，在钱盒里数钱时，又掉头看了他一眼，仿佛在说，背着两个要饭的包，一个小屁伢，哪来这么多的钱，这钱是你的吗？

老头终于转过身来，将一把数过的零钱递给了余二月，然后说道："4 分钱一个，5 个，共 2 角钱。找你 9 元 8 角。"

余二月捏着这一把钱，心里有一种说不出的满足，这也是他第一次感受随心所欲花钱的幸福。老头用夹面窝的火钳，从油锅里慢慢夹出 5 个面窝放到油锅的铁网上，然后递给余二月二张裁剪成豆腐块大小的旧报纸，余二月赶忙用报纸去夹面窝，却听老头近乎吼叫道："烫死你！还在滴油！"

余二月像被电击了一样，将手迅速地缩了回来，他有点尴尬，毕竟他已经 16 岁多了，他的自尊心早已让他懂得礼貌和羞耻，炸面窝老头的这句话虽然谈不上骂人，但明显带有看不起的味道。他站在原地眼睛看着面窝，心里却还在想着老头的这句话，他不知面窝上的油什么时候能滴完。

这种拿不准，让他左右为难，几次想伸出手去夹面窝，却又控制住了，直到老头又喊了一句："拿走！还站在这里打鬼！我要关火了。"

余二月用报纸夹住了 5 个面窝，本想坐在这里好好地享受一下，再尝点别的早点，比如他没有吃过的豆皮，他相信此时的肚皮是可以吃下这些美食的，却偏偏被这老头给搞得没了兴致。但面窝所散发出的特有的香味，让他暂时忘记了刚刚发生的事情，他张开嘴，一口咬下半个面窝，那一下，他觉得他活得真的是值了，真的是太好吃了，比他想象的还要好吃，外皮脆而里面软和的带着葱香的面窝，一口咬下去，"吱"的一声，他一口气吃了五个。他现在没有必要再舍不得吃了，他的活期存折里存有 1300 元钱，这钱随时可以取出，然后还有近 200 元的钱，可以够他吃多少顿美味的早餐了，他越想越开心，嘴角露出了笑容。5 个面窝全部吃进了肚子后，还满口留香，他吧唧了两下嘴，只是感觉还是缺少了点什么，哦，如果能再来碗豆浆或干脆一杯白开水，那就更舒服了，因为他口有点渴。但一想到那老头的模样，他便想离开这里，于是他又开始了他的寻找之旅。

寻找什么呢？寻找一个安定的住所，寻找冯妈妈，他相信他的冯妈妈一定没有走远，也一定没有离开这个世界，她只是暂时休假去了。他走啊走，路上的汽车越来越多，人也越来越多，林立的高楼、商铺，接踵摩肩的人流，他知道自己已经走进了中心城区，就像奶奶家那样，他已经身在繁华的闹市中了，而自己身上背着的两个包，在这种背景的映衬下，让他像一个逃荒的孩子，显得孤独而无助。

家，家在哪里？他的大脑仿佛突然清醒了，自己所谓的先将自己安顿下来谈何容易，住旅社，那只能是暂时的，长期住他可住不起，因为他没有工作，再有钱也只能坐吃山空。原来离开孤儿院，他的生活并不是他想象的那样浪漫。但现实就是这样残酷，他必须先找到住所。

他没有一点头绪，边想边往前走，车辆、人群、密集的建筑，不时刮过来的寒风，都叫他头麻，他感觉他就像一片飘落的叶片，徘徊在一片尚不知冷热的陌生土地上。每当这种情绪让他难受的时候，他就习惯性地摸一摸那个黄色军用书包，于是就像打了一剂镇定剂，心里就好受多了。他就这样，一边焦虑，一边自我安慰，还不忘品尝了街头商店他以前想吃却从没吃过的零食。他从日头走到日尾，从汉口，不知不觉地走到青山，走到青山一个名叫“厂前”的地方。

青山属于武汉的一个区域，相对于其他区域来说发展要晚一点，随着国家建设和钢铁基地发展的需要，钢铁高级工程师被大批调至青山，许多工人、初高中毕业生，包括附近郊区的农民都加入到了武钢建设，有幸成为武钢的正式职工，在较短的时间内，组建成了一个十几万人口的大型企业。

“厂前”，正是武钢人口聚集的地方，基本都是棚户区，街道没有规划，斜路、死路、圆弧路，说不清形状的怪路，陌生人走进去后，穿来穿去有时又穿到原点，迷宫般让人头疼。这里的房子都以木板、土坯、砖块搭建，以油毡或石棉瓦为屋面材料，但由于搭建的时间久远，很多房屋都已腐朽，每到雨天，外面下大雨，屋里面下小雨。这里没有独立的厨房，自来水在露天，十几户人家共一个自来水管，每每做饭的高峰，排队洗菜的队伍就站得很长，有的人家人多，菜也多点，洗菜的时间就较长，就容易引发矛盾，争吵也时有发生。公共厕所同样稀少，而公厕的茅坑一般只有三个蹲坑，往往这一条街的人要跑到另一条街上去上厕所，估摸算起来，几十户人家共一个公共厕所。在这样一种环境下生活，这里的人哪有什么修养，一旦发生摩擦便是一场战争，骂起人来那是不需要讲究的。余二月就是走进了这样一个棚户区。

此时夕阳已近西下，地面上的一切拖着细长的影子，但余晖仍像一束光柱在西边燃烧。

不一会，上班上学的人纷纷回家了，棚户区更热闹了，人们排队洗菜、洗米、做饭、炒菜，每家的白炽灯也开始点亮了，灯光从一家一家的窗子映现出来，隐约能看到人头在窄小的空间内攒动。

这种景象刺痛了余二月，他多想也有一个这样热闹的家，他有，但那个家容不下他，他又难过起来。天渐渐黑了下来，唯有每家的灯光将巷道微微照亮，而他还在这里孤独地游荡。今晚上哪儿睡？他感觉有些困，必须尽快找到旅社。他想敲门问一下这里的住户，但他不敢贸然行事，他希望有一家的门没有关得这样严实，只要稍稍留一条缝他就会轻轻敲两下，然后小声地问："请问，这儿哪里有旅社吗？"他将这句话在嘴里默念了几遍。可是一个大冬天里，哪家会把门开着？白天的时候为什么就不想这个问题，现在到哪里去找旅社，他有点痛恨自己的愚蠢。他想走出这个地方，但转来转去就是转不出去，有几次又转回到原地。背了一天的包，肩膀没有歇一下，也没有闭一下眼睛，他好困。突然，他看见一个姑娘从一个房子里出来了，她带上了房门，然后向巷子那头跑去，他不知这姑娘跑得这样急要去干什么，他想上去问，但姑娘已经拐了弯，不见了人影。唉，一次难得的机会就这样错过了。怎样才能走出这个棚户区？他沿着短而怪的巷子盲目地走着，拐弯再拐弯。这时，他又看见了那姑娘，原来前面不远处是一个公厕，她是上这儿方便来了。他想不能放过这个机会，他急速地向姑娘走去，这姑娘可能以为遇到了坏人，赶忙避开他小跑，他却壮起胆子也小跑着跟过去，说道："同志，你知道这附近哪儿有旅社吗？"姑娘听后，吓得跑得更快了……

余二月真的是急了，他背着两个包在这个迷宫一样的地方转悠，他想，他沿着这房屋走，一定会走出去的，一定有出口，就像他来的时候，也是沿着一条小巷走进来的。由于天黑，又是一个冬天，那时也没有什么娱乐，也没有电视看，很多人家吃完晚饭就早早地熄灯睡了。巷道的光线就更暗了。

他这时感到内急了，他沿着小姑娘返回的路走，终于看到了一个公厕，他急急地解决完后，就站在原地思索：沿着公厕的方向走，这条巷道他没走过，也许可以通往大路。这时他发现公厕不是独立地立在巷道中间，是沿墙角而建，并且公厕的一侧有一间空房子，估计是先前守厕人值班的地方，或者是嫌弃紧挨厕所而放弃的住户。他站在门口向里探望，房子估摸有八九平方米，墙角挂着大大小小的蜘蛛网，粘着死苍蝇。一扇脱了榫的窗子，曾经被人从里面用几块长条木板钉死。门也松松垮垮的，每次关门、开门都要往上提一下，因为门外侧下面的榫松了，没有门锁。小屋里什么能用的东西都没有，只有碎石乱砖，还有人拉的屎尿。外墙脚下漫溢的粪水浸泡着墙体，苔藓丛丛，斑驳扎眼，好在是冬天，臭气没有那么浓烈。

他当即决定，暂时就在这里住下来。余二月很兴奋，他想这个紧挨厕所的屋子，是他最佳的落脚点，谁也不会妒忌他住在这个地方，只要他安分守己，是没有谁会来为难他这个十几岁孩子的。

他的睡意全无。他将布兜儿放在了墙的角落，黄色军用书包斜挎在肩上，开始简单打扫一下这间小屋子里的卫生，让自己有个坐的地方，然后坐在地上靠着墙睡着了。大概睡了两三个小时，天就放亮了，他找到共用水管，将双手洗净。

他的心充满了期待和满足，他想，他终于有一块栖身之地了。

天大亮了，来上厕所的，倒痰盂的人陆陆续续地来了，又过了一会厕所外面就排起长队。余二月怕别人问起他，怕惹麻烦，就把小屋的门关了起来，坐在墙角的一隅，他等待着“高峰”时期过去。直到他看见太阳已经升起来了，门外的嘈杂声也渐渐稀少。他打开门，出门后又带上门，他没有拿布兜儿，只背着装有存折和钱的黄色军用书包出来了。这时巷里住户的房门都打开了，家庭主妇都进进出出地做着家务，余二月很快问到巷道的出口，他在土产店买来了铲子和扫帚，几乎用了大半天的时间，才将屋里打扫干净。

这时有个太婆走过来观望：“你把这屋子清出来做么事？是街道派你来打扫厕所的？”

“嗯，是的。哦，不是，不是，我没地方住，我没有父母，我打算暂时住在这里。”余二月吞吞吐吐地说。

“嗯，将个破屋子打扫得好干净，没地方住，暂时住在这里可以，就是离厕所太近了。”另一个妇女听到他和太婆的对话也凑了过来，也表示了认可。

说话间，来观望的人也多了起来，基本都是妇女，有一个妇女还叫余二月到她家里搬来一块木板，让他当床，并嘱咐：“伢，你要是不在这里住了，记得把这木板还给我哈，我是借你用的。”

余二月答应着，内心充满温暖，他觉得社会对他还是很包容的，看来还是善良的人多，好人多呀！他一一谢过帮助他的人后，就在这些妇女的指引下，在一个废弃堆那里，搬来了许多砖头，很多是残缺的砖头，他将这些砖头垫在了木板下，一张床就这样铺成了，然后他又买来了被子、床单、盆子、水壶等必备品。没有电灯，他买来蜡烛，又买来炉子和煤球，至于吃饭问题那好解决，不会做饭，暂时就在街上买碗面或馒头什么的。

余二月做梦也没想到，昨天还在担心自己的安身之处，只隔了一个晚上他就有地方住了下来，尽管是一个非常糟糕的地方，但这个地方他不需要出一分钱，紧临厕所，这又有什么关系呢？小时候家里的这种旱厕他早已习惯了。

第三节

余二月的住所暂时安顿下来后，他安下了心，也有时间让他静下心来想想今后的事情。

然而住在这样的屋子里，住在这样清早就闹哄哄的地方，住在不时有臭气从隔壁厕所飘过来的环境里，并不是长久之计。尤其是人们去厕所方便时，都习惯性地往小窗子的缝隙里看上一眼，那一双双看向他的讨厌的眼睛，让他感觉自己就像被人剥光了衣裳一样的不自在。尽管他从旧货摊买来了简易的衣柜和桌椅，尽管他已经将这个破屋打扫得干干净净，但说不出的破败和潮湿却在时时侵蚀着他需要阳光的心灵。不用说，他在潜意识里将这里的环境跟孤儿院的环境作比较，那可是天壤之别呀，孤儿院那巴洛克式的建筑风格，华丽教堂改成的学校，明亮宽敞的空间，还有美丽的花园，花园里飘出的花香，要比这里好太多。

落差，使他整夜整夜地睡不着，不仅仅因为这里环境的脏乱差，还有对身上存折和钱的担忧。

他的眼睛时常在黑夜里透过木板窗的缝隙，看见微光中紫色浓雾在天空中的变化，看月亮出现在天空，然后又被乌云掩藏。他睡在床上，展开想象的翅膀，本想有了钱可以为所欲为，却不知这钱对于一个尚未成年又没有工作的孩子来说是多么地有限，同时也成为一种精神上的负担，他根本不敢想象这钱一旦被盗他将会是怎样一种处境，这种既满足又无时不在担忧的状态禁锢着他的心灵，他甚至怀疑他这种盲目的出走到底有没有意义，是他亲自把在孤儿院衣食无忧的生活放弃了。

但他也是有理由的。他总是这样安慰自己。

这屋里没灯，不是他舍不得买灯泡，是压根就没有电灯的线源，或者早已被人为地掐掉，他不知从哪里能将电灯线源接到屋里，他觉得接电源线也是不可能的，因为他不是这里的住户，只是一个住在这里的流浪汉。于是每当黄昏过后，就伸手不见五指了，他不得不躺在床上，他想安安静静地睡到天亮，可他的眼睛总是不由得在昏暗的光线中望向这个屋子的每一个角落：屋里曾经用石灰马虎地粉刷过的墙壁早已灰头土面，从上而下的一条条的污迹清楚可见，那是大雨后屋子里漏雨留下的痕迹。这个屋子是漏雨的，雨水沿着墙壁裂开的砖缝往下流，大雨来临之时，余二月不得不用塑料盆子接雨水。

住在这间屋子里，有时恐惧、空虚、寂寞、思念会一起涌上他的心头。在寂寥的夜晚，一种不可遏止的思念如潮水般向他袭来，他想他的冯妈妈了。他想找到冯妈妈。怎样找？他一个还未成年的孩子，他上哪儿去找？

冯修漪妈妈的面容定格在他的面前，美丽极了，也亲切极了。他多想去抱一抱冯妈妈呀！这种冲动他一直都有，但都被他压抑住了，他觉得自己不配。“我要将冯妈妈的容貌用素描画出来，贴在木板上，我要拿着冯妈妈的画像去寻找她。”余二月自信地说。他之所以这样自信，是因为他对素描是有研究的，素描也是他的特长。贺老师曾多次拿着他画的素描在班上给大家当作示范，贺老师说，看一个人的绘画功底如何，首先看素描。贺老师的这句话他牢牢记住了，素描看似简单的几笔，却能勾勒出人的基本神韵，这“韵”，就是人的魂魄。

他到美术用品店买来素描纸、画板、画架，还有夹子，买来各种型号的素描铅笔等，这些绘画的工具其实他都有，在孤儿院里，当时觉得带在身上不方便也就忍痛放弃了。

余二月在这间小屋子里开始给冯修漪作画。

他选了一支软铅黑笔，把笔尖弄得稍稍粗点，闭上眼睛，冯修漪的身影出现在他的脑海，“妈妈！”他忍不住从心底喊了一声，他强忍着要涌出来的泪水，睁开眼睛开始画像，冯妈妈面部的轮廓不一会儿便呈现在了画纸上，先是鹅蛋形的脸型，圆润的额头，然后是高挺的鼻梁，厚的嘴唇，大大的耳垂，茂密微卷棕色的头发自然弯曲于下颚，弯弯的眉毛下是冯妈妈温柔的眼睛，这双眼睛是安静和睿智的，带着笑意，这使得她的嘴角微微上提，眼角已经有了不太明显的细纹，面部还算丰满，但鼻沟纹却出卖了她的年龄，而在余二月看来那是成熟的象征。以前他就研究过，为什么冯妈妈看上去那么美丽，除了端正的五官，还有一点很重要，就是冯妈妈的“三庭五眼”长得很到位，这也是他从贺老师那里学到的。比如说，有的人五官长得很端正，但额头短了，或长了，再好的五官放上去也是白搭，还有从眉骨至鼻底这一部分长了或短了，这人看上去就会显得怪怪的……

余二月对着画像仔细地端详着，修改着，闭上眼睛在脑海里搜寻着，又索性放下铅笔停止了绘画，他想借着自己对冯修漪的回忆画得像些，再像些，这样找到冯妈妈的可能性才会更大一些。然后他又拿起了笔修改，再修改，画像完成后连他自己都感到奇怪，这幅画他画得是那样得心应手。

这一夜余二月难以入眠，老想着第二天自己拿着冯妈妈的画像站在闹市街头，向路人讲着冯妈妈的故事。这一夜，他的眼睛同样自然地望向了那一面墙，但他没有害怕，他的脑子已经装不下除了冯妈妈以外任何的事情了。

第二天的天气很好，冬阳暖暖地照在他的脸上，落叶在他的脚下发出窸窸窣窣的裂响，他背着画夹，背着他的黄色军用书包，从青山坐公共汽车，又乘轮渡过江，来到武汉最热闹的地方——江汉路，这地方他奶奶带他来过两次，吃过江汉路上的“四季美汤包”。

余二月已经做好充分的思想准备，什么样的情景他都想过了，一句话，就是需要胆量，尤其是第一次以这样的方式站在人头攒动的马路边，面对无数异样的目光。

他观察到，江汉路公共汽车站牌那里的人最多，这些人在等车，也就有耐心停下来注意到他，也就有耐心看他举着的人头像。他站在了离站牌只有几米远的地方，他举起了冯妈妈的头像，举起牌子就是闯过了第一道心理难关。奇怪的是，人来人往，并没有人停住脚步来看上一眼，来询问一句，他就这样站在繁华的闹市，他像一尊雕塑，他的手举酸了，放下，又举起，一个小时过去了，两个小时过去了，终于有一个中年妇女牵着一个小女孩走到他的身边停下了，问道：“你是画像的吗？给我的女儿画一张多少钱？”

“不是，我找我的妈妈。”

“找妈妈？你这样找你的妈妈？”

“是呀，这照片就是我的妈妈。”

“你这样找是找不到你妈妈的。”

“那怎样才能找到?”

“到派出所报案呀!”

那个中年妇女一脸的疑惑，几乎是叫着说。

“派出所的民警知道我妈妈失踪，找了，但没有音讯，我只能用这样的方式寻找。”

“那你也得将你妈妈出走的时间、经过，还有你妈妈的长相通过文字表述出来呀?这样路人才知道你是在找妈妈。不然大家以为你是在以画像谋生。你没有你妈妈的真实照片吗?你家里还有没有其他人?你还在读书吗?就你一个人出来找妈妈呀?”

中年妇女的一连串发问提醒了余二月，是呀，我总得写点什么让大家明白是怎么回事呀。他顿时觉得自己真傻，他怎么就没有想到这些呢。他收起了画像，这才想起自己早餐还没有吃，而“四季美汤包馆”就在身后，他想起了奶奶带他来吃过一次的汤包，他知道很贵，但他还是走了进去。汤包有蟹黄馅的、虾仁馅的、鲜肉馅的，奶奶带他吃的是鲜肉馅的，也是相对便宜的一种，虾子他吃过，蟹黄他没吃过，他听说过，他很想尝尝，但一看价格表他吓了一跳，心想还是吃鲜肉馅吧。他又抬头看了一下价格表，一两粮票两毛八分钱一笼，一笼七个小汤包。他没有粮票，因为户口簿还在孤儿院里，但这个没有多大关系，按照当时武汉的规矩，一两粮票可以用一分钱替代，也就是说，这一两汤包本来是给一两粮票加上二毛八分钱可以买到，如果没有粮票，给二毛九分钱就可以吃一笼鲜肉的汤包了。

余二月此时还是犹豫了，这二毛九分钱可以吃几天的早餐，而且二毛九分钱只能买一两汤包，根本不可能吃饱，但他的眼睛还是死死盯着价格表，心里在做着斗争：吃一次，就一次，再也不来吃了；另一个声音说，我还没有工作，没有找到冯妈妈，我这样会坐吃山空的。他在售票处就这样踌躇着，最后他还是习惯性地拍了拍书包，走出了“四季美汤包馆”，在门口买了小贩的两个烧饼，一个烧饼 4 分钱，加一两粮票的一分钱，一毛钱可以买两个。

第四节

到“家”时太阳开始偏西，他放下书就在画夹里抽出了一张白纸，放在画夹上准备写“寻人启事”。

多大岁数呢？唉，他拍了拍自己的脑袋，和冯妈妈在一起近10年，居然还不知道她具体的岁数，自己真的是浑哪。不过，没事，找人嘛，哪有那么精确的。于是他凭自己的感觉，认为冯妈妈应该快50岁了，因为第一次见到她的时候，他就认为冯妈妈有40来岁。他又拿起了笔：

> 冯修漪，女，英国人，50岁，身高1.68米，鹅蛋形脸庞，皮肤白皙，深邃的大眼睛，高鼻梁，嘴唇丰满，棕色齐耳卷发(如图)，讲普通话。她是我的妈妈，于1975年的一个清晨出走。如有知情者，请与我联系，奖赏50元钱。
>
> 我每天白天都在这里等候。谢谢好心人的帮助！

寻人启事一拿出来后，果然效果不一样，很多行人停下脚步认真看上面的内容，还有人对他提出了问题，比如：你还在上学吗？你家里还有其他人吗？你的生活靠谁供给，你怎么还有钱奖赏别人？但更多的是提出让他不好回答的问题，那就是：你妈妈是英国人，你怎么长着一张亚洲人的脸？

刚开始，有人提出这种问题的时候，他还耐心解释，他说他是一个没人要的孤儿，是这个冯修漪妈妈救了他，还供他上学。突然有一天，冯妈妈突然走了，他很伤心，他不知冯妈妈现在还在不在世上，如果在，现在是怎样生活的，过得怎样。说着说着，眼圈也红了。后来问的人多了，他也就懒得解释了。

而事情的发展却是出乎他的意料。有人开始向他丢零钱，一分，两分，五分，一角，二角，还有一元钱的大纸币，一天下来，他收的钱，居然能解决他一天的生活——路人看他还是学生模样，很同情他的遭遇，起了恻隐之心。他从刚开始的不适，渐渐能够接受。为了平和自己的心态，他不断地自我安慰：为了生存，我不是在乞讨。我是为了找我的冯妈妈才出来这么做的。

身后的“四季美汤包馆”现在在他看来，不再是什么吃不起的美食。他每天在街上收来的零钱就可以买二两再加一个烧饼，然后搞一杯豆浆，一顿饭就美美地解决了。至于早餐和中餐，每顿吃一碗面就行了，没有运动，也就感觉不到饿。

他本以为没有工作，身上的钱会越来越少，没想到，在寻找冯妈妈的过程中，还能填饱自己的肚皮，他觉得这是冯妈妈给他带来的福气，冯妈妈无时不在帮助着他。

只是这样的“福气”没有维持多久，关注他的路人越来越少，给他丢零钱的人也越来越少，后来他猛然领悟，每天在这个车站等车的人基本都是上班族，基本都是那一拨人，对他以这样的方式存在已习以为常，见怪不怪了，更别说能帮他找冯妈妈了，他如果想再继续以这种方式找下去，必须得换一个地方，让别人再以初见他的方式来同情他，来帮助他。

他必须换一个地方。

武汉三镇，如此庞大的地盘，真要他选择的时候，他有些茫然了。他不愿意以这种方式去青山寻找，他现在住在那里，如果碰到街坊，他面子上有点过不去。武昌是文化区，学校居多，学生穷得很，自顾不暇。他突然为自己的这种想法感到了可耻：我是来找冯妈妈的，怎么跟钱扯上了关系，难道我是来乞讨的吗？心里虽这样想，但生存的压力还是战胜了其他，他想一举两得。孤儿院在汉口的近郊，虽然暂时还没碰到熟人，时间长了还是会碰到的，他不能再在汉口寻找。他知道武汉是三镇，有一个叫汉阳的地区，那就去汉阳吧。

他在江汉路新华书店买了一张市区地图。汉口人分辨方位不是像其他地方那样分东西南北，汉口的习惯叫法是：高头，底下。这种叫法，可能是早先人们按照地势来划分的，“高头”地势渐渐高一点，“底下”当然就是地势渐渐低一点，但这种说法至今没有一个权威的解释。此时他站在汉口江汉路，地图上汉阳的方向指向“高头”，经过六渡桥、利济路再到武胜路时就左拐上了汉水桥，下桥后就到了汉阳的文化宫，沿着这一条笔直的路延伸就是鹦鹉大道，全长十几公里，是湖北省重要的工业基地。在当时国家计划经济时期，企业支撑着国家的经济命脉，尤其是鹦鹉大道上的多个大型企业，包括金属材料公司、钢丝绳厂、燃料公司、桥梁机械制造厂、健民制药厂、锅炉厂、木材公司等，这些企业的职工收入都相对高于机关和事业单位，是人们很向往的地方。这一点，当年政府在孤儿院出资让孤儿学手艺时就强调过：你们只要学好其中一门手艺，长大后就可以做一个自食其力的人。这种循循善诱，贯穿在孤儿们学艺的过程中，孤儿们知道了，做工的人，才是能赚大钱的人，也是在饥荒年代不会饿死的人。

余二月背着他的这套行头，按图索骥地来到汉阳鹦鹉大道，他看到，街上基本都是工厂，他感到很新鲜，他一边走一边看，不知不觉已走了四五十分钟，这时他看到不远处的天空乌云密布，他感觉要下雨了，再看，自己正置身于阳光下，原来远处天空飘着的是浓浓的黑烟，一团一团地正向上翻滚，然后四散开去，他的心一惊，心想一定是哪家工厂失火了。他惊恐得正想大声喊叫，却发现周围的行人像没事一样，他明白了，一定是工厂的生产车间冒出的黑烟。他怀着好奇的心情，朝着冒烟的方向走去。走到近前，路旁伸出一条岔道，一百多米长，三米宽，径直通往这家工厂，原来这是一家有名的大型重工企业——汉阳锅炉厂，职工近两千人，男职工约占 80%。汉阳锅炉厂位于鹦鹉大道中上段，路口正是公共汽车站，岔路两旁的杨树长得高大挺拔，树叶繁茂，但由于长年受黑烟的影响，一年四季灰头土脸，如披甲的武士，难看到翠绿的姿颜。

紧挨着汉阳锅炉厂的是汉阳棉纺织厂，职工三千多人，和汉阳锅炉厂形成鲜明对比的是，女职工占比 90%。厂门开阔，中间是大门，两侧是小门，光秃秃的，什么标识没有，中间走小车和货车，两侧为职工进出的门，再往里走 50 米左右就是办公大楼。办公大楼有点徽派建筑的味道，屋檐两侧飞檐翘角，精致的青砖砖雕装饰于门洞上方，有疏有密，看上去年代似有点久远，给人一种回到古时的感觉，与鹦鹉大道上朴实甚至有点乡土的气质格格不入，好在这座办公大楼建于大门深处，不然过往的人真不知这是一家纺织厂还是一座寺庙。

已是下午 3 点多钟，相比江汉路上熙熙攘攘的人流，这里的人并不多，这让余二月有些失落，人少，找到冯妈妈的机会就会少。他在车站旁停了下来，放下画像和寻人启事，然后拿出铅笔，在画板上作画，他又在凭着记忆画他的冯妈妈，奇怪的是，时间越久远，冯妈妈刻在他脑海里的形象越是清晰，为此他感到很兴奋，他追寻着脑海里的记忆，他认真地画，深情地画，冯妈妈的画像就这样栩栩如生地浮现在了白纸上，比他先前画的冯妈妈还要真切得多，他的脸上露出了少有的笑容，他将刚刚画的冯妈妈的素描替换了先前的那一张，才深深地吁了一口气，伸直了腰板，这时他才发现，身边居然围满了人，他也不知道这些人是什么时候出现的。

太阳已经西沉，光影斜洒在人行道上，偶尔有风拂过，这种天气很舒适。路上的行人也越来越多，下班的高峰时期到了，自行车不时“丁零”地响着，年轻小伙的屁股半悬在自行车座椅上，扭动着身子风一样地从他身边驶过，那种潇洒，很难用语言表达。小伙们骑的是当时最时髦的28吋凤凰牌自行车，也有28吋飞鸽牌自行车，一辆车的价格180元，而一般企业职工普遍的工资只有每月40多元，年轻职工的工资更少，最关键的是，光有钱是买不到的，还要有“路子”才能弄到自行车票。下班乘公共汽车的人在这里更是多如潮水，大家拥在车站，公共汽车一进站，大家就蜂拥而上，车还没停稳，身手敏捷的男孩就抓住了车门的间隙，只待车门一开，人就挤了进去，车上要下车的乘客便恼怒地喊：“下了再上，下了再上！”车下的人哪顾得上这些下车的人，车下的人只顾往上挤，一个劲地喊：“挤一下，再往里挤一下，不然都走不成！”随着“挤一下，再往里挤一下”的叫声，车上的人开始回怼车下的人：“人都挤翻了，还么样挤！”然后又对着司机的方向喊：“快开车！人都挤翻了！”这样折腾了好几分钟后，车门才在最后一个人的屁股后面关上。在这里，这样的情景每天都在上演。

余二月哪见过这场面，他对此居然有点喜出望外。因为下班的那些人在公共汽车没来之前，都会踱过来看寻人启事，有的人议论着，也有人给他丢零钱，他都会有礼貌地说声：“谢谢！”第一天的这个下午，他就收到了路人丢给他的2元多钱，1分、2分的硬币最多，丁零哐啷一小堆。

而他每天在这里做的一件事，就是画冯妈妈的素描，他觉得越画越像，仿佛冯妈妈要从画像里走出来一样，他完全沉醉其中，也就不觉得白天时间的漫长，也不在乎路人异样的目光了。

余二月重复着这样的生活，半年多的时间就这样过去了。

一天，一个40多岁的男人走到他跟前，他认真地看着这幅画像，然后蹲了下来，说道：

“这是你画的素描？”

“是我画的。”

“你学过绘画？”

“我读了七八年书，绘画是我的特长，我喜欢画画，平时没事就画画。”

“你今年多大了？”

“16岁多了。”

“你为什么不继续读书呢？”

“我妈妈突然出走了，我出来找我的妈妈。”

“上面写着你妈妈是英国人，你是你妈妈亲生的吗？”

“我不是妈妈亲生的，她是我的救命恩人，我把她当成我的亲妈妈。”余二月有点不高兴地皱了皱眉头。

“哦，是这样。”这人说着，将画从地上拿了起来，认真地端详着，嘴里自言自语道，“画得真好！传神，太传神了，尤其那双略显忧郁的眼睛！”然后又说道：

“你愿意继续上学吗？”

“上学了我就不能找妈妈了，再说我也没钱上学。”

“你这样找妈妈是很难找到的，你要继续学习，才能更好地发挥你绘画的特长，只有这样，你以后才能找到工作，你才有能力继续找你的妈妈。”

“上学，在哪儿上学呢？我是从孤儿院里跑出来的。”

“这样，我明天上午在这里找你，我再跟你谈谈。”

余二月看了这人一眼，没有回答他的话，心想这人是不是有毛病呀。

晚上睡在床上，不由想起白天的事情，他隐约觉得这个男人他似曾见过，他翻来覆去睡不着，就是想不起来与这个男人有过什么交集。哦，是那双眼睛。就在这个车站寻人的这些日子里，总感觉有双眼睛在注意着自己。人的感官其实很奇怪的，哪怕你没有正眼看过一个人，但如果有一个人在注意着你，对着你多看了几眼，你也会有所感应。

不会是老家派来的人吧？余二月这样想着，打了一个寒噤。哼，就是老家派人来要我回去，我也不可能回去。他对母亲的恨意，对大哥，对那个家的恨意又上来了，他想，我就是要活着给你们看看，我余二月姓余，跟奶奶姓，二月的那个寒冷的天，是奶奶把我捡回去了，否则，我可能已冻死或饿死在了马路上。

一阵报仇成功的快感就这样涌上了心头。

转念他又想，或许是老家的人看到他又沦落在了马路上，正在犹豫要不要相认？可只有老天知道，我余二月身上还揣着一千多元钱，这些钱可以让我进退有余，我还可以回到孤儿院去，在那里是衣食无忧的。

他就这样胡乱地想着，猜测着，然后静静地进入了梦乡，此时已是凌晨三四点钟了。

第五节

由于昨夜入睡太晚，再加上晚上做了一个美梦，余二月几乎没有翻身就睡到了天亮。

他一脸迷糊地睁开眼睛，跳下床，洗漱完后，就背着装有存折的黄色军用书包和画夹出了门。

走在路上，他突然有一些感动，每天从他身边过往的行人都很善良，即使不投给他钱，看向他的目光也是柔和的。于是他加快了脚步。他转乘了三趟公共汽车才到了汉阳锅炉厂车站，他每天都是这样，来回在路上花费的时间就差不多有四个小时。

此时已是上午 10 点多钟了，正是上班的时间，街上没什么行人，他放下黄色军用书包和画夹，然后像往常一样，拿出一张画纸放在地上，将黄色军用书包放在画纸上，这就是他临时的凳子。他又从画夹里拿出昨天画的冯妈妈的画像，放在地上，纸的四角各用一个石子压着，做完这一切后，他又拿出画夹，开始了今天的绘画。

这时有一双脚出现在他的眼前，他没有在意，他现在满脑子都是冯妈妈的样子，仿佛一伸手就能抓到他的冯妈妈，因此每当他画冯妈妈的时候就异常地兴奋，他感觉他对冯妈妈的熟悉，甚至超过熟悉自己，没多大工夫，冯妈妈就栩栩如生地展现在画纸上，他看着，看着，和冯妈妈在一起的时光在他脑海里重现，他仿佛忘记了自己正置身于大街上，他沉浸在美好的回忆中，嘴里不由小声地念叨着：“妈妈，你在哪里?!”他经常独自一人这样念叨的时候，他的心里就只有“妈妈”，没有那个“冯”字，冯妈妈就是他的妈妈。

“你是一个重情重义的人，好孩子!”

余二月抬起头，啊，是那个神神秘秘的男人。记起来了，他昨天说过，要我今天上午在这里等他的，难怪心里总觉得有事一样，就是这个事，这个男人要找他。

“有么事?”

“是这样。我是汉阳棉纺织厂的厂长，我姓葛，我注意你很久了，我看你有绘画的天赋，我们厂有一个子弟中专学校，名叫“创新纺织学校”，基本都是本厂职工的孩子，我很同情你，也很欣赏你的才华，我想让你进我们学校读书，学工艺美术，这个你入门会很快的，或许你已经在绘画方面是半个专家了，我虽然不会画，但我会看，会欣赏。学习两年毕业后，如果成绩优异，可以留在我们纺织厂，到宣传科或设计室工作。对了，学费厂里也可以替你出，但生活费你得自己出。考虑到你的现状，厂里可以每月预支你30元钱，只需要你和厂里签一份合同，意思就是，你学成后须留在我们汉阳纺织厂里工作，然后每月从你的工资里扣除这笔钱就行了。”

余二月听蒙了，学美术，正是他的梦想，而且在“创新纺织学校”毕业后就能拿到中专文凭，就具备“干部”身份，这是命运对他的最大馈赠，而且在这里上学还不需要他交学费，生活费以后从工资里扣，也就是说，他毕业后工作是肯定有的，他不在这里上班都不行，工厂等着扣除他在学校的两年的生活费。他简直不敢相信这是真的。但他分明看到面前这个葛厂长的嘴在动，他每一个字说出来都是那样的真实，他不会听错，他不是在做梦。在他不长的人生中，他总有做梦的感觉，但这一次他知道他不是在做梦。

片刻后，余二月努力控制着自己过于激动的心情，他疑惑地问：“葛厂长，你不会是在戏弄我吧!?”

“我们是子弟学校，厂里有几个活动指标，我可以做这个主，这个没问题。你如果愿意的话，你准备一下，明天在家休整一天，后天上午8点前你来我办公室，我给你交代一下事项，然后把这学期的书发给你，你就可以来上课了，我把你带到工艺美术系。”

余二月激动得双手不知往哪儿放，脸上满是感激的笑容。

走在回去的路上，余二月的腿有点飘，甚至有点飞起来的感觉，这感觉有点像突然从地上捡到巨款一样。他看到什么都是喜庆的，见到街坊，从来不主动打招呼的他，那天一走进巷子就开始主动跟人打招呼，很多人根本不认识他，因为他来这儿的时间并不长，而巷子却七弯八拐地特别长。他的这种状态，难免引起别人的奇怪，有的向他投来不友好的目光，但他都以微笑回敬。是的，他不计较，他觉得这世上的好人还是多，他的这一生就是遇到了一个又一个的好人，他才能活到今天，而且生活也没有亏待他，所以他的这种笑是情不自禁的，是难以控制的。

终于回到了公共厕所旁的这个屋子。以往他迈进这间屋子时，内心总有一种压抑感，他甚至想过逃离这里，今天他却感觉这间屋子是如此的亲切。

他的脑海里还在回想着刚才的幸福画面，他想象着，他毕业后，便有了一个体面的工作，然后找一个漂亮的姑娘结婚。他越想越幸福，他此时又像要飞起来一样，这使得他自进屋后到现在还没有坐一下，他觉得他已经管不住自己的这双腿了，他需要在屋子里来回地走动，以释放他过于激动的情绪。

月亮爬上了天空，这时他才想起自己居然没有吃晚饭，他感觉肚皮真的是饿了。他带上门，快步地走出巷子，在一个饭馆里要了一碗牛肉面和两个大肉包另加两碟冷菜和一碗热腾腾的排骨藕汤，这一桌丰盛的饭菜，是他从未吃过的，尽管他身上有钱，但他还需精打细算，他知道他的处境。好在，从现在开始，已经不需要他考虑那么多了，因为葛厂长说了，要保送他读书。

他吃饱喝足后，惬意地回到了他的那个窝。放下包和画夹，然后来到公共自来水旁洗了脸和脚。他天天都是这样，没有热水，他不介意，已经习惯了，这里的人很善良，没收他的水费。

躺在床上，想到后天就可以去读书了，明天可以在家休整一天，他激动的情绪又上来了。可想着想着，不知为什么，伤感开始袭上他的心头，他从孤儿院里跑出来，目的是什么？是为了寻找他的冯妈妈呀！可现在，冯妈妈没找到，却光想到自己了。如果天天躲在学校里上课，何时能找到冯妈妈，妈妈呀，我对不起你！他在心里喊着。

他想着想着，不知什么时候睡着了。

第二天他被上厕所的人吵醒，睁开眼睛，他又回到了现实。

这间屋子是那样的简陋，而且这个简陋的地方还不是他的，他随时都有可能被撵。他是上无片瓦，地无一垄，如果仅凭自己在这个世上单打独斗，只能撞得头破血流，在他不算太长的人生旅途中，这样的感受太深刻了。他必须借助外力而自救，这些都是生活教给他的道理。

现在，有贵人相助，他要抓住这千载难逢的机会，他要为他的人生考虑。

明天就要去见葛厂长了，他突然有点紧张，有点成败在此一举的感觉，他要调整好心态，把自己最好的一面展现在葛厂长的面前，包括说话、走路、坐相，还有吃饭的样子，要让人看着舒服，他知道这就等同于面试，如果哪方面做得让葛厂长反感，他随时可以找出一个理由让他先回家等待。于是他将那个破门关上，在屋里挺起了腰板，面带微笑，他知道，人人都喜欢看笑脸。他就这样挺直腰板，迈开不大不小的步子走着。步子太大，就显得傲慢，步子太小，就显得没有朝气。他也知道，习惯成自然的道理，他决定今天就按这种步伐在家里走步。然后是说话，说话的声音很重要。他曾看过一本小说，有一个男人说话带有磁性，这声音吸引了一个他喜欢的女孩，女孩为了每天能听到这磁性的声音，就和这个男人结了婚。但他的声音还有点稚嫩，不知年满 18 岁后他有无可能有一副磁性的嗓音。不过他想，声音好听对葛厂长这样的大男人并不重要，重要的是要会说话，说出的话要让葛厂长高兴。

这个破屋就成为他彩排面试的一个场所。

他笑着，嘴里还不停地压低着嗓音说：“葛厂长，您好！”尽管这样也不会产生什么“磁性”的效果，但起码不是很幼稚的嗓音。然后，再往下说什么呢？他好像没词了，因为葛厂长并不在他跟前，不知他说了这句“葛厂长，您好！”后，葛厂长接下去会怎样回复他。

如果不出意外的话，葛厂长一定会说：“余二月，你好，请坐。”

然后他就坐了下来，再然后葛厂长又会说什么呢？唉，实在是想不出来，那就到时候再随机应变吧。

他这天除了随便吃点东西，其他的时间就是在练习。到了傍晚，他感觉他的嗓子有点哑了，他知道，这是在短时间内不停说话造成的。

他用一个大瓶子灌满了自来水，大口地喝着，希望能滋润一下这可怜的嗓子。

这天，他为了明天的会面训练到很晚才睡。躺在床上，内心的愧疚又上来了，冯妈妈的面容又浮现在他的眼前，可他又有什么办法呢？他太无助了，他太需要这个机会了。

这一晚，他几乎没有真正睡着过，因为他没有钟，没有手表，葛厂长要他上午8点钟前到他办公室，他怕错过了时间。他想，如果错过了时间，就错过了机遇。

天空刚刚有了一丝光亮，他就起床了，他来到自来水管处，第一次用肥皂将自己的脸和脖子认真地洗了洗，然后换上干净的衣裳上路了。

早上第一班公共汽车是6点，他走到公共汽车站时，第一趟车还没开班，他等了好一会儿，第一班车才来，然后他就乘车来到汉阳棉纺织厂。

这时天空早已大亮，太阳已露出头来，在阴冷的空中孤芳自赏。鹦鹉大道却是另一番景象，上班的人匆匆忙忙，公共汽车进站时车门仍然挂满了人，自行车的铃声不绝于耳，一幅蒸蒸日上的景象。余二月也随着人流快步向汉阳棉纺织厂走去，可葛厂长在哪栋楼，哪间办公室，他全然不知呀。也许葛厂长根本就不是什么厂长，这一切只是一个恶作剧而已。他的脚步犹豫了，他站在大门口将头往里探了探，却看到让他无比震惊和热血沸腾的一幕：他看见有一个手举木牌的年轻人站在大门里面，木牌上写着："热烈欢迎新同学余二月！"

是我吗？上面的名字是我吗？不是我又是谁？我就叫余二月，在这里，不会出现第二个余二月。他这样自我肯定后，向着举牌子的年轻人走了过去。

"你好！我是余二月。"他说得很自然，也很自信，但如果仔细听的话，还是带有一点点的颤音。

这个年轻的大哥哥向他伸出了手，然后又不由将手稍稍收了一点回去，只握了余二月的指尖。因为他的大脑有一点晕乎，他感觉眼前这少年的面相是如此地熟悉，感觉在哪里见过，或者曾在某一时刻打过什么交道，可没有时间容他想这事。

"欢迎，欢迎，欢迎新同学！"这个年轻人机械地说着。

"谢谢！"余二月有点羞涩地说。

“葛厂长在办公室等你。”年轻人边走边将脑袋转向余二月，他在大脑里搜索，这人到底在哪里见过呢？

突然，一个画面出现在他的脑海里，面前这少年不就是天天在门口公共汽车站画像，找他妈妈的人吗？因为厂里的人都注意过这个少年，大家都谈论过这个少年，他又转过头死死盯着余二月，他想证实自己的判断。

可事实是，这人长得太像那个在公共汽车站画像，找他妈妈的少年了，难道世界上真有长得这么相像的人吗？难道是双胞胎吗？葛厂长怎么会平白无故地在街上拉一个人到学校里来呢？而且学校的指标是那样的紧缺，哪个不想读中专，有一纸文凭后，就可以到国营单位谋到一个干部身份的职位。

一路再也无话。

年轻人在这种纠结中，带着余二月到了葛厂长的办公室。

葛厂长似早有准备，快步迎上前，说道：“哎呀，我还以为你不来了呢。”葛厂长一边轻轻拍着余二月的肩，一边热情地请他坐，又从办公桌上端起一个铝制饭盒，里面有三个肉包子，将饭盒端给余二月说：“你还没吃早餐吧，我给你准备了。”

“葛厂长，您好！”余二月练了一天今天见面时要说的话，最后只说出了这5个字。他确实还没有吃早餐，不是不想吃，而是将这件事给忘了，他心里一直想着见到葛厂长时将是怎样的情景。他设想了一千种可能的场景，就是没有葛厂长帮他买了早餐的场景，他不知如何应对。

“坐呀，坐呀，吃呀，吃呀。”葛厂长一边说着，一边用手指着桌上的包子和对面的一张椅子。

余二月坐下了，但就是不好意思伸手去拿桌上香喷喷的大肉包子。

那个年轻人更加迷糊了，他鼓足了勇气脱口而出：“葛厂长，这伢好像是那个站街的？”

“什么站街的，亏你还是宣传部门的干部！这伢身世坎坷，懂得感恩，有一颗金子般的心灵。还有一点我很欣赏，他有绘画的天赋，他如果在创新纺织学校学业有成，毕业后我想将他留在我们厂，他将会是我厂设计方面的栋梁。”葛厂长停顿了片刻，又自言自语，“人才难得呀！”

第七章　再遇贵人　身份逆转

第一节

但是余二月忘记了一件事，他的户口簿还在孤儿院，如果没有户口簿是上不了学的，不光是上学，参加工作也离不开户口簿。

当葛厂长向他要户口簿的时候，他蒙住了，他着急地想，该怎样回孤儿院去要回自己的户口簿，该如何向院领导说明这一切，因为他是偷偷跑出来的。可转念一想，这有什么不好说的，他出来不足一年，就即将成为一名中专生了，只差这个户口簿了。他正好可以趁去孤儿院要户口簿的机会，向那里的老师、阿姨、孤儿们报告这个好消息。

第二天，余二月特别上街买了一身新衣，包括鞋子，不是那种传统的球鞋，而是皮鞋，这是他第一次穿皮鞋，穿上后感觉人都神气多了，然后去理发店理了发，仍然背着他那个装有存折和钱的黄色军用书包，这个包他不想换，这包跟随他走过多少艰辛，这包也一直保佑着他，让他安安稳稳地"天天向上"着。他拿着"创新纺织学校"的信函，乘车来到汉口市郊，下车后，向着孤儿院走去。走在这条他熟悉的石子路上，一阵酸楚又涌上心头，他仿佛闻到了冯妈妈的味道，是她牵着他的小手，走进了孤儿院，是她带着他来到医院，将他那多余的、可恨的第六根指头切除，一起切除的还有他的心魔，从此他就脱离了苦海，走上了正常人的道路。

"哦，我的妈妈，你总是拒绝我喊你'妈妈'，你有顾虑，因为你是所有孤儿的'妈妈'，可你却将一个母亲的爱几乎都给了我，我不知道这是不是上天对我的眷顾。妈妈呀，你的出走是个谜，而我出走，却是为了找到你呀！可现在我却违背了我的初衷，我要到一个新的环境中去读书了，妈妈呀！"

他的心中，幸福和快乐，不安和内疚交替着，留痕在时空里，辗转在一路的花香鸟语中。这是又一个八月，郊外的桂花飘香了，在这个秋风送爽的日子里。

他看到灰色的欧式楼房了，那硕大的圆柱支撑着巨大的拱形穹顶，呈现出一个仙境般辽阔而高远的空间，而两个圆柱上的尖顶高耸着，这一造型早已深入他的骨髓，在这里近 10 年的光阴，带走了他的童年，迎来了他的少年。

当初那个尖嘴猴腮的守门的顾老头也从中年步入到老年，屈指算来，守门的顾老头也快有 60 岁了，他逃离孤儿院后，这老头还在这里守着这紧固的大门，这次回来，不可能像逃走时那样从花园的围墙翻走，他必须直面这老头。

他只有不去多想，径直踏上台阶，大步向孤儿院的大门走去。

“喂，你谁呀，站住！”半年多不见，守门的顾老头居然一下没认出余二月。

余二月回头看了顾老头一眼，还是径直往里走。

“哦，是你呀，你怎么回来了。你给我站住！”顾老头从门房里快步走了出来。

余二月懒得理这顾老头，他每次迈两步阶梯地往楼上走，上到二楼，他停住了脚步，心想，找谁呢？现在正是上课的时间，找老师，找哪个老师？老师也不管人事。找院长，两个院长都不在了。

他又想，孤儿院不可能没有院长吧？即使是先前的院长没有了，也应该再派一个院长来吧，是的，肯定有新来的院长，他找新来的院长，说明自己的来意。

新来的院长在哪一间办公室呢？应该还是在三楼。他上到三楼，楼道昏暗，因为每个房门都是一如既往地关着，房间的光线没有射到走廊上。他的脚不由得向着冯修漪的办公室走去，他知道，冯妈妈不会在里面了，可他就是控制不了自己的这双脚。

冯妈妈在这里工作了二十多年，那里一定有很多她工作、生活的痕迹，他想去那里看看。

到了，他的心如往常那样跳动了起来，尽管他明明知道这是多么的多余，他还是心不由己。

现在不管是否有人接替了冯妈妈副院长的位置，他还是必须先敲敲门。他的手抬了起来，食指和中指弓了起来，憋足了劲，他要勇敢点。可这里实在是太安静了，安静得能听得到自己心跳的声音，他担心他的敲门声会惊动其他办公室里的人，这人一定会开门出来询问，而当得知他就是那个从孤儿院出走的余二月时，一定会引来其他办公室的人，然后是孤儿院的学生，以及其他所有的人。当得知他想要户口簿读中专时，各种心态的人会发出不一样的看法，这极有可能会坏了他的事。但他转念一想，不敲也不行呀，不管里面换了哪个新院长，他这户口簿可是要拿的呀，不然他上学很麻烦呀。

于是他弓起的手指落在了门上，一下，两下，三下。

“谁呀，请进！”

这声音太熟悉了，它从遥远处飘来，他的腿有点哆嗦了，他推开了门。

坐在办公桌旁的人是谁？不是自己的眼睛出了问题吧，不是在做梦吧，他揉了揉眼睛，再睁大了眼睛，没错，坐在办公桌旁的就是冯修漪，就是我的冯妈妈呀。

冯修漪定了定神，也认出了余二月，两个惊慌失措，又欣喜若狂的人在那一刻有如火花相撞，彻底地失控了。

他俩紧紧地抱在了一起，这是他俩第一次拥抱。

冯修漪和余二月对不期而遇是激动的，这激动是发自两人内心的。他俩互吐着衷肠，表达着这一年来的各自的思念。余二月嘴里喊着“妈妈”，冯修漪激动地答应着，一直以来，冯修漪从来没有这样爽快地答应过，说明，现在她已经将余二月当成自己的孩子了，至少余二月是这样认为的。

一阵激动过后，首先是余二月醒了。他想到了冯修漪离开前留给他的那笔钱：2000 元钱。现在，冯修漪回来了，她没有失踪，也没有去世，如果冯修漪问他要回这笔钱怎么办？这钱他该如何解释，告诉她，郑股长偷拿了 500 元钱，加上自己不多的花销还有 1000 多元钱了，即使这样，他也舍不得将这笔钱拿出来还给冯妈妈，这钱在他心中早已成为自己的一部分，他的命运早已与这笔钱联系在了一起，他不知为了这笔钱做过多少不同版本的美梦，而且可以这样说，他的自信也来自这笔钱，如果他没有了这笔钱，他的底气也就没有了，成为一个面对未来战战兢兢的孩子，因此，他太需要用这笔钱做他的后盾了。

冯修漪看来没有余二月想得这么多，甚至还来不及想到钱的事上，她还沉浸在见到余二月的喜悦之中。

“你今天来做什么？这近一年的时间你到哪里去了？我到处打听你的消息，可没一个人知道。”冯修漪笑眯眯地问余二月。

“我，我，我，对了，我拿着您的画像在大街上找您，可没有一个人能给我提供您的消息。”余二月已经有点语无伦次了。

“你哪来我的画像？”

“我凭借对您的印象画的，我画了很多，每天都在画，我想找到您。”

“真的吗？亲爱的孩子，我们终于又在一起了。”

冯修漪始终亲切地看着余二月，余二月的眼光却开始躲闪，他的内心复杂极了。

“孩子。”冯修漪已不叫他的名字了，改为“孩子”。

“孩子，你今天来孤儿院有事吗？我现在回来了，你想回到我的身边来吗？”冯修漪的这番话如刺一样扎在余二月的心里，他的良心被刺痛了，但他已经不愿回来了。

“我考取了创新纺织，不，不，我考取了武汉美术学校，但学校要我的户口簿，如果我没有户口簿，我可能就上不成学了。”他知道自己在撒谎，他低着头，眼睛始终不敢直视冯修漪。

“哦，是这样啊，那好呀，那太好了，我祝贺我的孩子！”我这就跟你开个证明，然后你拿着这个证明和户口簿去报到上学吧，我的孩子！”

余二月始终低着头，重重地“嗯”了一声。

“你在这里等着我，我办好了就给你。”冯修漪说着就出了门，顺手把门带上。

余二月在这里站不住了，他的内心太煎熬了。他想起，他在冯妈妈出走的那天来到这里的时候，他是多么地难过，多么地舍不得冯妈妈的离去呀，他记起了他拿起冯修漪的那个信封时的情景，那封信，还有信封里的存款单，他拿起来，是多么的烫手呀，那是母爱的温度，她将她最后的母爱，全部给了他。

可现在，同样在这间屋子，他的冯妈妈就在他的身边，他的心态却有所改变，他在担心着那笔钱。“冯妈妈呀，我是爱您的，一直都爱您，从没改变过。可我，唉，我只是太需要那笔钱了！”他想着，内心麻木着，不知过了多久，冯修漪回来了，她有点气喘吁吁：“我都帮你办好了。”她将余二月的户口簿和给他开的介绍信递给了他，然后有点不舍地说：“孩子，你的学校在哪里，妈妈要去看你。”

“哦，妈妈！”从冯修漪嘴里说出的这句妈妈，长久以来是他所渴望的，是梦寐以求的。而现在听来，他不但不感到激动，反而变成一种压力。

“我会来看您的，等我把手续都办好了，我就来看您！”余二月的目光仍然躲闪着，他感觉冯修漪的那双眼睛太善良了，他完全不敢直视，因为他觉得自己是有罪的，他在欺骗着把母爱都给了他的一个人，一个救命恩人。

余二月想尽快地离开这里，他害怕冯修漪提到那笔钱。于是他又说了一句：“妈妈，我会来看你的。”便走出了冯修漪的办公室。

第二节

读到这里，大家一定想知道冯修漪为什么出走。那夜星星满天，冯修漪留下那封信毅然出走。她的内心不是没有挣扎，她每走一步都在反问自己：我这一决定到底是对还是错？因为这一走就没有回头路了，她已将自己置于绝壁上，无论此时的内心如何挣扎，她向前的脚步却是坚定的。

山是冯修漪最仰慕的。尽管山可以阻挡很多东西，却阻挡不了她那一颗慈悲的心，她跨越了千山万水才来到中国，来到这个她准备奉献一生的地方。

而现在，她目的地已经想好了——蛇山上的黄鹤楼，从那里纵身一跃，一切都结束了。

冯修漪夜里从孤儿院出来，路上很难见到一个人，公共汽车早已收班，她走了近两个小时来到汉口四官殿码头，乘坐第一班轮渡船到达武昌中华路码头。她向着蛇山上黄鹤楼的方向走去。

但黄鹤楼不是一个自杀的最佳场所，她希望她的遗体能掩埋在崇山峻岭中，让自己和大自然融为一体，让自己美丽的容颜不被亵渎，不暴露在众目睽睽之下。

她从黄鹤楼上下来，走向了长江大桥，向着龟山走去。

走在山坡上，她不知现在该到哪里去找那绝佳的地方纵身一跳。此时她的腿在跟她较着劲，腿都有点发抖了。突然她身子一晃，人从山坡上滚落了下来，撞在一个又一个树和树杈上，由于疼痛，她本能地努力想抓住什么，但什么都没抓到，她就这样像石头一样从龟山上滚到用水泥砌成的台阶上，脸和手划破了，她感觉左腿摔断了，因为这条腿不仅剧痛，而且不听使唤。最糟糕的是，她没有被摔死，她忍受不了这种要死不活的状态，看着山坡下川流不息的车辆，她希望有人尽快发现她，将她送到医院，解除她肉体上的痛苦。这时她才认识到，什么精神层面的痛苦，那是见鬼，肉体的疼痛，才是人最难忍受的。

冯修漪就这样躺在山体下的台阶上，深秋的风一阵一阵地吹来，她感到了寒冷，灰暗的灯光像鬼火一样在夜的阴冷中闪耀。

她本能地举起了手臂，向空中不停地挥动着，她放开嗓门喊着，可平日说话清晰，呼吸顺畅的她，此时气息倒流，使不上劲，声音如蚊子嗡嗡的。于是她更加努力地挥动着手臂，甚至拍起了巴掌，希望汽车上的人能看到她。幸运的是，有一盏路灯正好在她的正上方，仿佛是上帝的指令，终于有人注意到她了，不是车上的人，是对面马路上的一个行人。

这个热心肠的行人跑到桥头公用电话亭叫了救护车。很快救护车到达，冯修漪被送到了医院的急诊室。可她身上没有钱，医生表示，虽然他们也很同情，但没有钱他们不能给病人看病，并要求她转到另一家医院救治。

冯修漪这时才知道什么叫喊天天不应，叫地地不灵。她只有孤儿院的电话，但已是夜里，办公室里没人了。她痛苦极了，她不明白，死为什么这样难，她就这样睡在医院急诊室的椅子上，医生走过来询问她家人的情况。她说，我没有亲人了！我身无分文。说完她抬起手抹眼泪。她手腕上的那只金镯子也随着她手的运动而晃动，在医院急诊室的急救灯下显得十分的醒目。

“你手上的这个金镯子就可以救你的命！”紧要关头，急诊医生看到了冯修漪手腕上的这个大金镯子，像帮冯修漪捡到救命稻草一样，惊喜地说道。

“啊！我还有这个宝贝，医生，我摔断腿了，你们救救我吧，我将这只金手镯押在你们医院，纯金的呀，足足有30克。”然后她又自言自语道，“这是我的男朋友送给我的，修善啊，难道是你在保护我吗？”冯修漪把什么都交出去了，却唯独忘了金手镯还戴在手上。不，她把什么都交出去了，唯独她爱人的信物还留在了身上。

手术很顺利，冯修漪在医院休养了一个月。俗话说，伤筋动骨一百天，但她不想在医院住那么长的时间了，她想回家。回家，哪儿？只有孤儿院呀！

“孤儿院，我想回孤儿院。”冯修漪说。

“孤儿院？你在孤儿院干什么？”医生感到有点奇怪。

“我是孤儿院的副院长，你们帮我打电话到孤儿院，说我摔断了腿在医院做完了手术，现在要孤儿院的人出面接我回去。”

“你被送医时，为什么不说你在孤儿院工作？那样的话，你的医疗费就可以解决。”

“我不想成为大家的笑话，现在我可以站起来了，我要回孤儿院。”

医院与孤儿院取得联系后，孤儿院的同事结伴来看望冯修漪，给冯修漪送来了慰问金。

有同事对冯修漪说：“我们刚刚向上一级作了汇报，上级部门考虑到冯院长为中国的慈善事业所做出的重大贡献，已决定负担你的全部医疗费用，你现在唯一要做的事情，就是安心疗养，我们接你回家。”

“回家！”多么温馨的字眼呀！

冯修漪看了看自己的手腕，那只金手镯还稳稳地戴在自己的手腕上。

第三节

原本心心念念想找到冯妈妈的想法实现了，但新的疑虑开始了，他都怀疑自己先前是不是真心想找到冯妈妈，是不是自己在给自己作秀。因为在真正见到冯妈妈的时候，他的内心暴露了他的秘密，暴露了人的本性，人是自私的，自私到可以放弃良心，为了钱什么都可以抛到脑后。

他拿到户口簿和证明后顺利地成了创新纺织学校的一名中专学生，他决心好好读书，为自己谋一个好的前程。

余二月学的是工艺美术专业，他领到课程需要的教材，一边翻看一边激动，多全面呀，不仅仅教绘画，还有与绘画有关的绘画史、美学以及写作知识。这一切真的像是在做梦，连环梦，他都有点不相信这是真的。

创新纺织学校的学生宿舍比孤儿院的条件还好，四个人一个寝室，他是插班生，睡在了一般同学都嫌麻烦的上铺。可他认为上铺还好一些，在孤儿院他受够了睡下铺的痛苦。

读书更是愉快的，这里的教学也比孤儿院更系统、扎实。

不知为什么，没过多久，他感觉有的同学看他的眼神渐渐变得有点怪异了，还时不时地聚在一起窃窃私语，当他走近时，同学就不说话了。这种情况让他感到了不安和痛苦，就像当年孤儿院的同学在背地里窃笑他六根指头一样，那时他还小，对事物的敏感没有现在这样强烈，他不知道他哪儿做得不好。

与孤儿院的同学所不同的，这些同学都是十六七岁的大男孩，说话做事都还有分寸。可同学们越是这样，他的猜忌就越大，他又不好去问。

余二月更加小心地与同学相处着，也更加努力地学习，他要走在同学的前面，只有这样他才能在这里站得住脚跟。

“我先前真还不知道，他真的是走狗屎运，我们进来要考试，而且费了很大的劲才考进来，葛厂长不知是怎样想的，把一个流浪汉直接安排进了中专。”

“厂里人都知道，天天上下班都能见到他在大街上涂鸦，好像是找什么人，我们是一星期回去一次，所以许多同学对他没太大印象。”

“说个丢人的话，我考试的分数线过了，还怕上不了，我父母还托人找关系，送了校长礼物的。”

“我家里条件不好没送过礼，但那段日子是提心吊胆的，煎熬得很。唉，总算上了。”

“这个流浪汉应该放老实点，否则告发他，让他滚回到街上去！”

原来是因为这事呀。余二月在寝室外偶然听到了同学的这些议论，他是既释然又担心。释然的是，这是葛厂长安排的，葛厂长还说过，厂里有几个活动指标；担心的是，会不会像有一个同学说的那样，有人向教育局去告发他，告他没有通过考试是违规进的学校，那样的话，厂长会不会怕惹麻烦而不接收他。

为了给同寝室的同学留下好的印象，他开始主动打扫寝室的卫生，打开水，使这个男生寝室变得少有的干净，搞得同寝室的其他三个同学都有点不好意思，客气地说：马虎一点算了，不要天天做清洁。

他说，没事，在孤儿院……刚说到这里，他赶紧闭嘴，改口说，以前在学校做习惯了，不做反而不舒服。

于是其他三个同学都满意地笑了，对着他笑，这笑是感激的笑，是鼓励的笑。

余二月每天照样离不开他的那个黄色军用书包，白天背着，晚上放在枕头边。尽管学校按葛厂长的意思，特别送了一个书包给他，但只有他自己知道，这黄色军用书包里面装有他的宝贝——存折，他认为这书包也是他的护身符，存折一直放在这个包里没有丢过。

然而，夜深人静的时候，余二月有时还是会不由地想到冯修漪，他告诉过冯妈妈，他会去看她的。但自从那天找冯妈妈拿了户口簿和介绍信，屈指算来已经过去一年多了，他没有再去看望过她，当然还是因为那笔钱，他总是在这上面纠结。

第四节

余二月确实聪明，尽管他是一个插班生，少读了两个月的课程，但他的每门功课都很优秀，尤其是绘画，他感觉他就是为绘画而生的，他对绘画的敏感和对文化课的热爱，都超乎自己的想象，不是自己跟着课程跑，而是自己跑在了课程的前面，这使他每学期都能拿到奖学金。

两年的学习时光在余二月眼里如白驹过隙。葛厂长兑现了他的承诺，将他留在了厂里，留在了设计室，他立马拥有了干部、技术员的双重身份。厂里还分给他宿舍，是两人共一个房间，同室的人是从农村来的青年工人，在车间上班，名叫贾苟苟。这个名字有点特别，据他高兴时和余二月聊起自己名字时说，父母之所以给他起名“苟苟”，是因为农村人比较迷信，认为狗子好养，他家就他一个独苗，父母就给他起了“狗狗”这个小名。但上户口的时候派出所的民警不同意上，原因是这个名字太下作，不严肃。贾苟苟的父亲不是大字不识一个的农民，是乡村小学的一名语文教师。他说我姓贾，听起来就是“假狗狗”，不是真正意义上的“狗狗”。但民警还是建议他父亲将这个听起来有点别扭的名字改一下，正在他父亲苦思冥想的时候，民警灵机一动，说就叫“贾苟苟”，是苟且偷生的“苟”，建议用这个谐音“苟”。他父亲一听，知道“苟且偷生”是贬义词，就说：“我和他妈是正大光明生的他，怎么能是苟且偷生?!”民警说：“你不是姓贾吗？那就是‘假苟苟’呀，正好说明不是‘苟且偷生’，而是正大光明生的你儿子。”贾苟苟的父亲眼珠子一转明白过来，一拍脑门道：“好名，好名，有水平，有含义。”

余二月的这份工作，是所有从创新纺织学校毕业的学生都梦寐以求的，但汉阳棉纺织厂只有两个科室需要这个专业的毕业生，一个是厂里的宣传科，一个就是厂里的设计室，而且这两个科室的人几乎都满员，能安插进的名额极少。很多在创新纺织学校毕业的孩子的家长，走后门送重礼都难得让自己的孩子进到这两个科室，很多学生毕业后被安排到了车间当了工人。厂里为了安慰这些从创新纺织学校毕业的年轻职工，名曰：先进车间进行锻炼。至于锻炼到何日，那就是一个未知数了，按照以往的惯例，少则几年，长则十年、十几年才能坐上办公室，有人退休了或因某种原因专业位置空出来了，才能有人补上。

要不要去告诉冯妈妈自己已经工作了，已经是厂里的一名设计师了？如果冯妈妈听到这个消息，一定非常高兴。他一度想过，毕业后有工作了就去孤儿院把这笔钱还给冯妈妈，她如果收下了，也没关系，他已经有工作了，能自食其力了。也许冯妈妈执意不收，那就是自己的福分了，他可以拿这笔钱为自己的终身大事考虑，娶媳妇也不愁了。这样想来，他应该去找冯妈妈，去了结自己的一个良心债。

第五节

算起来，从冯妈妈那儿拿走户口簿和证明已有两年多的时间了，她现在怎样了，她会怪罪自己吗？会怪罪自己言而无信，这么长时间才来找她吗？他想着，激动起来。

这是一个星期天的上午，厂里休息，大家都有一个习惯，休息日都起得较晚，因为每天的工作比较劳累，都想抓住这个休息的机会多睡一会儿。余二月却早早地起了床，趁那个同寝室的工人还未起床，他将放在枕头旁的黄色军用书包拿了出来，坐在蚊帐里，还没忘看看那个熟睡着的年轻工人，这一动作已成为他的习惯，每次去摸那个存折时，他都有点神经质。

余二月小心翼翼地打开了黄色军用书包里的蓝色的碎花布巾。这个蓝色的碎花布巾是他来到创新纺织学校读书时，参观汉阳棉纺织厂染布车间时捡的一块，这块布巾非常漂亮，蓝底小碎花，有点像冯妈妈那条连衣裙的颜色和花纹，所以当看到这块被扔掉的边角布料时他感到特别的亲切，便把它捡了起来，然后请这里的师傅裁剪成一块方方正正的布料，请师傅锁了边角，他就用这块蓝底花布包裹户口簿、存折和印章，用橡皮筋扎住，再放进自己这个从不离身的黄色军用书包里。

蓝色碎花布巾打开时，红色的户口簿躺在他的眼前，印章随即滚了出来，他打开户口簿，存折是和奶奶的照片一起放在第二页透明塑料夹层的，奶奶的照片还在，存折却不见了。他的心一慌，赶紧翻户口簿第三页，没有，什么都没有，连一张纸片都没有，他翻看户口簿的每一页，里面什么都没有，只有第一页的户主上写有“余二月”三个字，然后是自己的出生年月日等简单的字样。

他彻底慌了，他拎起户口簿的一角抖落，什么都没有抖落出来。他又将户口簿内页从红壳皮中抽离出来，仍然什么都没有！他赶紧看这个蓝色碎花布巾，除了那枚刻有他名字的印章，什么都没有。

完了，存折丢了！

什么时候丢的，他不知道。对于这个存折，他是小心又小心，根本不敢经常打开来看，他怕他的这个动作会引来其他人的注意。他只依稀记得，上一次查看时，存折还乖乖地躺在户口簿里，但是什么时候呢？一月前，几月前，半年前，甚至一年前都有可能。他焦急地回忆着，就是想不起来在什么时间看到过。

他本能地将黄色军用书包的东西全都倒了出来，零钱、书、本子、笔还在。他将书和本子一页页地翻找，一页页地抖落，不知反复了多少次，就是没看见存折，他又站起身，看地上，看左右，又拍拍衣兜、裤兜，没有。他知道了，这张寄托着他全部希望的存折是真真实实地丢了。现在要做的就是赶快到银行去挂失，看钱还在不在！

他抓起装有户口簿和印章的黄色军用书包就往银行跑，他心跳加快，血往头涌，脑门一阵一阵地剧痛。

他来到这家银行，向柜台工作人员说明了情况，又拿出自己的户口簿和私人印章。柜台工作人员拿着他的户口簿，照着余二月这名字翻找了半天，手里摇晃着一张剪去一个角（存折销户后要剪角）的存折说："你的这笔活期存折，已在一个月前就被人全部取走了，共计1300元。"

太诡异了！

余二月的脑袋轰的一下，他说："我从来没有取过这笔钱，不可能，绝对不可能，章子还在我这里，取钱是要盖章的！"

柜台工作人员接过章子，对着银行收回的那张存折盖的章子，说："应该就是这枚章子，没错。这钱已经全部被人取走了。"

余二月看着银行工作人员递过来的已销户的存折，彻底蒙了。他夺过存折，不错，就是它，这张存折一直夹在户口簿的第二页，搁在黄色军用书包里，没有离身过，他对这张存折太熟悉了，他曾经在独处的时候，将存折拿出来仔细地端详、亲吻，直看到眼睛发花；他曾多少次在睡梦中拿着存折幸福得笑醒，他更无数次地在困顿的时候以拥有这张存折而振作了精神。他是这样需要这个存折，他甚至为了这个存折疏远了冯妈妈而在精神上承受着痛苦。

余二月突然高喊着："怎么可能?！我一直把存折放在我的包里，一刻没离开过！"

女工作人员说："难道你上班也背在身上，怎么可能24小时背在身上?"

是呀，说得对呀，这点我怎么想不到呢？我的包是随身带，但到了工作的地方，我就把包挂了起来，难道是设计室的人偷了我的存折？就那几个人，他们也不知道我包里放有存折呀！难道是学校同寝室那个同学偷走了，跟他共寝室2年，他知道我每天背着这个包，里面装着我重要的物件。难道是现在住在一起的贾荀荀偷了？他怎么这么快知道我的存折放在里面呢？自己也没跟他说过这事呀，这真是鬼了，是谁偷走了我的存折呢？这个挨千刀的！

他好恨自己，越是当成宝贝的东西，越是跟自己过不去！

余二月的腿抖个不停，他说："我绝对没有取这笔钱，你们银行要对这笔钱负责，你们要赔我这笔钱。"

"你报案吧！找公安局！"柜台工作人员望着一脸绝望的余二月说。

很快，派出所的人来了。还是当年那个陪他一起来存钱的龚所长。他一眼就认出了余二月，说："怎么又是你。"

余二月没心思和龚所长谈他这几年的情况，只是焦急地请示龚所长帮他找出那个取了他钱的人。

"查笔迹。"龚所长说。

"没有笔迹，是用印章取的。就是用他拿来的这枚印章取的。"柜台工作人员用怀疑的目光看着余二月说。

"我没取过钱！"余二月激动地说。

"银行没监控，又没取钱人的笔迹，到哪里去找这个取钱的人。再说了，那人也不一定是取钱那天偷的，也可能此前很早就偷了，由于心虚不敢来取，最后是壮着胆子试探性地来取的，没想到取得这样顺利。但这也不能怪我们银行呀，我们只认存折和与存折上名字一样的印章。"

"那怎么办呀！"余二月感觉世界末日都要到了。

"又是在孤儿院被人偷了吗？"龚所长曾办过杜秀芝的案子，也是因为这笔钱，尽管现在的钱数已不再是 2000 元。

"不是，是在学校。不，不，也不对，不知道在哪里丢的。"余二月不知道怎么回答龚所长。

"你不在孤儿院了？你有工作了？"龚所长有点惊讶地问。

"我不想讲这些。我的钱没有了，快帮我把钱找回来！"余二月几乎是哀求道。

"我现在就与你一起回你宿舍看看。"

此时那个和他共一宿舍的贾荀荀刚起床，拿着一个搪瓷缸正准备去漱口，见余二月带着一个穿着警服的人进来有点惊愕，他停下了脚步，呆呆地望着龚所长，结结巴巴地说："出什么事了？"

龚所长环顾了一下房间，房里除了两张床铺，就是两个木箱子，一个是贾荀荀的，一个就是余二月的，还有一个写字桌，已经很旧了，黄色的油漆早已斑驳脱落，用手撑在上面都有点晃晃悠悠的感觉。

龚所长的眼睛看向了贾苟苟，向他表明了身份，请他协助民警的工作，并强调，如果在调查的过程中让他受了委屈，还请他谅解，这是工作的需要。

贾苟苟听后脑袋如鸡啄米似的点着，嘴里不停地说："理解理解。"

龚所长要贾苟苟打开了自己的木箱，书包。龚所长仔细地查看，只在柜子的一个小铁盒里看到几块零钱。

"你把衣兜都翻开来我看看！"龚所长用带有一定威严的口吻说。

刚才还答应得如同鸡啄米的贾苟苟，突然翻脸了："你凭什么要搜我的身，你有搜查证吗？你凭什么怀疑我，他东西丢了跟我有什么关系？"

"刚才跟你说了，希望你配合，希望你理解。"龚所长没想到这个贾苟苟的反应会突然来了一个一百八十度的大转变。

"你搜哪里都行，你不能搜我身啊，我没犯法，你以为我不懂法！"贾苟苟的音量提高了。

"那你自己把衣兜掏出来给我看看。"

"掏什么，你要找什么？"

"找存折和钱。余二月的存折丢了，钱被人取了，因为你是和他交往最密切的人。"龚所长把搜查他的目的说了出来。

"啊，你们怀疑我拿了余二月的钱！我要告你们诬陷！"说着将衣兜、裤兜都翻了出来，后来甚至将衣服都脱了，只剩一条内裤，还将内裤抖了几下。已经是深秋了，人穿着毛衣都觉得有点寒意。

龚所长也顾不了去安慰贾苟苟，因为贾苟苟在他眼里就是重点怀疑的对象。

贾苟苟的衣兜裤兜里什么都没有，一分钱也没找到。

第八章　祸福相伴　皆为天意

第一节

当天，这两个年轻人彻底撕破了脸。晚上，贾荀荀嘴里不停地说着一些指桑骂槐的话。余二月仍怀疑他，因此没有道歉。好在两人都还算克制。

余二月一夜未眠，他在梳理这个时间点。他和贾荀荀共寝室才一个多月，这正和取存折的时间差不多，难道是自己刚和贾荀荀住一起他就起了歹心？那这个贾荀荀是个什么人呀？关键是自己不记得这存折是什么时间丢的，连个大概的时间都不清楚，而且他越是想搞清楚这个时间点，时间的概念对他来说越是模糊。他只记得，他天天背着这个装有存折的黄色军用书包，晚上睡觉也是放在自己的枕头边。如果是在办公室趁他上厕所或出门被人拿了，难道是他在澡堂洗澡时，把包挂在了挂钩上时被人偷走的？这个时候的他也是很警觉的，学校的澡堂和厂里的澡堂都是一格一格的，没有门，他总是选择离他黄色军用书包最近的那个澡堂格间，探出头就能看到，谁有这么大的胆子，在光天化日之下，在众目睽睽之下拿走了他的存折，而且一定是这个人知道他包里装有存折。最奇怪的是，用了他的印章后，还能还回来，还放在了他那个包存折的蓝色碎花的布包里，再同样用橡皮筋给扎好。他不敢往下想了，他全身的汗毛都竖起来了，这种只有在电影里受过特工训练的人才能做到的事，居然出现在他的身边，这个人就像影子一样围绕着他，窥视着他，他却丝毫没有察觉。

他想来想去，极有可能是洗澡时被人从他的黄色军用书包里盗走了存折，取完钱后，第二天或第三天再来洗澡时又被人放回了这个黄色军用书包里。

有可能。太可怕了！

但一切又都只是可能！

恼火的是，他不敢声张，因为他不想让葛厂长知道他有这笔存款，否则葛厂长当初是不会每月预支他 30 元钱的，而且还会认为他是一个有心机的人。而贾荀荀同样不希望这件说不清道不明的事张扬出去，因为谁又能证明这存折不是他偷走的呢？他可是一个最有理由让人怀疑的人，如果张扬出去，那他是黄泥巴掉到裤裆里，不是屎也是屎了。

所以，尽管余二月和贾荀荀因这件事撕破了脸皮，但在外人看来一切都似乎很正常。

不是自己的东西不能接收。难道是老天在惩罚自己，如果这样的话，我早该把钱交还给冯修漪妈妈。他的双手捧住脸，眼睛望向窗外。

这种失落和痛苦让他夜夜难眠。但生活还要继续。此时的他，比任何时候都想他的冯妈妈，这大一笔钱可是冯妈妈节省下来的呀，这笔钱可以买多少条漂亮的裙子呀，再说她无儿无女，这钱可作为她晚年生活的保障。

此时，他多想去找他的冯妈妈，但他拿什么去见她，他才刚刚参加工作，没有钱给冯妈妈买礼物，还要偿还厂里预支给他的钱，虽说现在只差 300 多元就可以还完，但也是一个不小的数字。

10 号是发工资的日子，他是中专毕业，每月工资只有 39. 5 元，等到第二年转正后，他技术岗位的月工资才能涨到 48 元。现在他每月要扣出 10 元还预支款，如果存折还在的话，那就不是问题。1300 元钱呀，需要他干几年才能赚到，他心疼得恨不得用头撞墙。

经过几天的考虑，他决定去找冯妈妈，告诉她，他已经有工作了，而且是一名设计师了。然后跟她说，他本来想工作后就把她赠给他的钱还给她的，但无奈被人盗走了，龚所长和银行柜台的工作人员都可以做证，不是他贪婪，是他已经没有钱还她了。然后他再告诉她，他会将这笔钱还给她。再然后，说不定若干年后他存折被盗的案子破了，钱被追了回来，冯妈妈也会理解他。

这是一个多么好的理由啊，他要见冯妈妈，再不能迟疑了，再迟疑什么都干不成。

买什么呢？买衣裳不恰当，他不知道冯妈妈现在缺什么衣裳，也不知道她需要什么样式的衣裳，那就买吃的吧。商店里的点心除了那种 3 分钱一个的发饼，就是一角钱一个的蛋糕，他觉得有点拿不出手。他觉得送苹果还行，圆滚滚的，红扑扑的，香喷喷的。说实在话，他自己从来没有买过苹果，最深的记忆就是郊区的果园，那守门老头，加上七八个孤儿在“冲啊”的喊声中从果园里捡拾到的苹果。

又一个星期天的上午，他早早地起了床，好好地洗了一个澡，换了一身干净衣裳，还是背起了那个黄色军用书包，里面有他的户口簿，这是他现在最重要的东西了。他到商店选了十几个圆墩墩又大又红的富士苹果，他听孤儿院的同学说过，他们吃过富士苹果，又甜又脆。梨子是不能买的，他听孤儿院老师闲聊时说过，梨子的谐音不好，如同“离子”，“分梨”更不好，就成了“分离”。他又买了 10 个蛋糕，一斤白砂糖，他用一个塑料空心网兜提起，对着这网兜前后左右上下来去地看了看，觉得还有一些分量，便乘车前往孤儿院。

他一路上都很紧张，大脑一片混乱，不知见到冯妈妈后要说些什么，索性就不想。

巴洛克式的欧式建筑终于出现在他的眼前。一股暖流涌上心头，他加快了脚步。曾经在他眼里闪亮的巴洛克式建筑，现在在他眼里有点灰蒙蒙的。他想，时间可以改变一切，如同人的心境，也会随着时间的流逝而变化。

他提着一大网兜的水果和食品径直踏上台阶，大步向孤儿院的大门走去。

“喂，站住！干什么的？”

余二月看见从门房走出来的不是先前那个尖嘴猴腮的顾老头，而是一个四十多岁的男人，这男人脸色有些灰白，像很少见到阳光的样子，他挡住了余二月。

“我来找冯妈妈。”

“什么冯妈妈？”

“对了，我来找冯修漪，冯院长。”

“哪个冯修漪，还冯院长，没听说过。”

余二月大吃一惊，难道守门的不知道冯修漪，冯院长，这怎么可能呢？

“冯修漪副院长。”余二月把“副”字说了出来，这样更准确。

“什么副啊正的，没有这个人！走走走！”这人将头往旁边一歪，手挥动着，像驱赶狗子一样。

他俩在门口大声地争吵起来，引来了孤儿院里的老师。

“哟，这不是余二月吗？又长高了，长成一个英俊的大小伙了。”

这不是音乐老师麦谷丰吗？几年时间过去了，麦老师看上去憔悴了不少，头发也有些花白了，眼睛也有点混浊了。

“麦老师，您还好吗？我好想念你们！”余二月欣喜地说。

“听说你读中专了，你真幸运，现在怎样了？”麦老师笑眯眯地问。

“我现在已经工作了，搞设计，我很好。”说这句话时，他的内心充满了自豪，他从一个被家人抛弃的孤儿走到现在，他就是想让孤儿院的师生看看他余二月是多么的有出息，曾经被人骂的六根指头，可算是有出息了。

“啊，你真的了不起，冯院长没有白疼你，”麦老师夸奖道，眼里满是赞赏。

“今天我就是来找冯妈妈的。她在办公室吗？”

“啊，你不知道哇？她走了，快两年了。”

“走了，为什么？她不是出走摔伤后回来了吗？我来找过她的，我见到她了。”余二月的心一沉。

“是啊，她的伤好了后，没多久又走了，没跟任何人留下话，也没有留下一封信，我们还报了警，但没有一点线索。”

“哦，是这样啊！”余二月提着礼品的手突然感觉沉重起来，不停地询问细节，想得到一点线索，但麦老师只有三个字回答他——不知道。

没必要再进去了，一切都无可挽回了，好的，坏的，一切的回忆都如风一样，在那一刻都从余二月的大脑里跑掉。

但他的眼睛仍然往里瞅着，仿佛想从这里看到冯妈妈像以往那样走到他的面前，那种画面太温馨太让他感到安全了，可是，没有等到这样的画面。

“要不到我办公室去坐坐。”麦谷丰挽留着。

余二月木然地摇了摇头，然后把手上的礼品递给了她，说了一句：“麦老师，您保重吧！这就给您了。”然后头也不回地向大门方向跑去。

第二节

余二月跑出了孤儿院，头脑一片混乱，他迷迷瞪瞪地走在路上。他上错了公共汽车，售票员问他买多少钱的车票，到哪里，他支支吾吾，最后被售票员给赶下了车。他站在车站，举目四望，他感觉世间一片混沌，天空好像要下雨了，阴沉沉的，他感到了寒冷。

几个小时后他才回到工厂，他饭也没吃就躺在了床上，这一睡就睡到了第二天，他也没心情去上班。同寝室的贾荀荀根本不理会他的存在，进出门故意将门摔得震天响，他对余二月的恨还堵在胸口。设计室董玉笋主任见余二月一天没去上班，她走进了余二月的寝室。

董主任是科班出身，毕业于广州美术学院工业设计系，有着较全面的专业知识和实际操作技能，很受厂领导的重视，在厂里的威信很高，她对部下说的每一句话都如铁锤落地之分量。

“怎么回事，不想上班了，到底怎么回事，不想上班就回家去。”董主任语气短促，毫不拖泥带水。

躺在床上的余二月听出了董主任的声音，他缓缓翻转身，然后慢慢坐了起来：“我头疼，好像有点发烧，我生病了。”

他的眼睛不敢看向董主任，怯怯地说。

“哦，生病了，那也要请假才行呀。”董主任说着走到余二月的床前，伸手准备摸他的额头，被余二月闪开了。他说：“不要摸，我没洗脸。”实际上他是怕董主任摸过他的额头后发觉他并没有发烧。

“下次有事或病了要请假，托同事带信也行，否则是要按旷工处理的。”说完董主任在他脸上盯了几秒，仿佛在确认他到底病了没有，才转身离去。

余二月晃了一下脑袋，他想清醒一下。

余二月的工作主要是面料纹样设计，这也是他最感兴趣的工作。

创新纺织学校生产出的花布，很多都是本厂的设计师亲自设计的，而这些设计师基本都是创新纺织学校毕业的，厂里本着“近水楼台先得月”的优势，将成绩好的学生留在本厂工作，因此，设计出的花布在行业内也较有名气。

花布设计采用的是简笔画，手绘的方式，与余二月擅长的素描异曲同工，正如孤儿院美术老师贺永铭所说，如果素描画不好，什么国画呀，油画呀，版画呀，漫画呀等等就无从谈起，这是绘画的基础。因此余二月在素描上花费了很大的功夫，他曾是那样用心，那样细致，那样用情地无数次地描绘过他的冯妈妈，加上这两年在创新纺织学校的学习，他的专业知识十分扎实，动手能力也有所提升。

设计室董玉笋主任没想到余二月上手这样快，他设计出的花布图案新颖别致，虽在制作时还不太娴熟，但只需稍稍带他一下，他在专业上的成就就能如董玉笋主任的名字那样，雨后春“笋”般地噌噌往上长。

因此他“病后”来上班，董主任还跟财务打了招呼，这两天的病假工资就不扣了，理由他是一个孤儿，生活困难。她敢这样有违厂规地处理这件事，是因为她知道，余二月是厂长看中的人才，厂长如此尊重人才，她一个主任又为什么不能支持一下呢？

余二月将全部的精力都用在花布图案的创作上了，他要用这种方式忘掉所有的不愉快。

他大胆创新，走别具一格的路子，这种别具一格不是杂乱无章，不是夺人眼球，他创作的图案大都色泽淡雅，简洁，灵活多样，均给人一种舒适的感觉，如同看向冬日的暖阳，看向涓涓的细流，让人内心宁静；还有的乍看浑然一体，细看意韵悠长，任由你从不同角度去想象。先前那些火红的凤凰，大块的花朵，鲜艳的飞禽走兽，还有看上去笨拙的对称形的图案，这些旧的花布图案他是不屑的。余二月将他擅长的蓝底白色碎花的图案演绎出几十种版本。蓝色，给了余二月广阔的遐想天地。

从美学角度上讲，群青、普蓝、钴蓝、湖蓝这几种蓝最常见，但余二月通过专业知识将这几种蓝调和成不同的蓝色，不到一年的时间，他设计的花布就被市民推崇，变成一种流行，街上很多的女人无论年龄大小，穿在身上的衬衣、裙子所用棉布和绵绸都是蓝色的，她们均可以在这些蓝色中寻找到自己喜欢的“蓝”，然后在这些深浅不一的蓝中挑选出自己中意的花形。那时买布是需要布票的，可以想见余二月所设计的花布在当时所产生的影响。

葛厂长的喜悦已按捺不住地表现在了脸上、嘴上，他在全厂大会上激情昂扬地表扬余二月：国棉各企业的竞争十分激烈，我们要保住自己的饭碗，就要拿出百分之百的努力来。成绩是做出来的，是勤奋努力的结果，这与人的出身无关。比如我厂设计室的余二月同志，他是一个孤儿，父母在他很小的时候就将他无情地抛弃了，后来我发现他的才华，毅然将他收于麾下，破格让他进入我们创新纺织学校，后来大家都看到了，他没有辜负我的期望，毕业后留在了我厂，在不到一年的时间里，他就做出了骄人的业绩，这份业绩不是只靠死做获取的，里面有智慧，这就需要动脑筋，开阔视野，他设计出的花布图案赢得了市场。

台下的职工确实在领会葛厂长的精神，谈的内容却是，葛厂长把一个叫花子招到子弟学校，并留厂当了技术员，而葛厂长表扬余二月的那些话却绝口不提。

对余二月的这种特招，现在全厂是人人皆知了，大家都在背地里议论，把一个叫花子招到了子弟学校毕业后还进了设计科，那种不满，都流于职工的嘴上，也写在了职工的脸上。同寝室的贾苟苟更是愤恨得要死，他几次想把余二月丢存折怀疑到他头上的事说出来，以引起同事对余二月更加的不满，但他都克制住了，他真的是怕这个说不清，道不明的事件说出来会适得其反，本来清清白白的他，反而落一些怀疑在自己的身上。

对于余二月来说，这个大会并没有给他带来多少快乐，相反，他忌讳的“孤儿”身份却被葛厂长暴露在光天化日之下。

第三节

生活有时看起来如一团乱麻，细细理顺，乱麻原来是由无数个色彩斑斓的情感碎片组成，人世间的悲欢离合都包含其中。这也使他明白了一个道理，没有经历过痛苦的人，也很难感受到什么是幸福，幸福过头了，就是麻木，如同白天黑夜的轮回，只有这样，才能让人看到希望。有了这种认识，他将他以往的不幸也就归咎于是命运对他的考验。

他已经不满足于本专业的图案设计了，他希望自己能在艺术的道路上走得更远，他要走进大自然，到大自然中去“写生”。

写生，是通过手、眼、脑的综合能力去认识美，从而创造美，培养美的直觉，破除思维的局限性，去看蓝天、白云、树木、人生百态，使思维和动手能力均得到提升和发展，提高意境创作，形象创作，构图创作的水平。

他重新拿起了画板，素描是他的最爱，他曾无数次地用素描描绘过他的冯妈妈，而且他的工作与素描也有着密切的关系，花布的设计几乎都是线条，需要素描功底。国画和油画他也喜欢，只是觉得国画和油画比较麻烦，尤其是油画，所需的画具很多，如调色盘、油画笔、画刀、稀释剂、调色油、上光油、油画颜料，所需的费用也高，主要贵在颜料上，往往一支颜料挤不了几次就没了。至于国画，他在孤儿院学过，有一定的基础，经济投入也远远小于油画，但他还是更偏爱素描。

人就是这样，一旦思维打开，就有点信马由缰了。

时至中秋，天空显得格外高远，白煞煞的天幕如罩子一样盖下来，大街上的行人匆匆，树上的叶片开始泛黄。风不时地吹拂，偶尔落下一两片树叶，滚落在行人的脚边，发出轻微的沙沙声。这景象被树上的鸟儿看得清清楚楚，它们合鸣着，仿佛在告诉世界，它们也该归巢了。这里虽然不是纯粹的南方，但也是中南，它们每年都栖息在这个地方，不像候鸟那样飞来飞去。快进入深秋时，每当晚上气温开始下降，白天蹲在树上和屋檐的鸟儿均躲进了石缝、树洞和灌木丛，以保存自身的热量。大自然给予了人类无限的发展可能，同时也给予了鸟儿们足够的生存空间，在这明暗相间的天宇下，大家都经历着生死，谁也逃不过。

余二月开始期盼星期天的到来。他会背着画夹来到江边，他选择的是滨江公园，这一块他较熟悉，他曾在江汉路上寻找过他的冯妈妈，他曾在自己最痛苦的时候，沿着江汉路走上胜利街，他不知道冯妈妈来过胜利街没有。

此时的江水已经退去，河床裸露着，豁开一个个大口子，如干裂的嘴唇，直到明年夏季到来，江水才会再次丰沛。

树木、河流、蓝天、白云，还有行走中的船舶，在云雾一样的气浪中汽笛发出的呜呜，烟囱冒出的乌黑的浓烟，像国画画家笔下的画卷，是那样深深地吸引着他，他没想到，触目可及的这些景致，为什么在他学习绘画长达十几年的时间里他居然没有注意到。就拿他在孤儿院的日子来说，虽然平时院里管得严，但在每个星期天的休息日里，他也是可以出来写生的，他为什么就没有想到，而仅仅在那么狭小的空间里苦思冥想着，想着该想的，也想着不该想的。

高远的天空打开了这个小画家新的天地。江边很热闹，有打拳的，有习武的，有练歌的，有跳舞的，有放风筝的，最多的是来这里游玩的老人和牵着小孩的年轻夫妻，这些其乐融融的画面触动了他创作的灵感，一幅幅写生画在他的笔下诞生。

他注意到一位姑娘，那天他在江边写生，这姑娘正靠在一棵大树下双手摆弄着自己的一条长辫子，眼睛望着前方，若有所思的模样，对着他视线的是她的一个侧影。这景象好眼熟，是在哪张画里，或在哪部乡村电影里出现过，或是在哪部小说里描绘过，他记不起来了，很有艺术感。那天他将这姑娘作为风景的一个陪衬画进了他的写生图。这姑娘看上去20来岁，中等身材，面目清秀，皮肤白皙，在阳光下，脸上泛着粉红色的光泽。

他注意到这姑娘几乎每个星期天的上午都来江边唱歌，她提着嗓门不停地往上拔高，这让他感到很新奇。后来他观察到她的胸脯在起伏着，是先深吸一口后，再将气吐出，接着又像闻花香一样，轻轻地吸进，再慢慢地呼出。他从没见过这样唱歌的，孤儿院里的麦谷丰老师也从来没有教学生这样唱歌，他想，她应该是在练嗓子。这姑娘吸引了他，如果哪一天她没来唱歌，他还感觉缺失了什么一样。

那天，他又听姑娘在唱《雁南飞》：

雁南飞，雁南飞
雁叫声声心欲碎
不等今日去
已盼春来归
已盼春来归
今日去愿为春来归
盼归莫把心揉碎
莫把心揉碎
且等春来归
雁南飞，雁南飞

雁叫声声心欲碎
不等今日去
已盼春来归
已盼春来归
今日去愿为春来归
盼归莫把心揉碎
莫把心揉碎
且等春来归

这首歌余二月听过，是上映不久的电影《归心似箭》里的一首主题歌，厂里的播音室中午循环播放过，歌声优美动听。他在饭堂里吃饭时听到了这首歌，问过同桌吃饭的一个女同事这歌是谁唱的，女同事说是朱逢博唱的，还补充说，朱逢博是当下最著名的歌唱家。因此，在江边当这位姑娘唱起时，他的心不知为什么被揪了起来。有所不同的是，这姑娘唱得没有朱逢博那样亢奋，而是略显凄婉，尤其是当唱到“盼归莫把心揉碎”的“归”字和“碎”字时，这两字像是从她心底里拉出来的，又长又柔，如泣如诉，将这首歌推向了高潮。

这是余二月有生以来听到的最感人的歌，不，应该说是唱得最让他动情的歌。

余二月像是明白了人类何以需要艺术。艺术不能当饭吃，却可以激发人的斗志和情感，让人感受到幸福，而人活着，不就是冲着幸福去的吗？余二月再看看自己的画笔，不同样如此吗？他的每一笔，每一画无不包含着自己的情感，也就不难理解，一首歌曲由不同人歌唱，唱出的效果就会不一样。艺术都是相通的，技艺再高，情不到位，创作出来的东西就会显得死板、生硬。

他居然有一种想走近她的愿望，这姑娘是干什么的，她读了多少书，她的家庭背景是什么，她的性情是怎样的，他想了解这个姑娘。余二月已经不像从前那样害怕与人交往了。他余二月早已不是一个被人抛弃而被孤儿院收养的一个孤儿，他现在是一个有着铁饭碗的技术人员，他是一个受过良好教育的中专生，他是一个国家干部，他身上的光环已掩盖了他卑微的出身，再加上他较英俊的外表，他的谈吐，他所有的一切，都是常人所羡慕的。

他想到自己拥有这么多的优点，嘴角不由泛起了一丝笑意。他想主动走近她，去和她交流，他俩应该是有共同语言的，这会给他单调的生活增添色彩。

人就是一种奇怪的动物，仅仅过了一晚上，他的想法就动摇了，万一遭对方反感就下不了台了。

但是与女孩结识的愿望始终在他心里萌动着，一种说不清，道不明的冲动，就是让他静不下心来。

他开始注重自己的仪表。那天下班后，他到商场认真挑选了一套西装，又买了一双软皮休闲皮鞋，然后到理发店理了发，镜子里的他顿时显得精神了许多。

好不容易挨到了下一个星期天，头天晚上他到厂里的澡堂洗了澡，将脖颈用肥皂洗得干干净净，里面换了干净的衬衣和秋裤，将那套灰色的西服和新皮鞋穿在了身上，跑到澡堂的那面大镜子前，前后照了数遍，走出了澡堂后，他又返回来照了几下。他的这种有点奇怪的举动，让来洗澡的几个同事感觉有点莫名其妙。

秋天的美是静态的美，树上叶子泛着黄，没精打采地垂着。地上的叶片多了，堆叠着，风轻轻一吹便四处翻滚，踩在上面发出清脆的声响。

余二月的心情却是愉快的，他的皮鞋踩在树叶上，在他看来，如同踩在钢琴键上，是那样富有诗情画意。他在江边的石凳上坐下，这才抬起眼睛，望向姑娘唱歌的地方，她是面对江水歌唱的。

江边有一对年轻男女牵着手，他俩不知在说什么，很亲密的样子。有一个30多岁的男人在引导一个小男孩放风筝，他俩顺着风在奔跑着，还有几个中老年人在打太极拳。

余二月没有心思看打太极拳，也没有心思写生，他迷离着，脑海里回荡着女孩的歌声，胡思乱想着她今天为什么没有来，是生病了或发生了什么意外。

也许等会她会来吧，现在还是上午，说不定被什么事耽搁了。

他打开画夹，开始为眼前的风景和人物画素描。可笔拿在手上，心却不在上面，他自己也奇怪，那女孩和他素不相识，自己为何如此在意她。

一小时过去了，两小时过去了，到了吃饭的时间，他也不想去买点什么填填肚皮，他感觉不到饿。他只感觉到满满的失落，一颗心游荡着。

他像钉子一样钉在座位上，拿着画笔的手东一下西一下，他很想大叫一声以驱赶心中的烦闷，他不时回过头，望向堤边的大门，不时有人进出，就是没有她。

他不甘，他希望能等到她，可等到太阳落山，也没见到她。

他低下头，看看自己一身的崭新行头，不觉苦笑，他觉得这一身行头是多么的多余，如同他自作多情的心。

他起身，也没有心思拍拍屁股上的灰尘。

“此情无计可消除，才下眉头，却上心头”，年轻的心，有生以来，第一次动情了。

第四节

又一个星期天到来了。

他将放在柜子里一个星期的这套行头又穿在了身上，皮鞋也擦得锃光发亮。

他来得很早。他担心那位姑娘清早来唱歌，唱完歌便走了。他甚至怀疑，上次没见到那位姑娘或许就是她来过，然后走了。

深秋，天空看上去越来越高远，给人的内心增添空旷的感觉。江水的上空，有两只白鸽在打闹嬉戏，不时发出“咕咕”的叫声。余二月对白鸽的习性是有所耳闻的，白鸽对爱情的忠贞早已写在了书本里，它们坚守着一夫一妻的制度，因此，白鸽象征着忠贞。

在这样的时刻，看见如此温馨的画面，他不知是不是上天有意而为，在预示着什么。

他摊开画板，眼睛不由得望向那棵大树，他知道那个姑娘还没来，可他的眼睛就是控制不了地望向那里。他想象着，这棵树下有一个姑娘的侧影。

一个人像的雏形就这样诞生了，侧面的轮廓，眼睛、鼻梁、嘴、耳朵，脸上飞起的云彩，这朵云彩在姑娘的脸上尤为显现，这脸由远而近，他感到一阵迷糊，他揉了揉双眼，再次看向画板，他感觉这姑娘从画板上走了出来，他惊讶得差点叫出了声，原来云朵姑娘从未从他的生命里消失过，对，就是她，就是云朵，怎么会是这样，他画的就是云朵呀。

看着画像，余二月暂时忘记了自己等待的那个女孩，他在想，如果今生能遇见云朵姑娘该有多好啊，云朵为了他得了风湿，她的病好了吗？她现在怎样了？偌大个武汉，他没有方向，该如何去寻找云朵。他就这样想着，不知过了多久，他又想起了那个姑娘，他的心又躁动起来。

他望向江水，白鸽不知什么时候飞走了，江边多了游客，来来往往的，他回头望向江堤的出口处，空空的，没有看到他想看到的那位姑娘，他自嘲地摇了摇头。

他想站起来，离开这个伤心之地。可腿就是挪不动，他的内心还在期待着，他想，怎么可能突然就不来了呢？难道真的出了什么事？他根本没心思画画了，他闭上眼睛，他希望当他睁开眼睛的时候，那个姑娘的身影会出现在他的眸子里，或者歌声突然响起，他想，他一定会有勇气奔到姑娘的身边，向她诉说他这段时间以来对她的期盼，不，不能说“期盼”二字，是期待她的歌声，这样就不突兀了，就自然了。

时间在他身边“嘀嗒”“嘀嗒”地流过，每一分钟都会增加他的痛苦。

怎么了，自己到底怎么了？为一个与自己毫不相干的人痛苦，自己是疯了吗？怎么会是这样？他突然痛恨起自己来，自己多无聊啊！

必须离开这里。离开，回到宿舍。难道宿舍会比坐在这里看风景强吗？他的思维乱套了。

天空突然阴暗下来，从远处飘来黑压压的云，然后在头顶上盘旋。天更暗了，风起了，雨点不轻不重地落在了他的身上，落在江水退去的河床上，印出一个个深色的小凹点。他感觉到了寒冷。他收起画夹，向堤坝的出口走去。这时武汉关的钟声响起，是“东方红”的音乐。钢琴声如流水般涌进余二月的心田，他听得心潮澎湃，随后是 11 次清脆的敲击声，上午 11 点钟了。

生活永远都是在期待中进行，期待长大，期待学业有成，期待一份好的工作，期待恋爱，期待生子，这些是大的期待，还有无数小的期待，可以这样说，如果失去了期待，生活就失去了意义。

余二月现在就是深陷在期待之中。

雁南飞，雁南飞
雁叫声声心欲碎
……

有两个夜晚，余二月都是在睡梦中被歌声惊醒，梦中的姑娘朦朦胧胧，从梦中醒来，他一身大汗，就是记不清梦中具体内容，连梦中人的面孔都是陌生的，搞得他白天上班脑袋昏昏沉沉。

这种状态不是他想要的，也不是他余二月的性格，他这样想。这个星期天不必去了，去了也是无意义的等待。他发着誓，蔑视着自己。

又一个星期天到了，他在床上挨着时光，睡不着也躺着，早饭也没吃，紧闭双眼。不知过了多久，他一个激灵坐了起来，洗漱完毕，将那一套行头穿好，画夹也忘了带上，匆匆乘车，他要去滨江公园。

刚下 30 路公共汽车，武汉关东方红的音乐舒缓地敲响，他不知道几点钟了，只见太阳悬在空中，已近头顶。音乐过后，钟声敲了多少下，他没注意，心里只是焦虑。

他远远看见滨江公园的出口了，他看见一个姑娘从里面出来，黑衣黑裤，肃穆而清雅。他的心“咚”的一下，他的双腿有点不听使唤，走路有点飘，呼吸也急促起来。这不是那个唱歌的姑娘吗？没错，正是她。他的脚步停住了，居然不敢向前迈动了。不行，我得迎面而去，我日思夜想的不就是这样一个场景吗？他的双眼直勾勾地看着她，很快他就走近了她。不会吧，怎么会是这样，这么多时日，他根本没有正面近距离地看清过她的面孔，就在他擦肩而过的那一刻，他看清了，他看清了她的脸，白皙的皮肤，有点上翘的鼻子，一双大大的眼睛，右眼角靠下的脸颊上有一块桃红色的胎记，啊，红色的胎记，像彩霞一样的胎记，她，难道？姑娘走过去了，他马上回过神来，她，难道是孤儿院里的那个云朵姑娘。我的云朵姑娘呀，我终于找到你了！

就是你呀，我的云朵姑娘！原来我日思夜想的人居然是我的云朵姑娘。

余二月转身快步跟上了这个姑娘，他很想跑上去告诉她，他是余二月，在离开她的这些年里，他是怎样的思念她。

云朵姑娘穿过沿江大道，再走过一元路这条不到200米的马路来到胜利街，然后往左，百十米后便拐进了一个巷道。

余二月在这巷道观察，红砖砌成的房子，每层楼的空间比较高，他是从上下窗子的距离估摸出来的。每扇窗子狭长，窗子的上方呈弧形，两扇窗的距离较远，估摸每间房子较大；窗子之间伸出一个小阳台，阳台估计只有2平方米，用黑色铁栏杆作为围栏；围栏均为花鸟图案，很是考究。

他看着看着，先前的热情被这高雅的建筑削减，因为他又想起了自己的身世，有句话叫“门当户对”，他不知道云朵愿不愿意见到他。转而又想，记得云朵是没有父母亲的，她瘫痪后听说是她姑妈将她接走了，难道这是她姑妈的家，她现在还是住在姑妈家里，她不会因为他的身世看不起他。

他不知在那里站了多久，他感觉自己就想在这里这样站下去，他甚至认为这里的空气里有云朵的气息，因为云朵每次经过这里的时候，她的气息都会散发在这条街道上，飘浮在树上，飘浮在空气中，凝固在这一砖一瓦上。人就是这样奇怪，当恋上一个人的时候，他就会将所有的美好都寄托在恋人的身上。

幸福感又回来了，恰如潮水不时地撞击着他的心田。他不知这一扇扇的窗子哪一扇是云朵家的，他向这栋大楼看着，看着每一扇窗子，他想，总有一扇窗子里的屋子里住着云朵，而且现在就在里面。他向着院门走去，一个不大的院落呈现在他的眼前，有两个门洞，他真想一家家地去敲。

太阳早已偏西，他听见风拂落叶的声音，空灵而优美，恍若有人在风中抚琴，又似千军万马在沙漠上行进。他感觉有点疲乏了，肚子也饿了，他在对面铺子买了几个烧饼，又在隔壁的茶坊买了一碗茶水，没一会儿就吃光喝完了。

街道的不远处就是公共汽车站，但他不想这么快就离开，他朝江边的方向走去，武汉关又响起了东方红的旋律。

钟声悠悠地敲了6下，黄昏的微光中，紫色浓雾正在腾起。

第五节

在余二月看来，他与云朵就是有一种缘分。孤儿院，在他被惩罚的时候，那么多的师生，唯独云朵注意到了他，还冒着风险在食堂拿了馒头，然后她还因此被杜秀芝打了。因此，只要他告诉云朵自己是孤儿院的余二月，云朵应当会认出他，如果她本不知道他姓甚名谁，那也没关系，他只要将他俩那段回忆讲给云朵听，云朵一定会记起他，难道这还不够吗？

又一个星期天到了，这一天天气不错，余二月的第六感告诉他，云朵姑娘今天一定会去唱歌。

他早早起了床，同样是换上那一套行头，背着画夹，其实他根本就没有心思画画，这画夹是用来给自己充面子的，他知道一个背着画夹的年轻人在姑娘心中的价值。

他 6 点多钟就出了门，乘车过江到滨江公园时还不到 8 点，还早。他想，如果云朵姑娘还没来，他就到她家附近等她，反正滨江公园离云朵的家不远。

雁南飞，雁南飞

……

他刚进公园就听见这熟悉的歌声，是她！是她！这歌声的声线就是云朵的。

他的每根神经都竖了起来，鸡皮疙瘩也瞬间起满了一身。他要果断向前，不能优柔寡断，他双手紧握，下着决心，向着云朵走过去。

云朵面对着江水，深情地唱歌。在余二月眼里，这歌声将江水唱起了波纹，将蓝天唱出了新意，鸟儿也腾起了翅膀，一切都在她的歌声里飞翔。是的，正是她的歌声，才将余二月的心带动，如此不顾一切地去寻找她。

此时余二月已站在离云朵不足两米的地方，他不敢再向前迈一步了，他就那样站在了那里，静静地听着她悦耳的歌声。

云朵终于将身子转了过来，她的目光正好和他的目光对视。她看向他的目光是惊慌的，躲闪的；他看向她的目光是坚定的，深情的。她不知所措，对他狠狠地白了一眼，然后走开了。

啊，云朵认不出我了，她不记得我了。那一眼到底包含了多少对他的不屑，他不清楚，但他已经不在乎了，他已经有了充分的思想准备。

余二月没有再跟上去，而是坐在了一棵大树下，打开了画夹，装模作样地作起画来。

他的眼睛却瞟向云朵。云朵此时走到了一个石凳旁坐了下来，她的眼睛仍然望着江水，不知道在想着什么。余二月想，她是一个孤独的人，但不是一个孤单的人。

余二月灵机一动，对着云朵姑娘画了起来。同样是一个侧面，那个胎记正好在这侧脸上，一对辫子分开垂在胸前，很忧虑的样子。云朵就这么坐着，看着一个方向，仿佛知道余二月在给她画素描一样，足足坐了有二十分钟的时光。

素描在余二月手上画好了，但那块胎记补不补上去呢？这是一个缺陷呀，如果画上去，担心云朵不会喜欢，如果不补，又失真，他就淡淡地描了一下，效果很好。

真像，太像了！他端起素描，激动得不得了。

他终于有借口再次走向云朵姑娘了。

感激、爱，他不能准确地说出自己此时的感觉，总之，他只想走近她，然后走进她的生活。

他背起画夹，手里拿着这幅素描，带着说不出来的情绪再次走近了云朵。

“云朵。”他脱口而出，但马上意识到自己的失态，可是话已经收不回来了。

云朵回头看了他一眼，目光在他的脸上停留了一秒钟，然后又送给他一个大白眼。

“哪个云朵，神经病！”“神经病”三个字的语调在向下滑，估计她是怕激怒了这个不速之客。

“我能冒昧地跟你说几句话吗？”余二月嘴上说得平静，心里却紧张得要命。不管怎么说，谁都不愿在光天化日之下被一个女孩当成流氓。

云朵又回头，又白了他一眼，说："你有么事吗？"语气非常冷淡，从她蹙起眉的表情来看，她已经很不耐烦了。

"我刚才冒昧地为你画了一幅素描，如果你不介意的话，我想将这幅素描送给你，请你多提意见。"余二月快速地说完，他怕说慢了没有勇气说下去。

云朵有点疑惑地回头，这一次，她没有送他大白眼，而是接过这幅素描，对素描匆匆地看了一眼后，又将目光看向他，不是一秒，是定定地看了几秒，眼里闪出了柔美的光芒。这目光对余二月来说太熟悉了，当她将两个馒头从门窗上递给他的时候，她的眼里闪动的就是这样动人的目光。余二月克制着激动的心情，他不想表现出紧张的样子。

云朵拿着自己的这幅画像，看着看着，笑了，有点羞涩地笑了。她又将目光投向余二月，眼里充满对余二月的欣赏。

"你是专业的，还是业余的？画得这么好，我很喜欢。"尽管没有一个"谢"字，但她的语气都像沾过蜂蜜似的让余二月感到甜蜜。

"我早就注意到你了，我也是每星期都要到这里来，我来写生，可惜你没有注意到我的存在。"余二月的一句"可惜"，是想把两人的关系拉近。

"哦，不好意思，没有注意。"云朵笑了笑。

白皙的皮肤，有点上翘的鼻子，一双眼睛又大又亮，清澈如水，说起话来眼睛忽闪忽闪的，只是右眼靠近脸颊处一块比较显眼的桃红色的胎记，还像一个小地图一样贴在那里，这点小瑕疵在他看来，不但不丑陋，反而增添了她的魅力，独有的，无人可替代的魅力。唯一有所变化的，就是先前稚嫩的脸蛋变得成熟了。

云朵呀，云朵，你知道我时常想起你吗？你为我受的苦，你在我最痛苦的时候给予过我的帮助，我怎么忘记得了呢？我现在终于见到你了，我内心的激动你知道吗？余二月真想告诉云朵，让她仔细看看自己，看看那个当年在孤儿院被她帮助过的少年。可他几次话到嘴边又吞了回去。因为云朵压根就没有认出他来，甚至可能已经将这件事忘记了。这足以说明，当时云朵只是出于对他的同情，并没有掺杂别的意思。这多少让他有点失望，毕竟，他是向往爱情的。

"你在剧团里工作吗？你的歌唱得真好！"余二月问。

“没有，唱歌只是我的爱好，我在商业局工作，局里每年都有几次演出，我是商业局宣传队的成员，我是唱民歌的，所以经常来滨江公园练嗓子。我的工作是出纳。”云朵说完，不知是觉得和一个陌生男子走得太近不太好，还是出于什么原因，她说，“我要回家了，不打扰你写生了。”

“没有，没有，我们都爱好艺术，我觉得跟你说得到一块。”余二月想留住云朵，想跟她多聊一会儿。

“我还是想回家了。”看得出云朵有一些戒备。

“我送你回家吧?”他脱口而出。

“不不不，我自个儿回家就行。”说完，她转身就走。

“你家就在跟前，现在还早，我们说一下话吧。”余二月感觉自己又说漏了嘴，马上改口说，“我是说现在还早，不急着回去。”

“你怎么知道我家的。奇怪。”云朵的语气有点疑惑也有那么一点嗔怪。

“没有没有。我说错了。”余二月的自尊显然感受到了一点伤害。

望着云朵熟悉又陌生的背影，在他的眼前渐渐远去，余二月刚刚燃烧起来的爱的火焰，就被自己给浇熄了火。

他的心又悬了起来。

第九章　善缘良辰　孤行天涯

第一节

自从余二月为云朵画了那幅素描，她就基本能判断这男孩的文化素养不错，而且她觉得余二月很合眼缘，是她喜欢的类型，但云朵并没有着急问余二月的工作以及其他方面的情况，这其实正是聪明女孩的诡谲之处。

云朵姑娘与孤儿院的那些孩子几乎都有着相同的命运。云朵的母亲未婚就生下了她。不久后云朵父亲在一次车祸中丧命，云朵的母亲承受不了这种打击和社会对她未婚先孕的偏见，在一个月黑风高的夜晚，将云朵送到男人的姐姐家后就再也没有回来，当时云朵还不到一周岁。云朵的姑妈平时就是和这个弟弟相依为命，当时她已经 27 岁了，还没成家，但看在弟弟是亲骨肉的分上，收留了云朵。在云朵 3 岁的时候，姑妈谈了一个男朋友，这个男朋友不接受小云朵，云朵的姑妈就将云朵送到了孤儿院。谁知姑妈这个丈夫酗酒成性，性情粗暴，结婚没多久他俩就离了婚，云朵的姑妈就狠心将自己肚里的孩子打掉，从此断了再结婚的念头。

生活在孤儿院的云朵，每星期六的晚上就回到姑妈家，姑妈将每人每月只有半斤的计划肉票用在周末，让云朵改善一下伙食，她俩的关系形同母女，感情深厚。

云朵因为给余二月送馒头导致瘫痪后，姑妈将她接回家，将云朵带到几所大医院诊断，结果为风湿。医生说云朵因为连续多天在露天平台过夜，又因为那几天是雨天，所以湿气上身，关节受损。现在的治疗方式，就是尽快除湿，而且治愈希望不大。

姑妈心急如焚，她按照医嘱用中医的除湿疗法，同时还请了老中医上门。在床上躺了一年多的云朵，在姑妈的精心照顾下，病终于好了，医生说这算一个奇迹。

姑妈又四处奔波，为云朵上了户口，以母女相称生活在了一起。姑妈这一决断基本断了自己再婚的后路。

云朵也很争气，学习成绩一直很好。为了减轻姑妈的经济负担，她初中毕业后就考进了商业学校的会计专业，毕业后分配到武汉商业局下属的肉联厂当了一名会计。

商业局有很多附属单位，大型企业有很多热爱艺术的职工，玩乐器的，唱歌的，跳舞的，绘画的都有。那是一个崇尚艺术的时期，各局系统都有文艺宣传队，每逢“五一”和“十一”各局都会搞文艺会演。基本做法是，会演前有近一个月的时间脱产排练，这种传统一直延续下来。商业局是一个“大局”，宣传队的实力在业余圈子内很有名气，只要一提到商业局宣传队，其他局宣传队的人都会敬畏三分。

云朵又是商业局不可多得的台柱子，民歌手，曾获得“江城歌咏”比赛民歌组第一名。她知道有一句谚语叫“曲不离口，拳不离手”，为了保持这个荣誉，也是为了提升自己的歌唱水平，她每个休息日都会到滨江公园去唱歌。

说起云朵的艺术生涯，也不是没有遗憾，她也曾想进专业剧团或部队文工团，每次唱歌都通过了，可就是因为脸上有那么一块桃红色胎记，被拒之门外，几乎都是相同的一句话：扮相不行！

为这句话，她自卑过，消沉过，甚至有过自杀的念头，想想也是，一个正值花季的少女，本想通过自身的努力跻身文艺界，改变自己的命运，可一句话就阻断了她的梦想，而这句话对她来说是多么的致命呀，以至于在很长的一段时间里，她都处于自闭的状态中，觉得自己什么都不是。好在时间可以弥补一切，她想，相貌不行不等于自己什么都不行，相貌只是综合素质的一部分，只要自己端正生活的态度，就能改变人生的命运。心态改变了，人也变得豁达了许多。

正当一切都向着美好的方向行进时，云朵的姑妈突发心梗去世，这突如其来的打击，使云朵悲痛至极。她非常地懊恼，觉得姑妈是因为她牺牲了自己的幸福，可她还没来得及报答姑妈的恩情，姑妈就离开了她，她痛恨自己的不孝，她甚至没有给姑妈买过一件礼物，她有过这种想法，还有两个月就是姑妈 50 岁的生日，她准备给姑妈买一个金手镯，她在金店看好了，那只金手镯做得很精致，样式很大气、高雅，上面没有雕龙画凤，她觉得很适合姑妈的气质，这种想法她没有跟姑妈讲，她想给姑妈一个惊喜。

这段时间也正是让余二月焦虑的那几个星期天，云朵的突然消失，让余二月痛苦万分，没想到在这段时间里，云朵比他更痛苦，那是她人生中至暗的日子，她唯一可依赖的亲人走了。

过往如一幕幕画卷呈现在云朵的眼前，泪水盖住了她的脸庞，她想如果自己的亲妈还在的话，她想过自己还有过一个女儿吗？她想她的亲妈一定有难言之隐才丢弃她的，关于她的身世，她从来没有问过姑妈，她不敢触碰这个伤疤，她想，知道了能怎样，不知道又怎样，不如只当没有这回事的。可在这举目无亲的时刻，她不由想起了自己的亲妈，或许，妈妈还在这个世上。她当然也想到了她给孤儿院的一个男孩送馒头的事情，还有那个可恨的杜秀芝阿姨。

现在她又变成了一个孤儿，她更加渴望有一个家，有一个属于自己的小家。而余二月的出现，无疑填补了云朵心灵的空虚，亦如一缕温暖的阳光，和煦地照进了她的心里。

这是一种朦朦胧胧的感觉，很美，摸不到，看不见，但感受得到，这是在她生命的 22 个春秋里没有感受过的，与余二月相遇的那天晚上，她失眠了。

他在哪里上班，他的家庭是怎样的，受过什么教育，他多大了，他是画家吗？如果是的，自己就惨了，他不会看上自己的，她是一个平常的女孩，尤其脸上还有一块令人讨厌的胎记，这个胎记在她自己看来，就像一个耻辱的招牌，跟随着她的身体，跟随着她的灵魂，让她自卑。

他要是技术人员就好了，比如某单位的设计人员。

还有一点，不知怎么回事，她总感觉这男孩有点面熟，而且感觉亲切，可就是想不起来在哪儿见到过，在哪儿呢？她想，也许只是错觉。

云朵期盼着见到男孩，如同余二月期盼见到她一样，两颗炽热跳动的心，在这座城市各自燃烧着，又彼此吸引着。

星期天说来就来了。这一次，云朵是为这男孩而来的，她将黑衣换了，换成了橙红色的风衣，这颜色一是喜庆，二是打眼，她要让男孩一眼就能看到她。

余二月也来了，也是为她来的。还是那一套行头，他把皮鞋同样擦得锃亮，头发还抹了一点发蜡，6 点多钟就出了门。

深秋的清晨，风一阵一阵的，树叶摇曳出“沙沙”的声响，透过黄绿相间的叶片，看到天空流动的白云，若漫卷的轻纱，在拨动着人世间的情感。

余二月到达滨江公园的时候，他没有看到云朵，也没有听见云朵的歌声。他摊开了画夹，开始写生，人却如行尸走肉。

有一对年轻人坐在云朵上次坐过的那个石凳上，依偎着，男孩不知说了一句什么，女孩靠得更紧了，然后将头埋在了男孩的颈窝下。这一动作吸引了他，太甜蜜了，他用笔几下就画出了两人的画像。

他感觉有人在看他作画，他回头，看到一张微笑的脸。

原来是云朵姑娘。

“是你呀，云朵。”说着余二月站了起来。

“哟，这名字好听，你叫我云朵，我像云朵吗？”云朵姑娘的态度完全变了。上次余二月失口也叫了她一声“云朵”，她可是老大不高兴的。

他俩相视而笑。

“你为什么叫我云朵呀？”云朵姑娘又追问这个名字。

这不由让余二月的眼睛望向了云朵姑娘脸颊上的那块胎记，心里感到有点酸楚，眼睛便从这块胎记上移开了，说道：“你长得就像天上的云朵，你觉得云朵美吗？”

云朵“扑哧”一声，笑了，感觉自己的脸火辣火辣的：“你真会说话。”

“我喜欢听你唱歌，你今天也是来唱歌的吧？”说完他有点后悔了，这不是将云朵姑娘往外推吗？他感觉云朵姑娘今天是因他而来。

“嗯，我喜欢唱歌。”云朵姑娘听了这话，不但没表现出不愉快，反而流露出自豪的神情。

“我最喜欢听你唱‘雁南飞’这首歌，好凄美哟！你能再唱给我听吗？”余二月终于把话拉回来了，意思是我一直在注意着你。

没想到，云朵姑娘听完这话眼圈红了，她说：“这歌我是唱给我姑妈听的，她刚刚去世。我希望她能回来，在梦中回来。”

原来是这样。余二月心里想着。“那我俩走走吧，看看风景。”

“好呀。”云朵姑娘爽快地说。

天幕已拉开，阳光穿过白云探出它的头来，忽而又躲进云层，如影子一样与大地玩起了迷藏。

他们在公园散步，一路看到浪花、船舶、白鸽，闻到秋桂的花香、玩风筝的孩子、打着太极拳的老者，还有独自望着江水深思的少男、少女们；潮水退去，松软的沙子在阳光下闪耀着金色的光辉，微风吹皱层层细浪，将心儿拨动。

他俩望着江上扑腾的白鸽，心却望向对方。

天空突然阴沉下来，细雨如柳丝纷纷扬扬，寒意渐起，云朵抱起了双臂。这个微小的动作没有逃过有情人的眼睛。

“下雨了，我送你回家。”余二月说。

“还好，不冷。”云朵是有点冷，但她的心是热的，这时就是下起了雪花，她也可以忍受。

“我感觉你有点发抖，小心感冒。我送你回家。”余二月又说了一遍。

“好吧。”云朵嘴里说着，却没有转身。其实连她自己都说不清，在一个陌生男孩面前，为什么不能矜持一点。

“我也只穿了一件衣裳，要不然我会把我的衣裳脱给你穿。”他的话语很柔，柔得连他自己都没听清楚。

云朵当然听见了，就连他轻轻的喘息，她都听见了。

走出滨江公园，过马路，上一元路，应该左拐才是云朵家的方向，云朵不知为什么右拐。

余二月知道拐错了方向，他没吱声，这让他窃喜。于是，他想找个能避雨的地方和云朵一起坐坐。

但附近除了两家商店，没有喝茶的地方。

“我知道你家在哪儿。”余二月说。

“你真的知道我家在哪儿？你怎么知道的？”云朵有点惊讶地看着余二月说。

“反正我知道。”余二月故作神秘地说。

“那你家住哪里呢？”云朵问。

“我的家，嗯，我的家在英国。”余二月有点俏皮地说。

“啊，英国？你是英国人？”云朵站住了，转过头看着余二月的脸，像看一个陌生人，“那你为什么长着一张亚洲人的脸。”云朵被余二月的这个回答惊呆了，也不感觉寒冷了，她抹了一下被蒙蒙细雨沁湿了的脸。

余二月没想到云朵会突然问他这个问题。或许他已习惯将冯妈妈当成了自己的亲妈，冯妈妈是英国人，就自然地冒出了这么一句；还有他藏在骨子里的虚荣，孤儿凄惨的命运云朵更懂，这种身份不会给女孩带来安全感。即便跟云朵说了，他就是那个在孤儿院，云朵还给他送过馒头的男孩，云朵听后可能会有短暂的激动，但也有可能会因为他的身世选择不再和他来往。

千百年来有一句俗话：一个谎话，需要用一百个谎话去圆。对于这一点，余二月倒没有什么心理压力，在他心里，如果云朵跟了他，他会好好地爱她，好好地保护好她，以他最大的诚心和能力给云朵好的生活。

余二月好想拥云朵于怀抱，在这细雨霏霏的秋日，在浓云密布的天空下，周围的一切看上去都是那样的富有诗意。然而，初恋的美好或许就在于它的意犹未尽，在于它的欲罢不能。

第二节

两个孤独的人相恋了，他俩将就着姑妈家里的两间房屋，几件旧家什，就这么结婚了。简单的婚礼上，他俩只请了各自单位关系比较好的同事。

浪漫总是短暂的，现实的问题出来了，那就是钱。余二月还差厂里 200 多元的预支款，每月要从工资里扣除 10 元，他每月的工资只有 48 元，再加上他的早餐和中餐都在厂里的食堂吃，于是他每月工资只能交云朵 20 元钱，自己留 18 元钱，日子过得相当紧巴。

可这些，云朵哪里知道。云朵还抱怨，你当初说你妈妈是英国人，我就纳闷，你怎么长着一张亚洲人的面孔。再说了就算你是被英国人抱养的，那也得有联系呀，而且就连我俩结婚也没见你家来一个人，更别说见到你的英国妈妈了，你这到底是怎么回事？你每月为什么要花那么多的钱？就算你中午在食堂每顿吃肉也用不了那么多的钱，也没见你抽烟、喝酒、打牌，你难道是在存私房钱？再说房子，还是我姑妈留下来的，地段虽然好，但厕所和厨房是两家共用。云朵抱怨，余二月都像没听见似的，说多了，他顶多说一句，“休息会，说累了吧，来，我帮你揉揉腿，捶捶背”，或者独自出门走走，云朵再大的气也就消了。然后过不了几天，云朵又会因为一点鸡毛蒜皮的事开始唠叨，余二月同样笑嘻嘻地逗云朵乐，因为他的内心始终对云朵心存感恩，他爱云朵。

爱，真的是一个奇怪的东西，爱不仅仅是肉体的欢愉，也不一定仅存于儿女情长，爱还包括恩情，对人格的仰慕，对过往美好的回忆，这些都可以促成爱，爱是情绪消沉时的良药。所以说，爱是这个世界上最有力量的东西。

余二月几次想把自己真实的身世告诉云朵，但他开不了这个口。

考虑到经济条件，他俩结婚快三年了才要了孩子，是一个儿子，小名叫“欢欢”，儿子的到来，给这个家庭增添了不少快乐，余二月在厂里的预支款也还完了，本想生活会渐渐走上正轨，没想，几年后，经济体制变了。

国家的市场经济体制逐步建立，市场竞争日益激烈。汉阳棉纺织厂与其他很多企业一样，生存受到了影响，面料不仅要与国内同行业竞争，国外新型面料也引进中国，那些价格便宜美观的面料更受中国消费者的欢迎，厂里的经济效益逐渐下滑，工资也难以全额发放。先是每月只发80%的工资，然后只发60%工资，再然后轮流上班，上一个月的班休息一个月，休息的这个月就没有工资发，接着就是要求职工自谋出路，给一点补偿，以减轻企业的负担。云朵所在的单位也是受市场经济直接冲击的对象。

在他们的儿子欢欢10岁那年的一天，余二月在报上看到深圳一家服装厂招聘设计人员，工资是汉阳棉纺织厂工资的几倍，他顿时心动了。他马上按照电话号码打过去，介绍了自己的情况，按照对方要求，他把简历寄过去，几天后他收到一张应聘表格。

那一晚他彻夜未眠。回想往事，他觉得他还是那样爱着他的云朵，如果不是生活窘迫，他俩一定会恩恩爱爱地走下去。同时，他也理解了云朵，生存永远是第一位的，他应该想办法挑起家庭的重担。

余二月没有跟云朵说起这事，他怕她阻拦，他想先斩后奏，因为他已下决心要走，即使不去深圳，只要哪里有钱赚，他就去哪里。

这是一家名叫“伊人行服装有限责任公司”的私营企业，注册资金1000万。这数字让余二月吓了一跳。1000万！在武汉，有不少企业职工工资每月几十元都发不出，如果这个企业真有这个实力的话，招聘上说的高工资也就大有可能是真的。

余二月立马兴奋起来。他拿着这张表看着，不敢下笔，生怕填错了。他的眼睛定在了“学历”这一栏。中专学历，干部身份，铁饭碗，曾让他多么地骄傲，现在看来，世事难料，当初他多想得到这纸文凭，还没过10年，中专文凭就不再吃香，连大专文凭都失去了价值，只有本科毕业生才受重视，能让领导另眼相看。

于是，一个念头冒了出来，他想在文凭这一栏填上“本科”，专业填上“服装设计专业”。想到这里他自己都吓了一跳，因为他从来没有设计过服装。但他只犹豫了几分钟，就自信起来。他觉得自己有绘画的天赋，再说了，他中专学的是“工艺美术专业”，读过《中国传统纹饰》《色彩构成》等教科书，这与服装设计就很接近，他认为，他完全可以在几个月内自学好服装设计。

有了这种自信，正要下笔，又想，自己没有本科文凭，应聘时拿不出怎么办？对了，做一个假文凭，他看到天桥下，大学门口，还有行人密集的街头巷尾，总有人举着一个牌子，上面用很大的字写着：刻章。又用很小的字在下方角落写着：做证。余二月一看就知道“做证”的意思，不然怎么写这么小的字，肯定是见不得人，他曾听人说过，街上有做假证的人。

看来世上无难事，只要你敢想。

于是他在学历这一栏规规矩矩地填上了“本科”，一气呵成。

第二天他就上邮局贴上邮票寄了出去。

回到家他才想起，应聘表似乎寄快了，因为证还没办。

他凭着自己模糊的记忆，往天桥方向走去。真还有人坐在天桥下，是一个中年妇女，坐在一个自备的小板凳上，鬼鬼祟祟，贼眉鼠眼的，见到从身边走过的人就小声说：“办证、办证。”

他也故意往办证女人身边慢悠悠地走，停住了脚步，故意问道：“办么证？”

“么证都办，你想办么证，就可以帮你办到么证。结婚证、离婚证、房产证、毕业证、获奖证书……”办证女人还准备继续说下去。余二月故意装着漫不经心地小声说：“毕业证也可以办？”“当然可以。”这女人的声音提高了一点。

余二月的脑袋向这个办证女人凑近了小声说：“我想办一个毕业证，我的毕业证丢了，学校不给补办。”

“可以。你把姓名、性别、出生年月日、哪年在哪所学校什么专业毕业等写给我。”女人也将声音压得很低，像在自言自语。

“好，我现在就写给你。你有笔纸吗？”

“有。”说完，女人从布包里拿出笔和纸递给了余二月。

“多少钱？么时候能拿，能不能快点。”

“明天就可以拿到。100 元办证费。”

自余二月结婚到现在，10 年过去，加了几次工资，但货币贬值，100 元也就没有那么值钱。

余二月没有讨价还价，说明天一手交钱，一手交证。

第三节

拿着崭新的“武汉大学”毕业证书，余二月一路走，一路欣赏，仿佛他就是此毕业证的主人。回到家，妻子还没下班，儿子还没放学，他继续欣赏，那大红的毕业证书，尤其是武汉大学的印章，还有大学校长的名字，都醒目地浮现在他的眼前。

办假证的事，余二月也没跟云朵讲，他怕她不同意，也怕她看不起他。

几天后，余二月接到深圳“伊人行服装有限责任公司”的来函，要他带着毕业证书，10 天内去报到，每月工资 4000 元。

余二月惊讶地看着这个数字，比招聘上写的还多！

在厂里上班，每月工资也不过几百元，这 4000 元，是不是有点夸张。

如果是真的呢？如果不去，就会失去这次机会。说不定，这是一次难得的机会。

首先要面对的就是妻子云朵。怎样向她开口呢？那两天他茶饭不思，坐着就发呆。

“你怎么了？是找工作不顺利吗？”那天晚上临睡前云朵问。

“不是，嗯，是的。”余二月不知怎样回答。不过，既然妻子开口问了，干脆就说出来。

“我是想跟你谈一下。现在武汉不好找一份适合我的工作，为了我们这个家，我想拼几年。”余二月看向云朵说。

“拼几年，到哪里去拼，说得轻巧。”云朵不屑地白了余二月一眼。

“去深圳，那里可以发展。”余二月说。

“深圳？你那个中专的破文凭在深圳只能打小工。”云朵说这话时，嘴角轻蔑地咧了一下，眼睛都不望向他。

“我凭我这个破文凭就可以找到一份满意的，工资高的工作。”余二月乘胜追击。

“那我看你找，你找，你找到了你就去。”云朵哼着说。

“那我要是找到了，你说话要算数的。”余二月说。

云朵看向余二月，半天没有说话。她就这样看着余二月，余二月呢，看着她微笑。不知过了多久，她说：“哪里？”

“深圳。”

“哪个单位，做什么？”

余二月说“深圳”这两个字时，仿佛多年的委屈都迸发了出来。然后从荷包里掏出应聘通知书，递给了云朵。

云朵从余二月手里接过应聘通知书时，眼睛并没在应聘通知上，而是与余二月的眼睛对视，那一刻，双方都想用眼睛战胜对方。云朵草草看完应聘通知书，沉默了片刻，突然说道：“你不能去，去了我和儿子怎么办？儿子还在上小学，调皮得很，我一个人管不了他。再说了，夫妻长久分离这婚姻是靠不住的。”

“对方只是看我的简历同意了，还没面试，说不定面试通不过，我先去见见世面，如果深圳那边有发展的空间，我就把你和儿子一起带去。”余二月这句话是他真实的意愿。

“那也不行，这个家离不开你，而且深圳那样一个开放社会，你一个单身男人，你不去招惹女人，女人也会来招惹你。”

“你把我说成什么人了，我还有儿子，还有你，你手上牵着我这根线，我跑再远也被你牵着。”余二月说得很深情，眼圈都有点红了。

“你去了真能把我和儿子带去？”云朵看向他的眼神充满期待。多少年了，余二月都没见过这种眼神，那是顺从，是爱，是期待。

余二月觉得这句话打动了云朵，继续说：“我这辈子活着就是为了你和儿子，我爱你们，我要让你们过上好的生活，我如果不出去闯荡，就等于等死，全家等死，请理解我，云朵，你不是想要过一种富裕的生活吗？我努力为你做到。”说完，走过去，拥住了云朵，这个他深深爱着的女人。这一拥，妻子云朵更是泪流满面，她将头深深地埋在了丈夫的怀里。

云朵没再说什么。其实她的内心是矛盾的，她爱着丈夫，他是一个好丈夫，只是穷了些，贫贱夫妻百事哀呀！

余二月终于要踏上去深圳的火车了。那天，当他打理好行装准备出发时，他抱着云朵，在她的额头上深深地吻了一下，说道：“等着我，我在那边安定下来，就来接你和儿子。”说完这话，他突然觉得心里很空，因为厂方只是答应他去应聘，老板最后要不要他还是一个未知数。如果去了，没两天就回了，是不是有点尴尬，而且妻子对他的能力更会产生怀疑，不如不去这一趟。

“带我们走，现在，就现在。”欢欢哭着说。

余二月搂了搂妻子云朵，又抱起了儿子欢欢，对儿子说：“在家听妈妈的话，好好学习，爸爸在深圳赚钱供你读书，让你和妈妈过上好日子。”

云朵在流泪，从出门到火车站，泪水一直在流，余二月全看在眼里，一句话没有。此时他能说什么呢？无论说什么都是无力的。儿子才 10 岁，也不懂，他不懂爸爸这一去，也许就要很长时间才能见到。

余二月就要进站了，头也不回地向站台走去。

第四节

下了火车，余二月走出深圳火车东站。

一栋栋耸立云端的高楼，鳞次栉比，高端、大气，极具东方简约的特色。他知道深圳是国家改革开放的前沿，但他还是被这种景象震撼。

他推着行李箱，拿着地址，环顾四周，人头攒动，有点心虚：偌大的深圳，人才济济，自己行吗？管他行不行，已经来了，只有硬着头皮往前冲了。

有小车过来问他去哪里，他没理会。一辆中巴上的司机和售票员不停地吆喝，他坐上了中巴，他要到一个名叫翠竹路的地方，位于罗湖区中心城区。车上已经坐了不少乘客，大家催司机开车，20 分钟后，在大家的催促声中车终于启动了，车开得很慢，一路带人。车开了几分钟，到了一个十字路口时，又转了回来，回到火车站门口，然后继续吆喝乘客上车。车上有乘客发起了牢骚，但司机和售票员都充耳不闻。

又过了十几分钟，车又启动了，但速度像在爬山，有乘客又发起了牢骚，司机仍然充耳不闻，仍然一路带人，到了那个十字路口车又掉头了。乘客更不理解了，有乘客大声吼叫，车上一阵骚乱。有乘客说："我们都见怪不怪了，车不装满，司机是不会走的。"原来本地人都习惯了中巴司机的这种做法，那些发牢骚叫喊的都是外地人。司机像这样又绕了一圈接了火车站的乘客后，才终于正式出发。

余二月到达"伊人行服装有限责任公司"附近时，已是晚上 8 点多钟。一小巷伸出一个牌子"实惠旅馆"。余二月拐了进去，一间屋子住了十七八个人，男女不分，全睡地铺，每人一晚 5 元。他简直不敢相信！6 月的深圳，并未想象的那样四季如春，而是有些闷热，他被屋里的汗臭，以及混杂在一起的很难说清的让人窒息的臭气熏倒，甚至还有人在那样的环境中抽烟，那情景，他一辈子忘不了。

余二月从没见过这么糟糕的住所，根本就想象不出旅馆会是这样。

一天的时间，如同踏入两个世界：现代化的摩登高楼，讨厌的中巴，糟糕的旅社，他不知道哪一个能真正代表深圳。但他知道，在这样一个开放的现代化的都市，高档酒店比比皆是，只要有钱，即使是刚才那家糟糕的旅社，也会有像样一点的房间，但他没有钱，在他还没有工作之前，他要忍受贫困带来的痛苦。

他推着行李，走在深圳的大街上，夜幕虽然完全拉了下来，但灯光璀璨，歌舞升平，露天的餐饮，划拳的吼叫，白天该有的这里全有，白天没有的晚上会出现。

他想找一个便宜的旅店再试试，简陋没事，只要干净安全就行。繁华的大街上应该没有这样的旅社，他拐进一条巷子，破旧的房屋让他感到吃惊，原来这里是一大片准备拆迁的房子，大部分的房子还住着人，他突然冒出一个念头，如有一间空房自己就将就一晚上。

他推着行李箱顺着巷子走，终于看到一间废弃的房子，他小心翼翼地走了进去，里面除了碎石烂瓦什么都没有。

他想在这里躺一下，但太脏了，想到天亮了他还要去应聘，如果搞得浑身脏兮兮的，厂里的大门都不会让他进。

他没有可垫着坐的东西，想起了旅行包里有他换洗的衣裳，便拿了一件出来垫着坐下了。他这一坐就坐到了天亮。

巷子里终于有人走动了。太阳出来的时候，他才从废墟屋里走出来，在别人的指点下七弯八拐地从另一巷子口走了出去，终于找到了伊人行服装有限责任公司。门房守门人将余二月指点到了一楼一个面试的地方，此时是9：10，大厅里只有一个年轻的工作人员，他说明了来意后，工作人员说听冯厂长说了，有一个武汉大学服装设计专业毕业的要来我厂应聘，就是你呀。

余二月的心一下亮了，看来没有人跟自己竞争，冯厂长一定是冲着他武汉大学服装设计专业这个名头把他招进来的，他暗自庆幸着自己的聪明，这年头，除了真才实学，还需要智慧，老老实实一辈子是干不出什么名堂来的。

冯厂长见到余二月的第一句话是："自从收到你的简历，我就盼着你来。名牌大学毕业，专业又正好对口，实在难得。"

余二月有点心虚，但嘴里连连说道："我是服装设计专业毕业的，我有这个能力干好。"

"来我厂应聘是要经过考试的，你就免了，但有三个月的试用期，试用期月薪3000元，如果试用期通过，月薪4000元，还有奖金。作为名牌大学的本科毕业生，又一直在从事服装这行，我相信你有这个能力。"冯厂长仿佛唯恐失掉这个高才生，如是说道。

冯厂长接着又说："伊人行服装有限责任公司虽然是一个私营企业，但也算是一个老厂了，1982年办厂，至今已有十几年的历程，现有职工1000多人，厂里效益也还不错。但近年市场竞争激烈，服装设计赶不上时代的潮流，因此想补充这方面的人才，来个优胜劣汰。"

余二月心想，对于从没搞过服装设计的自己来说，赶超得了别人吗？但余二月还是用微笑赞同了冯厂长的话。

"对了，你把你的身份证和武汉大学的毕业证书拿出来我看看，这本来是招聘人事部门干的事，但我想亲自验证你，我厂还没有一个人有这么硬的文凭，都是一些三流院校的文凭，或是‘五大生’，说老实话，我还真有点看不起。”冯厂长认真地说。

余二月的心跳得厉害，万一冯厂长看出是一个假文凭咋办？但事已至此，只能这样了。

他的手在黄色军用书包里磨磨蹭蹭的，这个动作本是心虚的表现，却没有摸到毕业证，他的心一紧，完了！他的眼睛有点发直，猛然想起毕业证放在了旅行包里，心一下放松了下来，他想，自己怎么老干这种事，老是忘了东西放在哪里。他将毕业证书双手交到冯厂长手里。

冯厂长双手接过这个含金量很高的毕业证，先是对着毕业证的封面欣赏，左看看，右看看，嘴里不停地说：“精致，精致，名牌大学的毕业证书到底不一样。”然后打开了毕业证书。冯厂长的眼睛有些近视，他凑近毕业证书认真地看，看着看着鼻子都要贴上去了，嘴里自言自语：“服装设计专业，太对口了，哎，不容易，不容易，我们一定尊重人才，用好人才。”

“我家是农村的，当时家里穷，没钱让我继续考大学，要我读一个中专就行了，可以直接出来工作，我就进了一家国营企业，也是搞服装的，赚不了几个钱，后来我就邀了几个兄弟出来自己干了，我学的是经济管理专业，但没能上大学一直是我这辈子的遗憾，尤其是想进一所名牌大学，所以厂里需要像你这样具有专业技术的人才，才能与同类企业硬碰硬，厂里的生存才有希望。”

冯厂长像喝醉了酒一样，没有半点矜持，自顾自地说着，像与自己最熟悉的人说话一样。这一切，让余二月猝不及防，更加重了他心理的压力。

“房间也为你准备好了，我马上通知秘书带你去。你先休息三天，然后再熟悉工作。”冯厂长热情地说完，便拿起了电话……

第五节

余二月首先想到的是去买服装设计的书，第二天他去了深圳最大的一家新华书店，没想到这方面的专业书还真不少，每一本似乎对他都有用，但他手头紧巴，只能在书店里看，书店的员工却时不时地提醒：“书翻一下就行了，不要在那里抱着看，书翻旧了卖不出去。”

书店员工的话很影响余二月看书的兴致，同时余二月也觉得自己很没面子，但不恶补不行呀，虽然自己所学的专业和服装设计有关联，但毕竟没有具体设计过服装。

此时，他的大脑在思考着两个问题：如果想拥有这些书，偷是不行的，他也不可能做出这种下作的事情来；借也不行，书店怎么可能把书借给读者，书店唯一的需求，就是把书卖出去。

可以去图书馆呀！余二月猛然想到。

深圳图书馆正门的“银树”和音乐厅正门的“黄金树”遥遥相望，又各自独立，不同的艺术表达，相同的人文情怀，仿佛在致敬奔向自己的读者。图书馆三栋深色的建筑如三本翻开的图书，像是在召唤着天下所有热爱读书的人。

走进图书馆，进入眼帘的，是墙上用红色字体书写的不知激励过多少青年学子的高尔基的名言：书籍是人类进步的阶梯。

在余二月看来，这是世界上最美好的警句，每一个字都包含着深情，是激励，也是教诲。

余二月当天就办了深圳图书馆的图书证，这里关于服装设计的书比书店里多得多，有半个多世纪以来出版的各种专业图书，版本多样，图文并茂。一时间，他有点不知看哪本好，他借了几本他认为对他有启发的书，他捧在手里，如同捧着生命的希望，脚下生风地回到了厂长专门为他分配的宿舍。

这些服装设计书里，除了不大适合中国国情的服装，其他服装样式有七八十种，其中能在市面上看到的样式并不多。

所有这些，给了余二月一个启示：服装是多元的，一百个人有一百种眼光，尤其处在这样一个全面开放的年代，让设计人员有了更大的想象空间。包括先前看到的外国服装设计，尽管不太符合中国人的穿衣风格和生活品位，但同样可以借鉴其特色，寻找灵感，设计出别具一格的服饰风格。

真是天无绝人之路啊！他感觉自己太聪明了，太有灵气了，他知道这与他先前所学的专业有关，这叫一通百通，一下就串起来了。他的眼前闪现着无数样式的服装，而且都可以改头换面，对于他来说那就是无所不能。

余二月恶补了三天后就要开始他的试用期了，他心理上的狂妄在他上岗后就平息了许多，好在他大脑的记忆力强，虽谈不上过目不忘，却也可以说个大概。冯厂长走到他所在的设计室询问他这三天休息得怎样时，他知道这是冯厂长在绕圈子，冯厂长想听到的是他上岗的状态。他的那种自信又不自觉地上来了，他向冯厂长讲了古今中外的服饰，以及洋为中用的思路，讲了中国服装市场的前途，并强调，一个企业，只要选对了人才，是可以力挽狂澜的，好像在暗示冯厂长这个厂在他眼里还不行。他又讲到如今服装设计的走向，那就是创新。创新，冯厂长知道，他们厂一再强调创新，但余二月讲的创新跟一般的创新有点不同，那就是，胆子要大，要学第一个吃螃蟹的那种人，无所畏惧，别人不敢设计的，别人没想到的，别人认为是另类的，都可以尝试。最后余二月讲到服饰搭配的重要性，他头脑中正在酝酿一款外搭服饰，他讲得有点忘乎所以了，说确切点，应该是生活的压力迫使他太想得到这份工作了。

冯厂长被余二月的激情和才华征服了，眼里放着光，还咽了一下口水，但他也不能做出很卑微的样子，毕竟他才是一厂之主。于是冯厂长说，你大胆地创新吧，如果厂里因你设计的服装赢利了，我大大地奖赏你。冯厂长也是久经沙场的人，他不敢把话说满，如果余二月设计的服装真的卖得很好，他不可能无底线地奖赏，如果根本卖不出去，那又是一种说法。

如今改革开放给了余二月施展才华的更多可能，他大胆地创新，尤其是针对女装进行创新。他注意到市场上出现了女式吊带裙，突然就风靡起来了，但没有几个能穿出那种妩媚的味道，只有身材好的女性穿着才好看。他们厂里也跟风，做了很多吊带裙，但由于市场过于饱和导致销售不佳，余二月知道，流行是一时的，流行也要跟进，将吊带裙为大众所认可，吸引更多的女性喜欢是关键。吊带裙的功能有二，一是凉快，二是体现女性优美的曲线，但身材优美的女性毕竟是少数，大部分女性的身材都不会达标，甚至走形，如何让身材走形的女性既能展现吊带裙的妩媚，又能遮住不完美的身材，余二月想到了外搭，或是披肩。

余二月的功夫就下在了外搭和披肩的设计上。

余二月这一思路，就是想将厂里积压的那些吊带裙搭配出去，据说积压了千余条，如果卖出去了，相当于全厂职工两三个月的工资，这将在厂里是一个爆炸性的新闻，他就可以顺利地成为厂里的一名正式职工，并成为厂里最值得依赖的设计师。

首先，余二月研究了厂里那些积压的吊带裙，样式没什么太大的花样翻新，面料无非也就那么几种：真丝，雪纺、丝绵、纯棉和棉麻等。颜色却多得麻眼，最多的是红，以及由红演绎出的粉红、品红、桃红、海棠红、石榴红等。余二月想，厂里的设计师一定研究过红色，红色最为显眼，比如警告灯，人行道上的信号灯，火车轨道上的提示灯，消防车驾驶室顶部前端的长排警灯都使用了红色。尽管这说的都是大红，但由大红演绎的其他红各有其特色，有的奔放，有的含蓄，有的素雅，有的韵味深长，有的耐看，最关键的是，这些颜色给了余二月搭配的空间，外搭和披肩的色彩基本用黑色，黑色稳重，可以衬托和搭配任何色彩。尤其是搭配上红色，无论什么红，都可以创造出一种独特的风格。同时，这些颜色适合的年龄跨度非常大，从十几岁的少女、少妇，到老妇，都可以寻找到自己需要的搭配。

这一套理论都是这几天自学的收获，余二月自认为学到了课堂里学不到的关于服装设计的知识。

余二月又有点忘乎所以了，他甚至觉得他已经是一个设计师了，甚至比设计师还厉害，因为他太有灵气了，就看了几天的书，他就能将美术与设计结合起来并融会贯通。

他首先找冯厂长谈了他的想法。冯厂长一听可以将那些积压在仓库里的千余条吊带裙给卖掉，高兴得大笑，这可把余二月吓了一跳。冯厂长激动地说，这样吧，卖掉一条我就给你提成 10%，价格你自己定。至于你说的外搭和披肩的设计那是你设计师的事，我不管，你放开手大胆地干，干出成绩我姓冯的还是那句话，我大大地奖赏你。显然，冯厂长已经将先前的顾虑抛到了脑后，现在他满脑子浮现的就是那些吊带裙热销的场景。

一阵高兴后，余二月带着胜利的喜悦回到了寝室，但细细想来，外搭的样式他根本没有思路，披肩倒不难，一块料子解决。外搭光依循传统的样式，显然不行，他一头又扑进了图书馆。书本打开了他的视野，有几款外搭让他的眼前一亮。余二月的眼睛紧紧盯着服装书，把书里的样式记下来，而且，这些样式同样是可以变通的，稍微改动一下就是潮流。

他拿起素描铅笔开始设计，在原来的样式上修改、创新，然后按照不同的尺码绘制出不同的图样，这个步骤余二月尤其细致，不然会影响到服装的剪裁。10天后，他设计的一系列外搭开始制作。冯厂长听说余二月设计出了样式新颖的外搭，又惊又喜，看了设计图样，又听取了余二月对外搭的理论讲解，然后就只剩下点头了，又眯起了眼睛，大概在心中想象外搭或披肩搭在吊带裙上的效果，他甚至想到了自己那有点富态，总喊不好买衣裳的老婆，同样可以从中挑选到适合她身材的穿搭。

一个月后，外搭和披肩成品赶制完成，均为黑色。

当冯厂长看到黑压压的一片时，顿时晕菜。他弄不懂，余二月口若悬河的理论，就是这样一堆看上去既单调又沉闷的东西。但当这一条条精致的黑色外搭配在花色各异的吊带裙上时，这黑色就显出了品味。冯厂长的眼神由不屑变为惊喜。

冯厂长将厂里的礼堂清理出来当展览厅，然后拿上几十套挂在衣架上展示。厂里的同事都感到意外，大家的说法几乎一致，没想到余二月把厂里积压的吊带裙能玩出新意，大家都看好这些衣服的市场，说一定能卖得出去，将厂里的损失补回来。

检验余二月设计水平的时候到了。

冯厂长召集销售员开会，他说："我们要有自信，吊带裙搭配外搭或披肩一定能站稳市场，因为我注意到，街头很少能看到这样新颖的款式，无论怎样的身材，她们都能从中找到适合自己的那一款。美丽的搭配，就如一面面旗帜在深圳这座美丽的城市飘扬，我相信，在不久的明天，会飘扬到全国，让大家看看这美丽风景的背后，是我们伊人行服装有限责任公司，我们正在前进。"掌声夹着欢呼声在会场经久不息。

"我们的自信在哪里呢？那就是，我们将货直接送到各大商场和服装店，设立我们的专柜，我们一改以往风险由厂家和卖家共同承担的方法。这次我们送去的服装，卖了和商家共赢，亏了由我厂自负。这就是我们的自信，自信也是压力，我们就是要顶着压力上。同志们，你们有信心吗?!"

"有！"满会场的职工，几乎是异口同声地喊出了这一个字。

余二月感受到了前所未有的振奋，但也感受到了前所未有的惶恐。

接下来的日子，余二月一下班就往商场服装店跑，直奔“伊人行服装有限责任公司”专柜，先前还直接上前问营业员这种套装卖得怎样，次数去多了也不太好意思，便假装逛商场的样子，再假装不经意地朝着套装看上一眼，想看看有没有人试衣或买上一套。结果往往是看的人多，买的人少。就这样大半个月过去了，他人也变得有点消沉，以前他见人就打招呼，现在见人就低头而过，他没想到，自己精心设计和创新的套装销售会如此的惨淡。一个月后，销售数字终于统计出来了，只卖出了 20 套，一套 280 元钱，才卖出 5600 元钱，还没有扣除各项成本。

他不知是哪里出了问题，他不知见到冯厂长后该如何交代。有天他在办公大楼与冯厂长碰了个满怀，他想绕过去，却被冯厂长叫住了，问他这段时间怎么总是闷闷不乐。余二月干笑了两声，说身体不太舒服，可能是感冒了。冯厂长说是心里感冒了吧？余二月一惊，心想，完了，冯厂长肯定是觉得服装卖得不好，干脆来个挑明，自己这工作还保得住吗？余二月又干笑了两声，没说话。

这一夜，余二月心里没底，冯厂长说他心里感冒了是什么意思呢？难道是在暗示他，你也不过如此，厂里这下就要栽在你手里了，本来滞销的千余条吊带裙已让厂里喘不了气，这下好，还外搭、披肩，真的是给自己“搭”进去了。好在厂里并没有通知他回家，3 个月的试用期也过了，他已经是厂里的一名正式职工了。冯厂长兑现了承诺，转正后将余二月的工资涨到了每月 4000 元钱。

拿着这从未拿过的 4000 元钱高工资，余二月心里是既高兴又压力很大。他消沉了几天后，又重新振作起来，他在观察市场的潮流，他想，深圳是一个前卫城市，人们也需要前卫的服饰。

时间很快到了 9 月，深圳的 9 月比武汉要稍凉爽一点，但花儿照样开放，树木仍旧碧绿，人们从短袖换上了长袖，风儿时而从地面拂过，时而从头顶撩起，轻轻地，将桂花的芬芳送到各处。一切看上去都是那样的美好，但余二月的心情仍旧郁闷难解。

有一个休息日，他走在大街上，不是去商场看他的杰作，而是去散心，他只希望冯厂长能包容他，对他多一点耐心，他相信，自己总有成功的那一天。

这么想着的时候，他看见一个身材高挑略显丰满的中年女人与他相向而来，啊，那黑色的外搭太熟悉了，正是他设计的一种。啊，街上终于有他的杰作了，居然能在街上遇见，说明他的杰作是有市场的。他站在原地，回头目送着这位女士走远，直到看不见她的身影，他才猛然想起，应该问一下这位女士的服装是在哪个商场买的。管他哪个商场买的，衣服能卖出去就是检验设计成功的唯一标准。

此时他有目的地了，他乘车来到深圳最大的商场。他轻车熟路地上到二楼“伊人行服装有限责任公司”专柜，营业员的心情好像很不错，主动给余二月打招呼：哟，又来看服装了，你设计的套装卖得还不错。原来余二月先前来的时候与这个营业员有过交流，透露过他是这些套装的设计师。正说着，一位年轻女士走到套装前，用手扒拉着，来回看着，又拿起外搭在身上试了试。这位女士身材有些胖，她将外搭套在身上的连衣裙上，对着穿衣镜前后左右地看，脸上露出满意的微笑。营业员给这位女士介绍说，这件外搭配上这条吊带裙效果会更好，要不一起买下来。

女士将吊带裙扒拉了一下说，我太胖了，穿不了，我就买这件外搭。交钱、拿衣。看到有人购买自己设计的衣服，余二月的自尊心得到了很大的满足。

余二月站在原地，扒拉着自己设计的这些外搭，其实他不是在欣赏，而是在等待下一个顾客。不时有女士在“伊人行服装有限责任公司”专卖柜前停下脚步，他在这里站了三个多小时，卖出去了 4 套，另加一个外搭，这个业绩在他看来，已经是很惊人的了。他迈着兴奋的脚步准备回厂，向冯厂长报告这一好消息。但他的双脚根本不听使唤，他向着下一个商场走去，他首先说明了自己的身份，询问了该套装的销售情况。营业员一听是厂家的设计师，一脸阳光地对他说，卖得不错，套装、外搭都卖得可以，还说老板说了，这批卖完还想再进一批。

余二月有点搞不懂了，同样的商品，前两个月为什么卖不好，现在怎么突然又能卖出去了呢？他没向营业员提出这个问题，他准备去问冯厂长，冯厂长应该是清楚的。

当他走近冯厂长办公室的门，他犹豫了，他没必要这么急着去问冯厂长，让冯厂长觉得他是来邀功的。

他现在最关心的是，冯厂长说衣服卖出去后，给自己提成 10% 的承诺能否兑现，如果兑现的话，为什么到现在不提他的销售业绩。半个月后，也就是他在这里上班 5 个月后的一天，女出纳史倩请他到财务室去一趟，递给他一个鼓鼓的牛皮信封，告诉他收钱后写个收据交给财务室做账。余二月似乎明白了什么，他打开信封，里面装了厚厚一沓人民币，他正准备问是什么钱，出纳用食指在自己的嘴上竖起，意思是不要声张。他数了数，19306 元，然后出纳开了一张收据，要余二月签了名。接着说，冯厂长要余二月去他的办公室一趟。

余二月高兴得快要飞起来了，但他控制着，他不能当着同事的面这样张狂。冯厂长见到他，一如见到他第一天来报到那样地开心，说道：这千余条套裙销售得差不多了，除了先前卖出的 20 套，又卖出了 965 套，共计：275800 元，除去给商场 30%的提成，纯盈利 193060 余元。最重要的是，将厂里的这些压货卖了个好价钱，真的是不容易，我说话是算话的，给你 10%提成，19306 元钱，希望你再接再厉，取得更好的成绩。

但余二月心里的那个疑问始终得不到解决。冯厂长笑了，他说，你是个聪明人，怎么会想不到呢？这套裙是什么季节穿的，是春秋呀，那个时候还是夏天，这套裙穿在身上合适吗？

经冯厂长这一点拨，余二月茅塞顿开，是呀，这简单的道理自己为什么想不到呢？经验呀，还是经验，难怪冯厂长不急不躁。

然后冯厂长话锋一转：你现在是我厂的正式职工了，给你开的工资也不低，所以你要为我厂奉献你的全部才智，如果做得好，我会提拔你。

第十章　世事难料　意乱情迷

第一节

初秋是美好的，余二月的回忆叠加着，演绎着。今年的初秋他在深圳。他很想念妻子和儿子，他将这一切都倾注在了信纸上。云朵每月能收到丈夫寄往家里的3000元，这数字顶得上武汉普通职工好几个月的工资，又看到这一封封书信，她觉得她的丈夫真的是世界上最好的丈夫，她是世界上最幸福的女人。

华灯初上，余二月向着繁华的闹市走去。

余二月听同事讲，深圳有很多的夜总会，是释放愁绪的地方。同事说这话时“咯咯”地笑了两声，他隐隐感觉到夜总会的神秘，因此，余二月不好意思向路人打听夜总会在哪。余二月慢悠悠地走着，不知走了多久，夜更喧闹了，耳边飘来熟悉的乐曲，这乐曲他太熟悉了，也太遥远了，音乐老师麦谷丰就爱弹奏这个曲子，那时他只感觉这个曲子怪怪的，跟平时上课时的歌曲有很大的区别，仿佛从天边飘来，伤感得很。

余二月有点蒙，他揉了揉眼睛，原来自己来到了一个酒吧附近，音乐就是从这酒吧里传出来的。他听说过酒吧，觉得就是喝酒的地方，而眼前的这所酒吧，不仅规模大，感觉还有点奢靡，这不会是夜总会吧？

余二月不好意思走近，仰起头，看见一对一对的男女挽着手走进，同时也看见单身的男人摇摆着进出。他的双脚不由向着酒吧走去。

门口的女服务员客气地对余二月躬起了腰，妩媚地说了一声：“欢迎先生的到来！”余二月头都不敢抬，径直往里走。这感觉真好。

“先生，你是要包间吗？你是一个人，还是等女朋友？”女服务员紧跟两步问。

“我只想喝杯酒，今天工作太累。”余二月觉得这样说，可以缓解自认为有点尴尬的处境。

“需要包间吗?”女服务员又小声问。

“包间是什么?”余二月不知怎么问了这一句，突然感觉自己显得太土，便问，“什么样的包间?”

女服务员说：“看来先生是第一次光临酒吧，包间不贵的，有酒，什么样的酒都有，有吃有喝，唱歌娱乐都行。”

服务员说着便领着余二月上了二楼。经过嘈杂的一个个包间，服务员边走边说：“这些都是包间。”然后推开了一间：“先生，这间行吗?”

一股淡淡的香气飘进余二月的鼻子，15 平方米的房间，一排沙发，中间一个圆木桌，在摇头灯的光线下，隐约看到如豹纹一样的纹路，看上去既平实，又显高雅；沙发对面墙上挂着一个屏幕，就像露天电影院的那种。他感觉这里不像喝酒的地方，正有点犹豫，女服务员说话了：“先生，你想喝点什么样的酒水?”

“你们这里有么样的酒水?鸡尾酒有吗?”余二月答不上来，情急之下，就突然冒出这么一句话。

“是要以金酒为基酒的鸡尾酒，如金菲斯、阿拉斯加、新加坡司令，还是威士忌为基酒的鸡尾酒，如老式鸡尾酒、罗伯罗伊、纽约，还是白兰地为基酒的鸡尾酒，如亚历山大、阿拉巴马、白兰地酸酒，还是以朗姆为基酒的鸡尾酒，如百家地鸡尾酒、得其利、迈泰，还是以伏特加为基酒的鸡尾酒，如黑俄罗斯、血玛丽、螺丝钻。还有以中国酒为基酒的鸡尾酒。”女服务员口若悬河，如唱歌报出了一串名酒。

“随便，都行。”余二月一句没听进。

不一会，女服务员拿着托盘进来，上面放了两个马天尼杯，杯的形状容易让人联想到女人的细腰：酒杯圆形底部，托着一个细而长的杯腰，上面托起一个漏斗状的杯子。余二月之所以知道这杯子叫“马天尼杯”，因为他在绘画时也研究过酒杯器具，他印象最深的是“吸血鬼”杯子，梨形杯身，从底部伸出一支玻璃吸管，然后扭着身姿向上延伸到杯口，这杯既可以吸又可以喝。托盘上还有一瓶鸡尾酒和瓜子糖果等。

“这是原装金菲士鸡尾酒，不需要再调制，20 世纪初开始流行于美国，具有碳酸饮料般的刺激感，香气浓烈，更易入口。”女服务员停顿了一下，见余二月只是看着她，然后又说，“对于工作之余想喝一杯放松一下，或背井离乡的人来说，金菲士鸡尾酒是最好的选择。”

“你怎么知道我背井离乡？”余二月有点吃惊。

“你的普通话带有明显的南方尾音，说具体点就是湖北或四川一带的口音，属于同一个方言家族，即西南官话。我阅人无数，听一两句就知道了。而且你很寂寞，想放松一下吗？”女服务员像搞心理学的，一针见血看出了余二月的心情。

“我就是来体验一下生活的，放松一下，喝点酒就行了。”

“那好吧。”服务员从托盘上拿出一个开瓶器，“嘭”的一声，将酒瓶的铁盖开启了，然后身子微微向前欠起，左手握着瓶颈，右手托着瓶底向酒杯倒酒，倒到酒杯的2/3处停住。

余二月此时应该是无话找话了，他在努力压制不安的情绪，故作豪爽地说：“倒满。”他想鸡尾酒有多大的酒劲，就是红酒一杯，咱也要显得潇洒一些。

没承想他这个土包子什么都不懂，斟酒哪有第一次就给客人斟满的，又不是敬酒时的“感情深，一口闷”。服务员心里有数了，不屑地偷瞥了余二月一眼，好在摇头灯的光线那一刻正摇在别处。女服务员将账单甩在桌上，说道：“Bill。”

“么事？”余二月没听懂，一句汉腔普通话脱口而出。

“么事？”女服务员重复了一句，然后又明白过来，“账单呀！”说完，女服务员收住假笑的脸，将账单又推到他的面前。

余二月拿起账单，借着摇头灯的光线，上面一排一排写得清清楚楚，进门的时间（限定3小时）、酒名、零食、数量，还有包房的价格，共计人民币280元整。

余二月心里暗暗一惊，感觉有点贵，他晚饭都没吃，光喝这瓶酒加这点零食，对于他来说只能塞个牙缝。但他什么没说，付了钱。

他坐在沙发上，突然感觉无聊，这难道就是他想要的感觉吗？280元就这样白白地丢在这里，浪漫呢？快乐呢？他端起细腰酒杯，一扬头，酒杯见底。拿起瓜子，又放下，他没有一点胃口。

过了一会儿，门推开了，那个女服务员进来了，告诉他，3小时到了。

第二节

那一晚余二月没睡着。本想去酒吧释放一下内心的空虚，没承想内心更加空虚。

如果不是生活所迫他是不会背井离乡一个人来到深圳的。他突然特别想念妻子云朵，想念他的儿子，儿子还那么小，他就离开了他，他的心一酸，泪流了下来，他知道自己在骗自己，去酒吧不仅仅是喝酒，他太寂寞了，他想妻子云朵，想儿子，可他们不在自己的身边，他感觉自己像一个孤魂野鬼，在离乡千里之外的深圳打拼。他想，钱难道真的那么重要吗，重要得可以让人背井离乡？但他又一想，何尝又不是呢？从古至今的好男儿，哪个不是志在四方。是的，他要衣锦还乡，他要证明给世人看，一个孤儿能仅凭自己的能力打拼到深圳，他认为他是有价值的，当然，他是耍了手段的，比如那个假文凭，但话又说回来，任何企业，要的难道不是结果吗？只要给企业创造了经济效益，就是成功者，就是企业的救星。他要好好地工作，做出更多的成绩，他知道，他没有背景，没有钱，想在深圳这样一个人才济济的城市打拼，就得靠实力。幸福是建立在物质的基础之上。

每逢休息日，余二月去得最多的地方还是图书馆。在深圳这个大图书馆里，总能让他找到更新的服装设计方面的书籍，看到这些书，他的大脑就开始运转，他在书里寻找灵感，寻找设计的点子，这种灵感和点子如星星之火，是可以“燎原”的。

他散步的时候，还喜欢注意街上行人的服装，这已成为他的习惯，他不是想照搬这些服装的样式，而是想在这些服装上予以突破、创新。男人的服饰没什么翻新的，老一套。有一次他看到了一件似曾相识的衣服，他在公汽上，看见一个身材匀称，气质非凡的年轻女士正在街上行走，吸引他的是这个女人穿的连衣裙，蓝底小碎花，显得素雅而高贵，在傍晚的风中，裙子飘逸飞舞，越过白皙的膝盖，极具魅力，这让他想到了冯修漪妈妈的那条蓝色连衣裙，想起了他在汉阳棉纺织厂设计的蓝色花布，那花布曾让葛厂长对他刮目相看，提高了厂里效益。这一眼，又给了余二月一个启示，用蓝色花布设计连衣裙。虽然裙子的样式不会有什么花样的翻新，但他相信，色彩、花型是可以吸引人来购买的。

已至冬日，设计、制作、销售，一个个环节下来正好就到了初夏。面料的选择很重要。余二月考虑用乔其纱面料，然后适量用一点双绉面料，那适合初夏和夏末的季节穿。

连衣裙的样式，余二月仍然倾向于简洁。连衣裙最大的变化无外乎领口的设计，圆领是连衣裙的传统样式，具有其他样式领口不可取代的特点：美观、舒适，无论胖瘦都适合。如果换取尖领、方领也不是不可以，但不能作为常态领口的样式，很多人的脸型不太适合，没有圆领耐看、美观、大方。

余二月如此卖力工作是因为他知道，现在正处在一个市场竞争的时代，作为一个外来人，自己不努力，很快就会被淘汰，所以他要更加努力，要让冯厂长知道，这个厂有他这个人和没有他这个人是不一样的。他要在这里站稳脚跟，实现他对云朵的承诺：将云朵和儿子接到深圳来。

他将这个想法跟冯厂长说了，冯厂长没有表达过多的看法，只说了一句："我只看结果。"至于结果的好坏，冯厂长也没说奖励，也没说惩罚，这反而使余二月的心宽松了许多，他并不奢求什么奖励，他只希望能做出一点成绩。

临近春节了，他离开家已经快一年了，他想念妻子云朵，想念他的儿子，但为了事业，更为了全家人的幸福生活，余二月这个春节不打算回家过年了。因为厂里规定，春节七天有丰厚的加班费，他如果春节不回家，在厂里加班，加班费比他一个月的工资还多。

他心无旁骛，在春节这个阖家欢聚的日子里，他将全部的精力都投入到连衣裙的设计之中。推翻再设计，修改，再修改，为设计出既简洁大方又不落入俗套，既耳目一新又大气高雅的款式，他几乎使出了他全部的才气，终于，一款在他看来落落大方的连衣裙设计出来了。

一晃到了 4 月。深圳的 4 月不像武汉乍暖还寒，这里早已是艳阳高照，暖风拂面，夏意渐浓。

余二月设计的连衣裙大批量地做了出来，足有千余条，标价 158 元。各大商场在"伊人行服装责任有限公司"专柜前，打出了这样一个醒目的牌子："伊人行品牌之二——蓝色海洋"。

多么富有浪漫气息的名字。

余二月每天下班的第一件事，就是往各大商场跑，去看他的杰作。

商场人来人往，“伊人行服装责任有限公司”专柜尤为显眼，蓝色碎花连衣裙如蓝色海洋，仿佛一朵朵浪花在向人们致敬。服装人体模型身着蔚蓝色碎花连衣裙，射灯以倾斜的角度照在连衣裙上。但凡女人，无论年龄大小，只要从这儿路过，均会停下脚步，有的看一看，用手摸一摸，有的试一下，有的嘴里赞赏地说一句：“真有特色！”然而，那天晚上他在不远处观察了两个来小时，看的人多，试的人也不少，没有卖出一条。但有了上一次的经验，他并不慌张。

第三节

余二月每天将自己关在设计室，看书、钻研，下班吃过饭后又回到设计室。有时实在坐不住了，就往图书馆跑，他想在文字中找灵感，在图片上找灵感，他希望自己设计出来的服装要比厂里的其他几个设计师要强。其实就这一年多的情况来看，他确实做到了，他将公司解救于困顿之中，那些卖空的吊带裙就是最好的见证。

等待是一种煎熬，好在余二月很自信。这次他不想经常往市场跑，他想该有的就会有，不该有的跑也是白搭，他只想等待好消息传到他的耳朵里。

一天，饭堂里，他走近销售科齐科长，在同一桌上客气地与他寒暄，可齐科长就是不提余二月设计的“蓝色海洋连衣裙”。眼看两人饭盒在谈笑声中都要见底，余二月冲口问了一句：“齐科长，那连衣裙卖得咋样？”

“哪个连衣裙？”齐科长问。

余二月正要补充，齐科长像猛然想起，说道：“哦，就是你设计的那堆‘蓝色海洋’啊，哦，嗯，还行，卖出去了300多条，不温不火，成本应该回来了，不过明年再上市卖一下，应该有赚头。”

销量没有达到余二月的预期。市场竞争那么激烈，尤其在深圳这样一个前卫城市，什么都需要超前，余二月的心理压力越来越大。他又想到了放松，想起酒吧的酒杯和酒杯里的鸡尾酒，如果能一醉方休，什么烦恼都没有了。

不，要去就去夜总会。他太讨厌酒吧那个不讨人喜欢的女服务员了，那双眼睛，那不屑他的眼神。

余二月已经知道夜总会在哪里了，那是在图书馆看书时，他小声问身旁也在看书的一个小伙子，他是这么问的："不好意思打扰一下，我爱好文学，发表了不少文学作品，我正在写一部长篇小说，涉及夜总会的话题，我想亲身体验一下，你知道深圳的夜总会在哪儿吗？"

"夜总会在深圳这样一个开放城市那就很多了，就是一个娱乐的地方，人们喜欢到那儿去消遣，看看电影，喝点咖啡，唱歌等等，也是很多外来打工族喜欢去的地方。"

外来打工族喜欢去的地方。我不正是这样的人吗？余二月心里像得到了救赎一样。

小伙告诉了余二月一家名叫"欢乐颂"的夜总会的位置。

晚上，华灯初上，余二月将自己整理一番，便踏上了他想象中的浪漫之路。

"欢乐颂"在一闹市的拐角处，欧式风格，立柱高耸，装饰华丽，灯光迷离。一股香气从刚踏入门的那一刻起，便向人涌来，如清流中裹着的果香，而后又像柠檬水被烟草香熏过的糖果甜，让人玩味。这样的香气，是这家夜总会的特色，客人们习惯地称作"夜来香"，据说自开业以来，但凡来到这里的人，都会被这种气息吸引，一次又一次地光临。

余二月也不例外，当他犹犹豫豫地还没踏上台阶几步，淡淡的香味就飘进了他的心脾，是那种让人蛮舒服的香，他从来没有闻到过，嘴巴咂巴了两下。他加快了上台阶的脚步。

服务员毕恭毕敬地问他需要什么服务，余二月没有理会，因为他的注意力被沸腾的音乐声和叫好声吸引，这声响是从离大门不远处的演艺大厅传出的，他走了进去，站在人群中观看演出。

让余二月感到兴奋的是，在夜总会看了一场演出居然没收他一分钱，是免费的，于是他想，只要白天累了，情绪不好了就到这里来，这还真是一个休闲的好地方。

几天后，余二月又来到欢乐颂夜总会。

欢乐颂夜总会确实很大，这里还设有清吧，以轻音乐为主，比较安静，他走进了清吧。

清吧，一如它的名字一样，地面、墙壁、餐具、器具和桌椅洁净光滑，在组合灯的照耀下泛出银色的光芒。

这里有一个小型乐队，由鼓手，吉他手，小提琴手组成。还有两个调酒师，他们四十来岁模样，中等身材，身着白衬衫、黑色马甲和黑色西裤，打着酒红色的领带，表情沉稳，眼里含着喜庆，他们随着音乐的节奏在表演调酒，甩瓶、摇瓶，说白了，来清吧的客人，就是冲着这种氛围来的，享受着这份悠闲。有些单身的人也爱往这里跑，其中有不少失恋的人，他们独坐一隅，用轻音乐来驱散心中的烦闷。调酒师也很善解人意，与他们有一句没一句地开着玩笑，用这种方式缓解客人郁闷的心绪。

调酒师为余二月调了一杯鸡尾酒，五彩的鸡尾酒一层一层，异常鲜艳，在他看来，仿佛在诉说着他缤纷的人生。

这样的酒是只适合欣赏的，余二月想。他端起酒杯，学着调酒师的模样来回摇晃着，要了两碟零食，他一层一层地喝着，感觉很新奇，不知不觉酒已下肚，却没有品出什么味道，这大概因为他的心思完全不在这里，他在想什么呢？他自己也不清楚，就是觉得空虚。

“再来一杯！”

站在一旁的女服务员随即从酒柜里取出一只酒杯，不是高脚的鸡尾酒酒杯，是一只上窄下宽圆肚形的酒杯，这种形态的酒杯适合盛白兰地酒，方便握持，借助手掌的温度来温酒。

夜深了。清吧里开始走进女人。她们静静地坐着，似在听音乐，也似在看男人。余二月的心绪开始有了一点波澜。他的眼神开始迷离，故作高深地瞥了一眼不远处的一个女人，然后又不经意地收回目光。

但余二月怎么也不可能真正将目光收回了。她的正对面是酒柜，各种高档酒琳琅满目，酒柜和酒瓶抹得锃亮，酒柜玻璃的光像镜子一样反射出来，他能清楚地看见自己，他正傻傻地看着酒柜。

女人来这儿干吗呢？也是来消费的吗？怎么不喝点东西呢？他侧过脸，正好与一个女人的眼睛对上。

“先生，需要陪酒吗？”

“噢，嗯。”余二月没有正面回答，他想，陪酒有什么意思呢？如果这个女人很能喝，几杯酒还打不住，那他得掏多少钱？他荷包里没带多少钱，总不能要对方掏钱吧。但他又有点按捺不住心中的寂寞，也想和人聊聊天，共度一个良宵。

这个女人看上去有二十七八岁的模样，脸上的脂粉擦得有点厚，以至在她笑的时候，眼角叠起了一点细纹，但五官清秀，是那种不让人讨厌的类型。女人坐到了余二月的旁边，要了一杯酒，举杯，和余二月碰了一下杯子，然后抿了一小口，将眼睛深深地看向他，说道："人生短暂，随遇而安，交个朋友。"

就是女人这一小口，让余二月的心放松了许多，看来这女人不是贪杯的那种人，如果仅仅交个朋友也未尝不可。

"谢谢!"余二月礼貌性地回礼道。然后将两碟小零食推到女人面前："请用，不客气。"

女人的眼睛一刻也没有离开过余二月的脸，眼神变得轻飘，然后抽出一支香烟："小哥，抽一口。"

"不会，谢谢!"

轻音乐如水般在清吧里流淌。余二月的心情亦如这荡漾的音乐。

"小哥在哪里高就，妻子呢?"女人看似随意地问，眼神却充满了诱惑。

"没有。"余二月自己都不知道为什么会这样回答，他的脑袋有点蒙。

女人端起酒杯，头一仰，那杯酒全倒进了肚皮。然后叫道："再来一杯。"

她端起酒杯，在余二月眼前晃了两晃，说道："宝贝，我们来个一醉方休。"说完，一只手搭在了余二月的手背上。

那是一只细嫩洁白的手，像玉笋一样，十指圆润溜长。余二月若无其事地望向对面的酒柜。酒柜玻璃的反光仍然像镜子反照着他，也反照着这个女人。他盯着这一对有点滑稽的面孔。

突然，余二月看到酒柜反照着的另一个女人的脸庞，余二月像被电流击中了一样，浑身开始战栗，尤其是腿，抖得像筛子，因为他从酒柜玻璃看见了一张让他惊慌失措的面孔，这面孔足以让他窒息。

不可能，怎么可能是她——我的云朵。

他迅速推开那只手，一把将女人掀翻在地，女人尖叫了一声，他毫不顾及。但他不敢回头，他用一只手撑住额头，挡住自己的一只眼睛，用另一只眼睛望向对面酒柜里的那张脸，没错，就是他的云朵，她此时正坐在他身后的那条长沙发上，正死死地盯着酒柜前的他，眼里满是痛苦。

我的云朵怎么会在这里，我的云朵可能还没认出我，否则她会上前与我理论，甚至撕扯的。

《彩云追月》的旋律响起，乐队手们也随着自己的演奏在轻声哼唱：

弯弯月儿夜渐浓
月光伴清风
月色更朦胧
倒映湖中她面容
柔柔身影中
点点相思愁
月色似是旧人梦
遥问故人可知否
心中望相逢
唯有请明月
带走我问候
彩云追着月儿走

对于夜总会来说，这样的事情可是见怪不怪了，如同电影《泰坦尼克号》中即将覆沉的船上的小提琴手们，他们专注的永远只是他们应尽的那个本分，这是一种职业惯性，也是职业的操守。

清吧经理听到动静，慌忙从酒柜后面跑过来问情况。余二月说：“我只是来听音乐的，我又不是来买春的，这个女人的手为什么要搭在我的手上。”他故意将声音说得很大，他是想让坐在他后面沙发上的云朵听到。

“哦，这个呀，我们这里的小姐姐只是喜欢你而已，没有别的意思，也就是想陪你喝酒，助助兴。如果不喜欢小姐姐，你自个儿慢用，你慢用，呵呵。”清吧经理故作轻松地说。

这样一番操作下来，余二月的心稍稍平静。接下来他该做什么呢？对，起身走，不回头地走。他不想让云朵知道他看见她了，那样的话，他先前的事等于白做了。

当务之急，就是走，走出这里！

他走出清吧，走出夜总会，他左拐，向前，向公共汽车站的方向走去。他想云朵一定会跟随，他会装着突然遇见一样，然后就是惊讶、高兴，询问她：儿子带来了吗……

不到三百多米的路程，他走得很慢，像走过了半个世纪一样。到了车站，他也不东张西望，假装望着汽车来的方向，也就是另一方向。一辆、两辆，他要乘坐的公共汽车已经走了三辆，也没有听见云朵叫他。他的头扭向夜总会的方向，只有路上并不太多的行人，天上稀疏的星星，驶过的一辆又一辆各路公共汽车，他没有看见他的云朵。

云朵到哪里去了，在这样一个夜晚，这样一个对她来说陌生的城市，她能上哪儿去？她明明是来找我的，而且她把我的行踪都摸得很清楚了，她已经跟到夜总会来了。他后悔不该来这个鬼地方，但后悔已经没有用了，他现在要做的事情就是要找到云朵。

但新的问题又来了，如果他找到了云朵，云朵会问，你怎么知道我来了，你怎么知道我跟踪你到夜总会了，那么云朵只有一个答案，那就是，你看到我了，看见我看到那个女人摸你的手了，于是你装作很气愤的样子，你就演了那出戏。

余二月的脑袋蒙了，但事已至此，什么都不需要考虑了，找到云朵才是关键。

余二月跑回到欢乐颂夜总会。里面还是有三两个女人，有的正笑嘻嘻地陪着男人喝酒，有的独自坐着，眼睛却瞅着独自喝闷酒的男人。而那个曾坐在余二月身后长沙发上的“云朵”却不知去向，这使余二月更加焦虑。他走向酒柜，小声问清吧经理，刚才坐在长沙发上的那位女士上哪去了？

“你要找她。”说着，经理指了指桌旁正笑嘻嘻地陪着男人喝酒的那个女人，“刚才坐在长沙发上的是这位小姐，她是专门陪客人聊天喝酒的。”

余二月望过去，猛地一看，这女人面相还真像云朵，包括眉宇间的神韵。但她绝对不是云朵，这女人要年轻一些。先前或许是因为酒柜玻璃有点变形或反光的原因，面相就跟着走形，而恰恰是这点走形，余二月才把那个人误认为是云朵。

不是云朵，余二月有些失落，但更多的是庆幸。

第四节

那天在夜总会的心惊胆战，转眼就被余二月抛到九霄云外。

在深圳上班，受人尊重，工资不低，还是自己热爱的工作；春夏之夜，偶尔到海边去感受海的广阔、深邃，疏解心中的郁闷。更有那夜总会的迷离，余二月的个人生活渐渐变得丰富而多彩。而远方的那个家就是他坚实的后方，那是他疗伤的港湾，两处地方他可以自由来去，他完全适应了这样的生活，没有内疚。他将工资的大部分都汇给了妻子，那是她那座城市享受不了的待遇，他认为自己尽到了作为丈夫和父亲的责任。

他偶尔会想起那只玉手，那轻轻搭在他手背上的那个女人的手，自己曾那样粗暴地将她推翻在地，她什么也没做错呀，来清吧喝酒的人，难道不是来寻求安慰吗?

他觉得他当时的这个举动就像一个疯子，他好想去向这个女人道歉，对她说声："对不起!"

对于人来说，最真实的东西就是自己的感受，他认为，自己还算年轻，为何不能遵循自己的内心去潇洒地走一回。

但他没想过，只要人的意念一动，一切都可能土崩瓦解。

一个春夏交替的晚上，煦风吹拂，余二月又来到欢乐颂夜总会里的清吧，居然有点久别的味道。还是醉人的乐曲，慢悠悠的曲调，他也慢悠悠地走了进去。这次有两对男女在窃窃私语，其中一对不知说了什么，发出一串大笑声，然后是酒杯的碰撞声。余二月被这一场景触动，心态更加放松。

余二月仍然坐在了那个U形台几旁。一位年轻的男服务员立马走了过来，恭敬地问他需要用点什么。

"来一杯威士忌。"其实他是想要一杯鸡尾酒，可能是平日不喝酒的缘故，一时很容易将酒的名称说混淆。

威士忌上来了。

服务员准备开启酒瓶，这时突然伸出另外一双手，拿过酒瓶，熟练地将瓶盖的锡纸撕掉，将瓶盖拧开，拿起酒杯，又突然像想起了什么，对服务员道："再拿一个酒杯来。"

这是一位看上去二十七八岁的女人，口红、眼线，粉黛尽现，尽管穿着比较时尚，但还是透着一丝乡土气。她左手拿起酒杯，叉开右拇指，其余并拢，掌心贴于瓶身中部，然后右手大臂呈 90 度角，妖娆的身体略往前倾，再将酒倒入酒杯中，一一斟满。太有韵味了，有点像舞台上的魔术师表演。余二月的眼睛一刻也没有离开过女人的手，就是这只手，有如玉笋一样，在女人与他“干杯”的那一刻，他的眼睛更是盯紧了那只手。他一个激灵，有点控制不住地喊了一句："是你!"

“我怎么了?”女人惊愕地问。

女人根本没有认出余二月，连那天晚上的事她可能都忘了，那一巴掌下去到底有多痛，她可能也回忆不起来了。在这里工作，类似的事情她已经见怪不怪，承受和忍耐恰恰是在这里工作的人赖以生存的本事。

威士忌真是一款奇特的酒，属于上等烈性酒，喝起来口感醇厚，芬芳四溢，回味无穷，有着香草、干果、焦糖和烟草的味道。而余二月只顾着看女人的双手，以至于无心品鉴这瓶威士忌。

接下来就是喝酒、聊天。余二月似乎忘记自己是在酒吧，忘记与面前这个女人聊天是要付钱的。

很多时候喜欢一个人是不需要太多的理由，对方一个动作，一个眼神，或者身体上的某一个部位就会把你吸引，这些说不清道不明的感觉应该就是人们常说的“缘分”。

这个女人名叫詹琪，今年 28 岁，未婚，已经在这个夜总会工作 6 年了，这个夜总会刚成立不久，她就到这里来谋生活了。

每个人的人生轨迹，均是一本独特的书，当你读了，你就会理解其中的故事。

詹琪是农村出来的。她的父母都是农民，她和爷爷一起生活，后来爷爷老了，轮流住在父亲和叔叔家，她上面有三个哥哥，下面有一个弟弟一个妹妹。她的父亲天生患有耳疾，雷响的声音才能听到一点点，因此任何人跟他说话都要贴近他的耳朵大声地叫喊，这大大影响了他与人的沟通，也让村民看不起这个家，她的母亲在她 12 岁时去世，日子过得那真叫一个穷啊。

她的哥哥一个一个都到了娶媳妇的年纪，由于家里穷，哥哥又都没有读什么书，没有哪一个姑娘愿意嫁到这个家，大哥因此受了打击，在家什么都不干，整得家里乌烟瘴气。因此在她还未完全成年的时候，父亲就动员她和村里的男人订了婚，想以此拿到一笔订婚钱，给哥哥娶媳妇。

村里的男人都穷，也没文化，詹琪知道，如果早早地嫁了这样的男人，换不回来几个彩礼钱，她的人生也由此葬送，永远待在这个山区里生娃、务农，过着牛马一样的日子，这是她早就预见到的事情，她决不走这条暗无天日的路。

这个家詹琪是一天也待不下去了，她向往广阔的世界。

正好那时下海浪潮汹涌，詹琪怀着美好的憧憬，和村里的几个女孩被人带到了深圳，但这些只有小学文化甚至文盲的女孩，到深圳茫然了，尽管有熟人介绍像样一点的工作，但都因文化低胜任不了而作罢，只有理发、保洁、家庭保姆等工作等待着她们。于是有的女孩去了发廊学理发，有的做起了保姆，詹琪却自恃清高，认为自己长得比她们漂亮，有优势，就来到夜总会工作。

尽管詹琪不会歌舞，也没有其他特长，但她身材苗条，皮肤白皙，五官还算秀气，嗓音甜美，憋着一口方言普通话，让经理听着不但不反感，反而觉得新鲜，别有韵味，于是就将她留了下来。

青春是无价的。这里工作的女人是踩着时间在过日子，她们想时间过得慢一点，再慢一点，青春是她们唯一的筹码，这种胆战心惊只有她们自己才能感受。

余二月在夜总会看看节目，唱唱歌，他只想放松一下自己，但他还是觉得和詹琪在一起更快乐一些，一边品酒，一边聊天，那种微微的醉意，在酒香四溢中酝酿成一种浪漫，又在朦胧中，将对方幻化成快乐的源泉。这种由感官和想象共同作用的结果，加深了他对这个年轻女人的迷恋。

这就是特定的时间，遇见了特定的人。

詹琪很想有一个家，她知道她的这种职业是在消耗自己的青春，泯灭自己的单纯和善良，她无时不在寻找机会能嫁一个靠得住的男人。余二月无疑是她最理想的人选，有文化，有技术，长相帅气，虽然有家庭，有老婆，有孩子，但这并不影响她的追求。她认为自己有优势，她比余二月的老婆年轻，会讨他欢心，她有信心将这个男人把玩在手心，尽管男人常常是逢场作戏，但她认为大千世界无奇不有，她要抓住每一次可能的机会。

于是她不计较余二月能给她多少小费，她巴不得余二月不给她小费，这样，他俩的关系就发生了质的变化。

詹琪的出现，填补了余二月精神和肉欲的空虚，他进入到了一种如痴如醉的状态。

又一个春节到了，余二月无论如何要回家去看望妻子，看望儿子，儿子是他的血脉，他不像自己原生家庭的亲人那样，无视亲情，在他还未来深圳工作之前，他可是视自己的儿子为全部的，他所有的努力都是为了儿子。这个儿子是他和他所爱的人云朵所生，在他看来，这个儿子身体上的每一处都是值得让他去珍藏和奉献爱的。去年春节为挣不菲的加班费他没有回家，在后来的日子里，他心里时常内疚，觉得对不起妻儿，想再多寄一点钱回家，想早点与妻儿团聚。

但有句话叫计划没有变化快。现在余二月同詹琪厮混在一起了。詹琪为了获得余二月的尊重，离开了夜总会，可重活她不干，技术活她不能胜任，一时间无法找到一份适合她的工作，这就意味着她要靠余二月养着。

第五节

与妻儿重逢的时刻要到了，余二月满心期待，嘴里不由得念叨着："两年没见儿子了，一定又长高了，和我这个当父亲的不会生疏吧？呵呵！妻子也辛苦，她一个人带着我们的儿子，她还有自己的工作，唉！真的是不容易！"

余二月完全没有注意到詹琪的感受，自顾自地想着回家后的情景。

詹琪根本谈不上有什么修养，这与她那双玉手形成了较大的反差，如果光看她这双手，对方一定认为她是一个养尊处优的人，一个受过艺术熏陶的人，但只要她一开口，总会在某句话上露馅，不论她如何小心掩饰。

"'她一个人带着我们的儿子！'这话是说给我听的吗？我也可以给你生一个儿子，生几个都没问题，我比她年轻，年轻就是本钱，她再过几年就要成黄脸婆了，有什么值得留恋的……"詹琪从没在余二月面前挑明她想嫁给余二月的想法，她不敢，她知道自己的身份。但这是一个绝好的机会，她一股脑地将心里的话都说了出来。

“我俩只能算是红颜知己，我不能对不起我的妻儿，我不可能离婚。”听了詹琪的话余二月吓得赶忙说道。无论两人是如何如胶似漆，他从灵魂里是厌恶她先前的工作经历的。

余二月的态度詹琪是有心理准备的，这在她的预料之中。詹琪再无下言，气哼哼地想憋出几滴眼泪引来余二月关心，可就是憋不出来。嫉妒、羡慕、悲愤、痛苦，在这一刻全都涌上她的心头，这种触摸得到，但永远得不到的爱让詹琪有如刀割般的心痛，她不甘！

“亲爱的，今年的春节你能不回家吗？我今年都不打算回家，你就陪着我吧，我求你了！”詹琪的声音抖动着。

“怎么可能，你不要想多了！”余二月有点不耐烦地说。

“我是真心爱你的，我不想这样不明不白地和你在一起，我也想有一个家。”詹琪说这话时声音很小。

“你烦不烦呀，你如果这样我们是相处不长的。我早就跟你说了，我有一个家，我很爱我的妻子和儿子。”余二月用力扳开詹琪拥抱着他的双手。就在这时，他想起了自己曾经推她的那一掌，那一声尖叫，他的心突然柔软了下来。

女人都是感性动物，无论身份如何，这种骨子里的基因时刻都体现在言行举止中；而男人是理性动物，虽然易冲动，但关键时刻却分得清孰重孰轻。

余二月要回家探亲的头天晚上，詹琪突然在余二月宿舍歇斯底里：“明天你不要回去，我求你了，我把我这6年的积蓄全部拿出来，我除了每月寄一点钱回去，我自己没花多少钱，我手头还有20多万元，我俩结婚吧，我爱你，我是这样地爱你。”

余二月被感动了。他一把将她揽入怀中，用手不停地，慢慢地拍打着她的后背，抚摸着她的头，居然言不由衷地说了这样一句话：“不急，慢慢来！”

“不急，慢慢来！”这本是一句安慰的话，却带给了詹琪希望，她多想体面地做一个女人，做一个贤妻良母。她激动得涕泪横流，伏在余二月的肩头小声地，不停地讲述着她对他的爱。

余二月可能是太累了，很快地睡着了，梦里回到了妻儿身边，他的嘴角挂着笑容。他居然说梦话了，含含糊糊地："欢欢，我的儿子，爸爸唯一的儿子。云朵，我的妻子，我这一生唯一爱的人……"

话说得很含糊，但詹琪是听真切了，句句扎心。她捂着脸，嘤嘤地哭，还把余二月的美梦给搅醒了，但他自己在梦中说过的话，他一点也不知道，他的脾气一下上来了："哭什么哭，半夜三更的，真的是莫名其妙。"看着詹琪这副模样，他从心底反感。

"啊，你骂谁呢？我告诉你吧，我怀上了你的孩子，已经4个月了，我要将这个孩子生下来。"

"你说什么？！你在胡说！"

"我胡说？你等着瞧，你如果甩我，我告你，我告到你厂里去，我告你乱搞男女关系，我会让你在这个单位做不成。"詹琪说到这里冷笑了两声又说，"我会成全你，让你高高兴兴地回家和你的妻儿团聚。你走着瞧！"说完大声哭了起来，分不清哪是鼻涕哪是眼泪。

在这节骨眼上，余二月真的是害怕了。他的语气缓和了下来，说："别开玩笑了，再过一会儿都要天亮了，我上午9点深圳到广州的火车，还要转乘从广州到汉口的火车，我在火车上要坐二十多个小时，一切等我回来再说。"

"我还要等你回来，等你回来黄花菜都凉了。"

"那你要我怎样？"

"我要你今天别走，我肚子里的孩子是你的，我们需要你的陪伴！"

"天哪，你疯了，你在说梦话！你这个无赖！我今天是看清你了！"

"你敢骂我无赖，我要把我肚子里你的孩子生下来，我要和你结婚！"

詹琪将心中的怨气一股脑都发泄了出来，却留给了余二月挥之不去的恐惧。他此时非常痛恨自己被这样一个无赖缠上了，但他还是不太相信詹琪怀孕了。

余二月赶忙看向她的肚皮，詹琪的腹部确实已经微微隆起。他明白了，他已经被眼前这个女人盯上了，他现在必须要解决这个棘手的问题，不能激怒她，付出再大的代价都行。

"好，我答应你，这个春节我不回家了，我马上去把票给退了，我陪你过春节。”余二月说这话时是咬着嘴唇说的。

“啊，亲爱的你太好了，你对我太好了，只要我能跟你在一起，你要我怎样都行。”詹琪“扑哧”一笑。余二月厌恶地皱了皱眉。

第十一章　因果相依　再难回首

第一节

春天就这么来了，万物复苏，余二月的心却死气沉沉。

妻子云朵在家准备了很多年货，儿子欢欢整天对妈妈高兴地喊着："爸爸要回来了，爸爸要回来了！"儿子今年七月份就要从小学毕业了，期末考试在全班排名第二，还拿到了三好学生的奖状，儿子说他要把奖状拿给爸爸看。云朵告诉儿子，你爸爸说了，他在深圳赚了钱，在深圳站稳了脚跟就把我们娘儿俩接到深圳去，现在你爸爸在那里干得很好，我们有希望到深圳居住，我们一家再也不会分开了。

那天，云朵的屁股就像安了弹簧，怎么也坐不下来。两年了，丈夫马上要到家了。丈夫乘坐的是由广州开往汉口站的 K123 次列车，下午 4 点 20 分到达汉口火车站。云朵带着儿子下午 3 点就到了汉口火车站的出站口，云朵想起了两年前她送丈夫上火车时的情景，那时她多么不舍，她的心是痛的，她最担心的是这一别将是他们一家三口永远的离别，家庭的解体。

云朵想到这里笑了，觉得自己是庸人自扰。她一把将十二岁的儿子拥入怀里，仔细地看着，眼睛、鼻子都有他父亲的影子，还有那浅浅的笑意，她看着都有点醉了，她笑着，眼睛闪着光，她所有的笑意都从眼睛里放射了出来。

"妈妈，几点钟了？"儿子问。

云朵看了看手表，说："快 4 点了，火车再进站里面就有你的爸爸，他一定给你带了很多东西，听说深圳的蛇果很甜，又红又大，武汉人吃的蛇果，听说都是从深圳那边带过来的，好贵哟！"

娘儿俩说着说着，时间就要到了，娘儿俩站在出站口的正中央，只要旅客出站，没有一个人能逃过他们的视线。

云朵想过一百遍，余二月一定归心似箭，一定走在其他旅客的前面，他一定很想儿子欢欢，她不知道他会如何地想念自己，但作为父亲，对亲生儿子的感情是毋庸置疑的。

“女士们，先生们，你们好！由广州开往汉口站的 K123 次列车已经到站，停靠在 6 站台。”

呼啦啦，不一会儿，人流从车站里涌出，旅客手里提着大包小包，更多的人推着旅行箱，个个脚步匆匆，眼睛滴溜地转，一定是在寻找来接他们的亲人。

云朵的心剧烈地跳动着，她在寻找向她和儿子奔来的那个男人，她期待着那激动人心的重逢场面，她无数次地想象着那热烈的拥抱。但随着出站口人流的渐渐稀少，她的心紧张起来，喉头干涩，儿子在一旁不停地问：“妈妈？看见爸爸了吗？”

“在后面，马上到了！”云朵喘着气说。

“妈妈，没有人出来了，我爸爸是不是坐这趟火车呀？”儿子焦急地问。

“是的呀，怎么没见到你爸爸呢？”她说这话时气管堵着，双腿发软。

“妈妈，打长途电话到爸爸厂里问一下。”

“春节都放假了，厂里总机没人。不急，我们等下班从广州到汉口站的火车。”云朵强装镇定地说。

“我爸爸发来的电报上清清楚楚地写着是今天的日期，他乘坐的是‘K123’次列车，是这个时间到啊！”已经 12 岁的儿子早已会独立思考了，他的话说得云朵心里更加慌乱。

“我们再等一班从广州站到汉口站的列车，说不定你爸爸搞错时间了。”云朵自我安慰地说。

几小时后，又一班从广州站到汉口站的绿皮火车到了，仍然没有见到余二月的影子，这一下，云朵几乎要崩溃了。到哪里去找她的丈夫，儿子的父亲，没有电话，叫天天不应，叫地地不灵，今晚这一夜该如何度过，对于云朵来说，这种感觉就像是将她放在火炉上煎烤一样难受。

她决定带着儿子去一趟深圳，去找余二月。

第二天，云朵正准备到汉口火车站去买火车票，突然收到邮递员送来的电报：“云朵，单位突然安排我春节加班，春节不能回汉。”一股冷气从头凉到了脚，就像整个人掉到冰窟一样，她无法呼吸，这冷冷的一句话仿佛让她看到丈夫的脸，这张脸一哭一笑，在她面前变幻着，她想去拉住他，他呼的一下像一阵风从她面前消失了。

看着为了迎接丈夫回家，被自己整理得十分漂亮的家，她忽然觉得一切都变得没有任何意义，她气得瘫坐在地上。

儿子懂事了，他不停地安慰妈妈："爸爸工作忙，春节不能回家，说明他在那里干得好。春节过后你打一个长途电话到爸爸厂里，我也想跟爸爸通个电话。"

云朵晚上睡觉开始做噩梦，精神变得萎靡，她后悔当初不该答应丈夫到深圳赚钱，她想如果当初自己死死拽着丈夫，依他俩的感情，丈夫是会留下来的。两年，两年没有回家了，说得过去吗？他心里有我们吗？云朵陷在这个问题上了，越是这种时刻，她越想她的丈夫，这种不安的感觉在不断强化着，她痛苦极了。

好不容易熬到大年初七，云朵带着儿子直往电信局跑，她要打长途电话，她要亲耳听余二月的解释。让她万万没想到的是，打长途电话的人排起了长队，而且进去打电话的人半天才出来，像是想在里面过年一样，这让云朵十分想不通。要知道长途电话每分钟 5 角钱，对于这些每月只有几十元收入的工薪族来说是很高的费用了。

云朵从上午 9 点一直等到下午 3 点，接线员才叫到她的名字。等她好不容易拨通了工厂总机的电话，那位女接线员却给了一个令她失望的回答，因为是春节的第一天上班，厂里规定只上半天班，也就是说，她的丈夫现在不在厂里。

又一个闷棍朝云朵打来，她拿着电话的手迟迟忘记放下，直到电话那头不停地发出"嘟嘟"声才唤醒了她。

电话，电话，电话二字在云朵心里不停地重复。突然，一个念头闪现，何不自家安一部电话，这样随时都可以给丈夫打电话了。这个念头让她激动。电信局的工作人员告诉她，安一部电话需要 3000 元。3000 元，这个费用她完全可以承受，丈夫每月都寄给她 3000 元。

电话很快安装好了。

云朵一下振奋起来，电话就在她身边触手可及，仿佛她的丈夫就在身边一样。

第二天云朵的电话打过去了。总机话务员回复，设计室没有电话，总机室离设计室太远不好传电话。她连着几天在家打电话，每天得到的都是这样的回复，她恳求，她歇斯底里，最后话务员一听见她的声音就挂断。

云朵只得写信，在信里她呼唤丈夫回家，就是回家暂时找不到工作，她宁愿一家人吃糠咽菜。

信一封一封地寄去，言辞越来越激烈。余二月仿佛被两个女人架在火炉上烤，两个女人的步步紧逼，他只能就急眼前这一个。

“我这不是没回家在陪你吗？你不能太任性，你如果把你肚子里的孩子生下来，说是我的，我在这里就干不成了，还要罚我的钱，那么我和你就彻底拜拜了，这叫两败俱伤！”余二月耐着性子恳求他的情人詹琪。

“我就是要将你的孩子给生下来，我就是要跟你结婚，你玩弄了我！”詹琪说这话时，脸上露出形容不出的笑容，不知是得意还是幸灾乐祸。

“到底是谁玩弄了谁？”余二月听詹琪说是他玩弄了她，他气愤至极，脱口而出。

詹琪滚在了地上，她捶胸顿足，哭天喊地，并叫喊要与余二月同归于尽……

余二月想，绝不能跟这种女人来硬的，要稳住她。他马上上去扶起了她，小声地说：“你如果想跟我在一起，你必须将你肚子里的孩子打掉，否则我回了武汉，你就不能跟我了。”

詹琪像是喉头被骨头卡住了一样，顿时没了声。过了几秒她说：“只要你同意和我在一起，我可以把肚子里的孩子打掉。”

“那你什么时候去打掉你肚子里的孩子？”

“那你得给我一个保证，你写一个保证书，意思就是你要娶我。”

“行，我写。”

余二月心里想，保证书又不是法律文件，又不是契约，保证书只能算个屁。

“快写，快写，现在就写。”詹琪找出笔和纸递给余二月。

“我还有妻子，我怎么娶你，你这不是开玩笑吗？”余二月感觉像吃了一个苍蝇一样。

“你刚才不是说要娶我吗？”詹琪愤怒道。

“我是说跟你在一起。”余二月解释。

“那你的意思是说不打算跟我结婚了？那我就不打掉我肚子里你的孩子！”詹琪拍起了桌子。

“我跟你在一起不就算结婚吗？你怎么听不懂话呢？非要那一张纸，那不现实。”余二月故作认真地说。

詹琪在余二月的哄说下，也没让余二月写什么保证书，到一个小诊所做了人流手术，因为大医院要家属签字，而且各种检查纷繁复杂。

余二月长长地吁了一口气。

第二节

詹琪的纠缠，让余二月对她仅存的那么一点迷恋消失了。

每当静下来的时候余二月便有一种深深的愧疚，那是他对妻儿的愧疚，尤其是对妻子云朵。他时常想起在孤儿院时云朵给他送馒头的情景，那馒头弥漫着多少青涩的回忆。

余二月就是在这种纠结中过着每一天。有一天他实在想念妻儿了，他在厂里给家里打去了电话。那是一个星期六的晚上，当云朵听到丈夫声音的那一刻，她强忍激动的心情，说了一句：“是你吗？你还没死啊！”这句话包含了多少委屈和思念谁又能说得清楚。儿子抢过电话，当他一声“爸爸”传到余二月的耳朵里时，余二月哭了，他说：“欢欢，爸爸真的很忙，明年春节爸爸一定回家，就是厂里开除我，我也要回家，我也想你们啊！”

“爸爸，我要吃蛇果，听妈妈说深圳的蛇果很好吃，武汉这边还没有卖的。”到底是个小孩，欢欢高兴地说。

蛇果是苹果的一种，原产于美国，味道比苹果更甜，汁水含量更多，色彩更红更诱人，由于是舶来品，所以价格相比普通苹果要昂贵，在武汉市场很少看到蛇果销售。但儿子这小小的要求刺痛了余二月，因为他连儿子这么小的要求都没能满足。

“好，爸爸春节给你买很多蛇果回来。你要听妈妈的话，要好好学习。”

“妈妈去年春节期间骑自行车去买菜，被摩托车撞了，被撞断两根肋骨，住了一个多月的医院，手术和医疗费花了一万多，那个骑摩托车的肇事者跑了。妈妈单位的效益不好，只报销了几千元，所以我不敢在妈妈面前要吃的。”

“这么大的事怎么不写信或打个电报告诉我?”余二月大为震惊。

“妈妈说你在那里还没站稳脚跟，告诉你怕影响你的工作。妈妈说了，你只有在那里好好工作，站稳了脚跟才能将我和妈妈接到深圳和你一起生活。”

“站稳脚跟!”余二月心里一酸，妻儿还一直期盼着来深圳和他一起生活！他是说过这话的，也许在他承诺过的许多话中，这句话是最戳妻子软肋的。

如何才能站稳脚跟?他马上想到他设计的连衣裙，想起了销售科齐科长说过的话：“明年再上市卖一下，应该有赚头。”

现在不正是“明年”吗?

深圳的四月，花海已蓬勃，午后的阳光比武汉来得热烈，已有年轻的少妇和女孩穿起了裙子，他设计的“蓝色海洋”也已在各大商场和夜市闪亮登场，一个月的时间就卖出了几百套，这是余二月没有想到的，超越预期的销售成果让余二月兴奋。

余二月将这个好消息通过电话告诉了妻子，这更坚定了妻子支持他工作的决心和态度。云朵告诉儿子，你爸爸在那里干得特别棒，我们要少跟你爸爸打电话，也别再催你爸爸春节一定要回家，我们熬着，好日子就不远了。

其实，余二月已经买了一部摩托罗拉的手机，他怕告诉妻子，怕妻子不分时间给他打电话，搞得詹琪心里不爽，做出一些让他意想不到的事情，他现在需要的就是稳住她，自己站稳了脚跟就不怕詹琪闹了，解决了和詹琪之间这场闹剧，再将妻儿接到自己的身边。

当时，能拥有一部摩托罗拉的手机是让人羡慕的事情，一定程度上代表着身份和品位。的确，余二月也配得上这样一部手机，按照世俗的看法，他只用了两年多的时间，虽谈不上事业多么有成，但也算是步入了一个较高的层次，也算得上一个成功的人士了。于是他那颗稍稍安稳的心又开始蠢蠢欲动，他觉得，在深圳这样一个前卫城市，他并没有享受到什么物质和精神上的快乐。

詹琪为了和余二月今后有更好的生活，打好经济基础和他结婚，她又回到了夜总会工作，两个心思截然相反的人在一个屋檐下住下了，当然是在外面租的房子，余二月还没傻到将詹琪带回宿舍一起生活的程度，他知道，深圳再开放，人们的内心还是向往美好和纯洁的，他要在伊人行服装有限责任公司领导和职工面前树立一个良好的形象，不光成为一个好设计师，也要在别人眼里是一个好人。对此，余二月的内心是矛盾的，一方面他需要钱，所以默认了詹琪回夜总会工作，但他又从内心里看不起她的这份工作。

詹琪也想开了，只要能和余二月这样一个有才华的男人生活在一起，就是暂时不结婚她也可以接受。同时余二月告诉詹琪，他春节是要回家探亲的，一是他想念儿子，更重要的是要稳住他的妻子，因为现在他还没有在单位站稳脚跟，不回去的话，如果他的妻子来单位跟他闹，他在这里就干不成了，他要詹琪学聪明一点，这叫作缓兵之计。

无多少头脑的詹琪，听余二月这样一说也觉得有道理，就同意他春节回家探亲，也不再干预他每月寄多少钱回家。工作上，余二月也如鱼得水，冯厂长现在让他专门设计女士服装，尤其是夏装。冯厂长是有智慧的，深圳从 4 月份开始，天气就暖洋洋的了，而 10 月的气温，中午能冲到 30℃以上，11 月上旬仍有 27℃左右，在这漫长的半年时间的暖阳里，穿上连衣裙或再披件外搭是女性最好的标配。余二月设计的连衣裙现已销售完，这款连衣裙正在再次赶制中，葛厂长的脸也因此如盛开的花儿，无比灿烂。

一切都是那样顺利，“站稳脚跟”，成为余二月坚持走下去的理由。

时光又在四季轮回中不知不觉地走过了几年。三十多岁的詹琪身体出现了问题，人开始消瘦。刚开始她还很高兴，觉得自己越来越苗条了，此前吃饭还有点控制，现在可以放开肚皮吃，也不长胖，只是脸色有点暗，她并不在意。没过多久，她感觉膝关节疼。她先是忍着，觉得这是小病，后来发展到走路都受影响，才在余二月的陪同下来到医院做了检查，X 片显示她并无大碍，她在家吃药休息了几天，仍无一点好转。又过了一个多月，她开始拉肚子，她并没把这放在心上，以为是吃了什么不卫生的东西，她到药店买了止泻的黄连素、消炎药吃，但并不见效，发展到一天拉数次。不得已，詹琪又在余二月的搀扶下来到一家大医院做检查。

医生听了詹琪的自述后，建议她做了一个血常规检查，医生看完检查单里好多指标不达标。医生又仔细盯着詹琪看了几秒，然后问她具体做什么工作，她不太好回答，然后反问：“你问我做什么工作干吗？”

“这也是医生的职责，比如在煤矿、金属矿山等地点工作的人，就容易患矽肺或尘肺病。我只是举个例子。”医生解释。

“我在夜总会工作。”然后詹琪补充说，“我的医药费是报不了销的，不要乱检查。”

医生摸了摸她的颈子，看了看她的舌头，说道：“不全面检查，很难判断你到底得了什么病。”

然后医生开了一张抽血化验的单子，上面的英文符号詹琪不认识。几个小时后结果出来了，詹琪仍然看不懂，她拿给余二月看，余二月也没看懂，医生看了抽血化验单后，在詹琪脸上看了几秒，然后说，你家属来了吗？詹琪有点惊慌，这很像病人被查出绝症时医生常问的话。她怔了怔，然后说来了，指了指身旁站着的余二月。医院要詹琪回避一下。詹琪更慌了，问医生自己是不是得了绝症。医生没回答她，再次要她回避一下。

“你与这位患者是什么关系？”医生问。

余二月一时不知怎样回答，但他清楚，不能告诉医生他跟这个女人的关系，他清了清喉咙，说道：“朋友关系。”

“那叫她的亲属来，我不能告诉你。”医生严肃地说。

“什么病呀？绝症？”余二月问这话时心里居然掠过一丝喜悦，心想，终于可以不需要自己去摆脱她了，老天自有命数安排。

“不能告诉你，最好叫她的丈夫来。”医生严肃地说。

医生的话，把余二月的好奇心给彻底调动起来，他说道：“我就是这位女病人的丈夫。”

“那你也要去全面检查一下，抽血化验！”

“我，什么？我要做全面检查，什么意思？!”

“你妻子得的是艾滋病，而且已经到了发病期！也就是说，她已经是一个艾滋病人了！”

“啊！太可怕了，怎么会是这样？”余二月有些喘不上气，从大腿到脚尖都在抖动。

“不过最后还需要你妻子到疾控中心确诊。”

“您的意思是说，她还没有最后确诊。”

“有些话还要说得那么明白吗？难道我们这家大医院是吃干饭的吗？你也赶紧做一个抽血检查，如果也确认感染，就要吃抗艾滋病病毒的药物了。”

这时詹琪闯了进来：“你们说什么呢，搞得神秘兮兮的？”

余二月已经没有力气骂她了，一双仇恨鄙视的眼睛射向了詹琪，这让詹琪既恐惧又摸不着头脑。她疑惑地看着余二月，想从他的脸上看出名堂。

“你给我滚！滚回你的夜总会！”余二月说完，像一头猛兽一样冲出诊室。

第三节

“艾滋病”这三个字在余二月大脑里不停地打转。他都要疯了！余二月回到租住房，将詹琪的东西全部给扔在了门外，还在她的衣物上踩了两脚。然后“嘭”的一声，他将木门狠狠地关上，倒在床上，生不如死。

现在，他只有悔恨。

余二月想了一百种詹琪敲门时自己的反应，但唯独没想到詹琪会一夜不归。余二月打开房门，被他丢在门外的詹琪的东西全都没有了，他想一定是詹琪拿走了，这样想着，他的冲动平息了不少。

他现在恨死了詹琪，如果自己检查出来被感染，那毫无疑问就是被詹琪给传染的，因为除了詹琪，他在这几年里没有和任何一个女人发生过关系。

余二月完全陷入恐慌中。

他上班已经不在状态了，满脑子都想着自己是一个艾滋病感染者，满脑子都想着自己不定哪天发病，满脑子都想着自己发病时的惨状，而且宁死都不敢告诉自己的亲人、朋友自己得的是这种病。身体和精神上的折磨让他一下子沉沦了，他现在仿佛是一个真正的艾滋病感染者一样，每时每刻都在心里演绎着自己悲惨的结局。

他也不再为评职称讨好冯厂长。冯厂长曾拍着他的肩膀说：“好好干，到时让你挂一个副厂长的头衔，工资可以晋升两级。”那时他多感激冯厂长呀，他甚至为了这个梦想几次买上高档的烟酒去讨好冯厂长，冯厂长对他说的话也就更漂亮了。

现在一切都没有意义了，他也不需要在人前演戏了，在人生的航道上他也顺其自然了。

但顺其自然也不是那么容易的事情。服装设计是一项需要集中精力的创造性劳动，他却往往走神，先前的创作激情变成了一种负重，他还有几年要活，他没有勇气了断自己的生命，他还希望看着自己的儿子上大学，这是他此生没有了的心愿。大学，多重要啊，如果自己不是冒充名牌大学生的身份来应聘，连厂里的门槛都进不了。他还有好多愿望要实现呀，先前不觉得，认为时间还有很多，现在如踩在钢丝上行走，随时都有掉下去的可能。

近年来，市场倾向低迷，余二月设计的连衣裙也受其影响，这让冯厂长心里十分焦灼，他督促余二月务必设计出能冲破这种现状的连衣裙来，他又夸下海口，重复着上次对余二月说过的话，只要余二月让厂里扭亏为盈，立马晋升他为副厂长。余二月嘴上答应，心里更为烦躁。

余二月不得不整日抱着那些服装设计书看，去研究，凭着自己的灵气，终于做出几款设计独到的连衣裙，下至青春少女，上自七八十岁的老太，都能从中选出适合自己的款式。余二月将自己设计的图样拿给冯厂长看，然后向冯厂长展开了讲解，并描绘出厂里冲出困境后的锦绣前程。冯厂长的脸上终于露出了久违的笑容，然后向余二月再次重复着对他的承诺。

“赶制 3000 条，向银行贷款！”冯厂长的话掷地有声。

制衣紧锣密鼓，加班加点，20 多天的时间，3000 条连衣裙就赶制出来了。而当余二月看到他设计的杰作时，他蒙了，他拿起连衣裙左看看，右看看，他怎么也看不明白，他设计的连衣裙为什么尺码如此小，其中 1000 条的小号连衣裙，他怀疑只能给橱窗里的洋娃娃穿。怎么会是这样，他脸上的汗流了下来，不可能，怎么可能，自己设计的大中小号连衣裙都是为大人设计的，现在怎么会成这样，这是谁干的……

人真正气得要疯掉的时候，反而没有力气去骂人了，余二月找到裁剪班的班长，将连衣裙甩到他面前，质问他，这到底是怎么一回事?!

裁剪班的班长看到余二月的反应，一脸的惊讶，他说是按照你图纸的尺码裁剪的呀，我还以为你是为小朋友们设计的连衣裙，心想这样式还真别出心裁，大人样式，儿童尺码，可能是想要小朋友们穿出特色和个性，心里又想，厂里卖了好多年的大人连衣裙，现在你要改成为小朋友们做连衣裙了。

余二月暴跳如雷，连声问："这种尺码是我设计的吗?我的设计图纸呢?"

裁剪班班长也被他吼蒙了，他甚至怀疑是否是自己看错了尺码!他找来余二月的设计图纸，他瞪大眼睛看，再看，再看，拿到窗子下看，甚至拿起了放大镜看，没错呀，确实没错，就是余二月设计的这个尺码，大中小三个尺码，一个也没错!

余二月用蔑视的目光狠狠地瞪着裁剪班班长，然后夺过他手中的图纸，这时余二月的目光仍然在裁剪班班长的脸上。他将图纸抖了两下，仿佛要把自己的冤屈抖掉一样。不错，是自己设计的图纸!他的手像筛子一样抖动起来，看那字迹，那图样，分毫不差，问题出在数字上，统统小了30厘米!这不是我写错的，不是，一定不是!他拿着图纸对着窗外的阳光仔细看，这该死的笔迹，正是自己的，自己犯了不可饶恕的大错了。

这时不知是谁偷偷告诉了冯厂长这件倒霉的事情。当冯厂长看到眼前这堆黑压压的连衣裙时，他沉重而痛惜地"啊!"了一声，然后就重重地倒在了靠背椅上，冯厂长昏厥了过去。众人慌了，有的给他掐人中，有的给他按压心脏，还有一个职工给他做起了人工呼吸，还有一个人在慌乱中拿起桌上还有半瓶凉水的杯子，对着冯厂长的脸泼了下去，在一片"打120"的呼喊声中，冯厂长终于睁开了他的眼睛。他的眼前人影幢幢，突然，他清晰地看到了一个人影，那个让他寄托无限希望的人影，此刻他像魔鬼一样耸立在离他2米远的地方，他使出全身力气对他吼叫道："滚，你给老子滚出去，你赔老子的损失……"

冯厂长连珠炮式的猛轰，轰得大家惊慌失措，连连后退，担心冯厂长受刺激疯了。突然，冯厂长眼睛一翻，又昏厥过去。大家又一阵手忙脚乱，然后将冯厂长送上了赶来的救护车。

余二月被冯厂长开除了。

第二天，余二月提着简单的行李，工资也没结算就站在了深圳的大街上。他来时也是这样站在深圳的大街上，天空是那样的蔚蓝，他曾憧憬着自己的未来，把幸福都寄托在了这座城市。现在，正是这座城市，又将他从这里推上回程的路途，并让他带着满身的伤痕，带着洗不掉的屈辱，怅然地站在大街上，看着人来人往的车流。

这情景使他又想起他的大哥，想起大哥将他丢在大街上，他也是这样迷惘，仿佛迷惘就是他的宿命，他痛苦着，偌大的世界，何处才是他落脚的地方。他又想起他的奶奶，那个将他带回家的奶奶，而现在有人会把他带回家吗？他能回到武汉，回到那个一直在盼望着他“站住脚跟”后跟他一起到深圳生活的妻儿的身边吗？他现在已经不是原来的他了，他现在是一个没有工作，没有健康身体，不定哪天就会发病的艾滋病人了。他就是这样在内心笃定自己被感染上了那个不能启齿的病，他不能将这种病传染给妻子，他也不能告诉妻子他在深圳过的是怎样的生活，他心里的苦无处诉说。

第四节

余二月买了一大麻袋的蛇果，尽管他的身心极其疲惫，但内心却有一股力量，这一次他要好好地满足儿子的这一小小要求，因为他知道，深圳他是再也不能回去了。

汉口火车站到了，已经是晚上 8 点多钟了。他突然觉得自己不知该往哪儿去，他该如何向妻子解释，他该如何做一个丈夫。

他拿起手机，放下了，又拿起，还是放下了，就这样不知来来回回地拿起放下了多少回，最终他还是没有勇气去拨通那个他生命中最重要的人的电话。

他在汉口火车站坐了一宿，又磨蹭到第二天下午 2 点多钟才背着那袋蛇果回了家，他是用钥匙打开的房门。家里整洁、简单，全家福照片用相框挂在进门的正中间；儿子十几张奖状贴在墙上，映红了一面墙。温馨的感觉包围着他，他两眼泛泪，然后重重地躺在了沙发上，他知道妻子上班去了，儿子上学去了。他打开冰箱看了看，然后出门买了肉和青菜，做好晚饭，等着妻儿回来。

儿子欢欢先到家，当看到坐在沙发上的父亲时，他先愣了两秒，然后高叫着扑向余二月：“爸爸，你怎么回了？”

余二月心里满是酸楚，他抚摸着儿子说：“爸爸给你背了一麻袋蛇果回来。”

欢欢已经读中学了，但在父亲面前永远是一个长不大的孩子，他高兴得大笑，他打开麻袋，拿出了一个蛇果在身上擦了擦咬了一大口，说真好吃，笑着一头倒仰在床上，又蹦到地上，将蛇果送到余二月嘴里，余二月轻轻地咬了一口，其实他哪里吃得进，就是山珍海味摆在他的面前他也吃不进。就这样，儿子一大口，父亲一小口，一个蛇果三下五除二就解决了。

一刻钟后，父子俩听到开门声。儿子用食指在自己的嘴上竖了一下，他想给妈妈一个惊喜。平时云朵开门时，儿子听到开门声都要喊一声“妈妈”，今天没有听见儿子的声音，云朵有点奇怪。云朵进来看到沙发上坐着余二月，惊得嘴张成了一个“O”字，然后惊喜地问：“你怎么回来了！”

“我再不去了，厂里不景气，裁员。不不不，不是裁员，是我主动辞去了工作，厂里效益不好，工资发不出了。”余二月有气无力地说。

“那也好。”云朵说这话时并没有表现出多少欣喜的味道。

是时间偷走了彼此的依恋，还是人性本该就是这样，云朵眼神里那一闪而过的失意，也许余二月读懂了，自己现在是一个无业游民了，云朵一个人带着儿子为他熬了这么多年，就是听了他的一句承诺，想跟随他定居深圳，现在她的梦破灭了，全家的梦都破灭了。

三个人围着桌子吃饭，儿子也受气氛影响，话也不多，只是用有点同情的眼神看了父亲几眼，冷清的场面让人感觉到有点压抑。

晚上，该休息了。余二月睡在了儿子的床上。这一举动彻底点燃了云朵心中的不满，她委屈得在床上翻来覆去睡不着，肚皮上下起伏。夜里 3 点多钟，云朵突然爬了起来，去推儿子的房门，想找理由和余二月吵一通，房门居然被反锁了，儿子平时睡觉从来不会反锁房门的，这显然是余二月锁的。

云朵只有独自坐到天明。

第二天儿子上学去了，云朵板起脸，想让余二月给个解释，余二月果真说话了："云朵，我们离婚吧！"

"什么？离婚？原来你回来是逼我离婚的，你这一招够狠的，先说是裁员，又说是自动离职的。我独自一人带儿子这么多年，我和儿子还梦想你带我们到深圳过上好日子，没想到你这样狼心狗肺！"

"是的，我不是人，离开我吧，我已经不爱你了，我在外面有女人了。"

"你太不是个东西了，离就离，你要补偿我和儿子。"

"行，我这儿还有 3 万元的存款，我都给你，我净身出户。忘了我，忘了我这个不称职的丈夫和父亲。"

晚上，余二月抱着儿子泪流满面，嘱咐儿子要好好听妈妈的话，忘了爸爸，不要想起有过爸爸这样一个人。

儿子欢欢不明白自己的父亲为什么要离婚，但他知道父亲是爱自己的。他说："爸爸，你不要我了，爸爸呀，你怎么舍得丢弃我和妈妈，妈妈好辛苦哟！"一个大男孩好伤心，他哭着，说着，他要余二月答应他，不和妈妈离婚。

余二月有点呆痴的眼神望向一个地方，轻轻地点了一下头，然后要儿子早点休息。

余二月和云朵经过一个多月的冷战，终于走进了民政局。

当晚，余二月手里提着那只去深圳时的黑色旅行箱，里面装着他简单的衣裳，还有那张刚领到的离婚证；背着已经很破旧的那个黄色军用书包，手里还紧攥着他的画夹，里面有冯妈妈的画像。这就是他的全部。

云朵站在了窗口，看着余二月的背影慢慢地远去，直到消失在暮色中。她不明白，他俩为何会走到这一步，这一切的发生，让她的内心承受不了，如万箭穿心。

余二月在街上茫然地走着，然后走向江边，几多次地这样往返……

他没有勇气去死。

钱对于余二月，对于一个想要结束自己生命的人，或者说是一个不久就要离开这个世界的人来说，已经毫无意义，所以他才把 3 万元存款都给了云朵。现在直面自己的现实，他才有点慌了，他左摸右摸，总算在衣兜摸到了十几元钱，他痛苦地闭上了眼睛，他祈祷着，祈祷老天爷能让他快点死去，不要让时间来折磨自己。

他想在他死之前完成他的心愿。一是继续寻找他的冯妈妈，不管冯妈妈是死是活，他想知道她现在在哪。尽管他现在无力报答冯妈妈了，但他希望在他死之前向冯妈妈忏悔，这愿望异常地强烈；二是去孤儿院看一看，那些帮助过他或伤害过他的人，这些人都是他生命中不可移走的记忆，丰富着他的人生，使他成熟。

他来到孤儿院门前，巴洛克式的欧式建筑还是那样的庄重。一阵酸楚涌上心头，他想，如果他当初不在那个漆黑的雨夜离开孤儿院，长大后由孤儿院安排工作，他的命运一定拐上了另一条轨道，生活虽不会大富大贵，但他不会想到去深圳发展，也就不会遇到詹琪，自己也不会与艾滋病有联系，他的家庭也不会破裂。他不愿多想，他迈着沉重的步子走上了台阶，走了进去。

“哪里的？站住！”

一个四十多岁的男人呵斥道。

还是上次那个男人，脸色比先前更显灰白。

“我是余二月，我是在孤儿院长大的，我来看看这里的老师。”

显然这个守门老汉没有认出余二月，没有让他进门。

“我在这里的时候你还不知道在哪里，这里的人都认得我。音乐老师麦谷丰，美术老师贺永铭，还有教务处的郑玉明股长，还有……”

“郑玉明是孤儿院的院长了。”守门老汉白了一眼余二月，但语气显然缓和了许多，他指了指楼梯说，“上去吧，郑院长在三楼办公。”

多少恨涌上心头，那个骗了我 500 元钱的郑股长，如今已经成了院长。

他大步向冯修漪原来的办公室走去。门虚掩着，他一掌将门推开。原本是冯修漪坐的那个位子上，正坐着余二月心目中的大骗子郑玉明——郑股长——郑院长。

四目相对，双方愣了两秒，余二月正要喊她的名字，郑院长先惊呼了起来：“天哪，可把你盼来了，你的大哥来找过你，当他听我说你走了，不知去向时，他一个大男人在我办公室里号啕大哭，并拿出一封信，说如果见到我家‘老七’，‘老七’大概是你的小名，叫我无论如何不要忘了交给你。”

余二月听了郑玉明院长的话，脱口道：“我大哥？是我大哥？他怎么知道我在孤儿院？”然后他说：“我没有大哥，我是一个孤儿，我也没有家，我什么都没有。”

郑院长从柜子里拿出这封信，用一个信封装着。她对余二月说：“这是你大哥写给你的信，你务必要收下，血脉之情，断不了的。”

余二月没有接信，他的内心五味杂陈，更多的还是恨，对大哥的恨，也有对眼前这个女人的恨。这次来孤儿院，本想是见见教过他的老师们，了一个心愿，没想到收到了大哥留给他的信。他就是死了也不会原谅这个所谓的大哥。

其实余二月并不是真的想拒绝这封信，这封信里到底说了什么，实际上他还是想知道的。

郑院长当然理解余二月此时的心情，因为她此前就了解余二月的身世，是他的大哥将他丢在了大街上，然后是一位老奶奶救了他。于是郑院长要余二月坐下，然后要他稍等，她进了里间，又拿出一个信封，连同余二月大哥给他写的那封信，一起塞进了余二月的衣服口袋，说道：“自从你走后我就再没有见到过你，这点钱是我对你的一点心意，总想着有那么一天我会见到你，终于见到你了，请你务必收下。”她又说：“你怎么还背着一个画夹，看你像很疲惫的样子，你遇到困难了吗？”

听到郑院长对自己的关心和问候，在这一刻，余二月对她的恨消解了许多，尽管他不知道眼前的这个郑院长到底塞给了他多少钱，但有一点他可以肯定，郑院长的内心对他应该是愧疚的。

余二月没有道谢，带着大哥的那封信和郑院长给他的钱离开了，离开了这个曾使他魂牵梦萦的地方，他想，他这一走，可能再也不会回来了。

余二月首先打开了装钱的信封，是 10 张 100 元的钞票，1000 元钱。拿着这笔钱，余二月没有一丝欣喜的感觉，还感到特别的委屈。当初的 500 元多值钱呀，那时工薪族的工资每月只有几十元，十几年过去了，钞票面值的实际价值已今非昔比，他明白，郑院长送他钱的实际意义是什么，郑院长是想以这种方式赎罪。

他长长地叹了一口气，不管怎样说，在他还没有找到冯妈妈之前，他还需要钱来维持他这具还没死去的肉体。然后，他又拿出了大哥的那封信，手有些抖，那里面一定盛满了他原生家庭的消息，他终于展开了信，有三页纸，字迹流畅，这是他没有想到的。

心爱的幺弟，你好！

我将你丢在寒冷的大街上后，我有过非常短暂的轻松，觉得终于为家里甩掉了一个大包袱，但我的良心还尚存，我想看看是谁把你领走了。那晚，我在你看不到的地方逗留，同样冻得发抖，我几次想给你买个烧饼，让你不至于绝望至极，冻饿交加，我的这个念头最终被我所谓的理智战胜，我怕甩不掉你。

后来我终于看见有一个太婆将你领走了。我偷偷跟在你们后面，跟到了太婆的家，那一天一夜我仍然没有离开这里，也没有看见你离开太婆的家，我知道太婆领养了你。我装着是一个热心群众打听这个太婆的情况，得知是一个独居的，年纪并不太老的太婆，才怀着一丝欣慰离开。

我的心仍然牵挂着你。三年后，我又来到太婆家附近，打听太婆的情况，得知太婆已经去世，我慌了，忙问你的情况，邻居告诉我，你被送进了孤儿院，我的心终于放下了。我了解到，这家孤儿院由国家兴办，民政部门具体管理，这样我就更放心了。

随着时间的流逝，我非但没有忘记那个冬日的上午，没有忘记你穿着单薄的衣裳，拖着一双我和你其他哥哥穿过的破棉鞋，你脸上挂着鼻涕，跺着双脚，哭喊着“大哥把我丢了”的画面，这画面已刻入我的骨髓，注定让我寝食难安，内疚不已。于是我学会了修鞋的手艺，就在孤儿院的附近做起了修鞋匠，这个手艺除了能维持我日常的生活，还略有结余。我就想，等你长大了，我就来认你，等你结婚时，我就拿出一部分积蓄帮你成家，只有这样，我的良心才能得到救赎。

现在家里情况已经好转，国家给了农民很多优惠。除了我，你的几个哥哥都成了家。爷爷奶奶早已去世，父亲也去世了，母亲还在，但身体不好，患有严重的风湿，需要人服侍。母亲常常在我面前提到你，她说她这一生做了一件伤天害理的事，那就是丢弃了你，说你可怜，她没有给过你温暖，要我无论如何要找到你，她要当面向你道歉，她也不需要你赡养她，她只希望你能原谅她，原谅她的狠心，原谅她的愚昧，这些都是因为穷。她亲手给你做了几双棉鞋，她好好地保存着，她说如果能看见你穿上她亲手为你做的棉鞋她心里就会舒服一点。

余二月看到这里眼泪涌了出来，他想，我能原谅你这种母亲吗？你再多的忏悔也弥补不了对我的伤害。还提什么棉鞋，这样做是不是自作多情？现在谁还穿乡下人做的棉鞋，更何况是你这个歹毒的母亲做的，你这个母亲不仅无知，简直禽兽不如。他继续看了下去：

幺弟，在过去的不算短的时间里，我都守在你的身边，每当我想你的时候，我就仰望这座大楼，这里有我血脉相连的幺弟，这时我的内心就感觉到了温暖，尽管我没有真正见到过你，但我知道你就在我的身边，这样我就满足了。

有一天，我还是忍受不了这种近在咫尺不能相见的日子，我提着水果来到孤儿院，走进了这座在我眼里充满神秘和神圣的地方，让我做梦都没有想到，里面的人告诉我你早已离开了孤儿院，谁也不知道你去了哪里。我懊悔，我痛恨自己为什么现在才去见你。从此我颓废了，我回到了农村，与母亲住在一起，照顾她的晚年生活。

幺弟，不要记恨我和我们的母亲，是困苦的生活让人性扭曲，当一个人生存都成问题的时候，人性最丑陋的一面就会暴露出来：不讲尊严，没有信仰，更没有爱，为此我付出了沉重的代价。幺弟，我想请求你的原谅。于是我想用写信的方式来表达我的心愿和忏悔，但你知道，你的大哥大字识不了几个，于是我请人代写了这封信，是我口述的。我多么希望你能看到这封信，但我不知道这封信该邮到哪里，我打算交给孤儿院，这是我唯一能想到的地方，我想你也许某一天会去孤儿院看望这里的老师，因为你是在这里长大的。如果你看到这封信，请你，我请求你我的幺弟，请你跟我联系，信里留有我们老家的地址，我们还住在原来的地方，那可是你的根呀！

你的大哥

“我们还住在原来的地方，那可是你的根呀！”余二月看到最后这句简直要气疯了，小声说道，“还是我的根，不说这话我心里还好受点，真的是哪壶不开提哪壶。”他一把撕掉了信，抛向天空，心想：打什么感情牌，我与你们早已断绝了关系，再说我是一个就要死的人了，我就是死，我的魂也不会与你们相见！

第五节

余二月总是不自觉地向着江边走去。就是在这里他与他心爱的姑娘云朵再次相遇，那是他的真爱，男女之间唯一的一次真爱，第一次怦然心动，第一次不知所措，第一次牵手，还有第一次的雨中散步……

他常常面对滚滚东流的江水倾诉心声，思索爱与恨，更多地是感叹，感叹自己如一粒沙子，被时代的烟尘裹挟，飘到一处又一处。而今他又拿起画夹，这是他唯一的生存技能，肉体尚存，只能走一步算一步了。

余二月的绘画技能更精湛了。他曾想过，自己如此贫瘠的家庭，如此无知的父母，为什么能生出他这样一个在绘画方面有如此天赋的儿子，他不得其解。

他在胜利街兰陵路租了一间房，这里离江滩很近，穿过一条不足百米的横街就能到达。他沿着兰陵路江滩向一元路江滩的方向走去，那是十几年前他和云朵相遇的地方。其实他没有刻意往这个方向走，但他的腿总是不听使唤地要向那个方向走去。

曾经的江边改造成了江滩，已成为这座城市最美丽的风景，他已经找不到当年的石墩。上午 8 点多钟，晨雾已散去，太阳白得刺眼，天边火一样的红晕与太阳反照在江面，如两个世界的对望，江面便有了生气。自己也被血红的光影照得睁不开眼。他转换角度，背对阳光，打开画夹，画笔移在了阳光洒在的江滩上。正是秋风扫落叶的深秋，阳光却依然灼热，形成一个较大的反差：枯槁的叶片，在树枝上摇曳，不时向下飘落，呈现耀眼的金黄。这正是余二月想要的画面，他画出几个线条，深秋别样的韵味就出来了。他抬起了头，发现不一会儿的工夫，身边就聚集了不少的人，赞叹之声悦耳，他继续着他的写生，江河、树木、阳光，所有这些原来都在衬托着一个人，那就是冯修漪妈妈。

只要不下雨，余二月就会背着画夹和他的那个旧军用黄书包出现在江滩，他画风景，画这里每天来往的人群，也画岁月流逝中自己不一样的情感，但有一种情感是永远不会变的，那就是对于冯修漪的想念。冯修漪的肖像他是百画不厌的，余二月还会向大家讲述他与冯修漪的故事。

可大家关心的只是他的画。不少家长请余二月当他们孩子的老师，约定每星期六和星期天各一堂课，每堂课一人25元。三个月后，余二月接收了10名学生，一月收入2000元，这样的收入，基本能够满足他的日常生活和租房费用。但时间一长，看着这些快乐学习的孩子，看着这些与自己儿子岁数差不多的孩子，他的内心就很痛苦，他想，他的儿子欢欢现在怎样了？每每此时，他就有些冲动，他多想去看一下他的儿子，包括云朵，但他忍住了，他要跟他们撇清关系，他不愿亲人因他而活在耻辱里。

来向他学画的学生从没断过。

屈指一算，詹琪被查出艾滋病到现在，已7年时间。也就是说，如果余二月感染了艾滋病毒至少也有近7年时间。余二月了解到，这种病从感染到发病平均8年左右的时间，近年他时常有感冒的症状，咽喉有时肿痛，关节也会疼痛，而且人也有点消瘦，这些都是艾滋病发病前的症状。他又开始想着怎样结束自己，各种办法想到了，可还是下不了这个决定，那是需要勇气的，他缺的就是这一点。

现在，他晚上常去江滩。夜里江滩不再喧嚣，不再浪漫，他对着江水倾诉以发泄心中的恐惧和悔恨。他终于病了，不能吞咽，水都很难喝进，他在床上睡了两天后，实在撑不住了，他去了医院。医生检查说是扁桃体急性发炎并且声带长有几个小息肉，病因多是由于人体免疫力下降而感染链球菌或葡萄球菌所致。为了避免反复发作，最好等扁桃体消炎后做扁桃体切除和息肉切除手术。

余二月听到医生的诊断，他的呼吸都暂停了几秒，他的大脑一片空白，但他还是不愿意做手术，就是拖死他也不做手术。他知道，但凡做手术都要进行血液检查，判断患者是否患有传染病。

他回到了出租房，静静地躺在床上等待死神的到来——高烧使他浑身酸痛，尤其是脑袋像要炸开了一样，嘴角泛起白泡，嘴唇干裂，喉头像含了一个烫山芋，吞不进也吐不出。

他就这样坚持着，迷迷糊糊地昏睡着。等他醒来时，他已躺在了医院的病床上。他听见有人在喊他："余老师，你终于醒过来了，真好！"他以为自己在做梦，眼前却浮现熟悉的面孔，那是他的两个学生。原来星期六那天，有学生来余二月家上绘画课，敲门没有人开，他的手机也关机，学生们感觉有些异样，因为几年来他们的余老师从来没有这种情况，他们以为余老师有什么特殊情况今天不在家，就约好第二天，也就是星期天再来上课。谁知余二月手机仍然关机，门还是敲不开，他们感觉有点不对头，便报了警。报警后，警察也敲不开房门，依法请来锁匠打开了房门，发现他们的余老师已经昏迷，大家赶紧叫来救护车将他送到医院抢救。医生询问学生得知，余老师先前扁桃体发炎，讲课都有点困难，近来消瘦厉害，具体情况也不太清楚，学生家长为余二月垫付了检查费和治疗费。而余二月对于医生的询问拒绝回答，并努力想扯掉手上的输液针，病房乱作一团……

"你的扁桃体和息肉已经快封喉了，必须手术！"医生说。

"我不需要做……手……术，我听……天由……命，我的生……命我做……主，我要回……去！"余二月想努力把话说清楚，可只能断断续续吐出不连贯的话，并努力想从病床上爬起来。

医生按住了他："你先住院再消炎两天，然后手术。息肉容易复发，容易越长越多，不手术你就会在痛苦中死去！"

"让我……死，我……要出院！"

"我作为医生，有救死扶伤的义务。"

"这是你的抽血化验单，你只需要在手术同意书上签字，我们就可以为你做手术，手术费不多，属于小手术，却关乎你的生命。"

"抽血化验单！"余二月的大脑嗡嗡直响，他只听见这几个字。"我已经抽血化验了，什么时候?!"他噌的一下从病床上坐了起来，抓过检验单仔细地看，他在看那几个字，他的心猛跳着，他看到：HIV 阴性！

泪，突然从他的眼眶涌了出来！

大家不知发生了什么，不知为什么他看了检验单后会这样激动。

"我做，我做，我做手术，我有钱交手术费，我什么都有。"说着说着，他哭得像一个孩子！

手术做得很顺利，几天后余二月就要求出院了。

余二月首先想到的是他的那个家现在怎样了，云朵怎样了，儿子怎样了，他想回到这个家。

身体上，他刚做完手术不久的喉咙还在疼痛，他的心却是热烈的，他的眼里闪烁着光彩。

那晚，余二月把自己整理得清清爽爽，手提点心、水果出了门。七八年过去了，儿子也有 20 多岁了，应该已经上大学了。在这段漫长的时间里，他缺席了。他想他有能力补偿。

他没有丝毫胆怯，他怀着激动的心情，他浑身充满力量，他向着家的方向前进。

他抬头看着那扇曾经是他家的窗子，窗子里仍然亮着那盏十几年前等着他回家的白炽灯，灯光里有他的云朵和儿子。一点没变，这盏灯仍在闪烁。他心里一阵温暖，久违了，亲爱的亲人，我回来了。

他上到二楼，走到家门口，他听到里面有说话的声音，他更是激动，那是云朵的声音，还有一个声音，应该是他儿子欢欢了。他举起手，准备敲门，手又停住了，是胆怯，还是过于激动？都不是，是因为那个声音不是他儿子的声音。屋里的男人不知又说了一句什么，突然两人哈哈大笑起来，是畅快的大笑声，云朵从未在余二月面前这样笑过。然后屋内传来电视节目的声音。

瞬间，他的心凉了，仿佛被穿心刺骨，他不知该怎么办。他想转身，心却不甘。冷静了片刻，他在想，也许是她的同事或别的什么人，不会有人取代自己的位置，他相信他和云朵的感情基础。他转念又想，已经和云朵离婚这么多年了，她守得住吗？她的来去与他又有什么关系呢？云朵不找人正常，找人更正常。

他就在家门口纠结着，痛苦着，煎熬着。

他希望奇迹发生，他希望儿子也在房里，他希望那个男人的声音只是一个错觉或是一场误会。

他终于敲了一下门，声音不大。没有回音，可能是被电视的声音压住了。有了第一下，他就不在乎第二下，第三下，也不在乎敲门声一声比一声高。

“谁呀？”是云朵的声音。

余二月的心在狂跳。

"是我!"声音有些飘。

"你是谁?"

"我是……开门。"

门开了。站在余二月面前的是一个陌生的中年男人，一个看上去长得还比较周正的男人。

"你找谁?"男人问。

"我，我……"余二月语塞了。

"你找谁?"云朵出现在余二月的面前，愣了两秒钟后说道，"怎么是你?你有什么事?"

听着云朵冰冷的声音，看着她冷漠的表情，余二月心虚了。他说："我们的儿子欢欢呢?我想他!"

"欢欢是你的儿子吗?这么多年过去了，你在欢欢身上付出了什么?你付了一分钱的抚养费吗?你现在来摘果实了，你还有脸来。当初你说你已经不爱我了，非要跟我离婚，现在怎么又想回来了，不可能!你给我滚!"说完，云朵要关门，被余二月挡住了。

"我只想看一眼欢欢，叫不叫我爸爸都无所谓。"

"欢欢不在家!"

"他在哪?"

"他在南京上大学，是不在家。"男人不愠不怒地说。

"欢欢什么时候回?"

"怎么现在想起欢欢了!"云朵大声说。余二月看见云朵脸上的那块红胎记，因愤怒涨得更红了。"你再不走，我就要报警了!"

门在余二月的面前关上了。曾经他随时可以打开的这扇门，现在把自己关在了外面。

"云朵，我有话跟你说，你开一下门。你还记得孤儿院的事吗?你给一个小男孩送过馒头，那个小男孩就是我呀，云朵!你开门仔细看看我!"这句话一说出口，余二月在门外已泣不成声。片刻后，门开了，云朵疑惑地看着眼前这个男人，这个与她共同生活了近二十年的男人。她迅速回忆着，可怎么也寻找不到当年那个小男孩的影子，但这确实是事实，因为她给那个小男孩送馒头的事，只有小男孩和杜秀芝阿姨清楚，那么，不是他，又是谁。

四目相对几秒后，门还是在余二月面前再次关闭了。

尾　声

一切都像梦一样在余二月眼前一一掠过，也有时间让他细细回忆了：

他想起了詹琪，他突然觉得，她并没有他想象的那样坏，只是生活迫使她选择了那样的生存方式；他也想起了他莫名丢失的 1300 元钱，经过“起死回生”，他猛然醒悟，在生命面前，钱是多么的微不足道；他想起了给了他第二次生命的奶奶，奶奶使他明白，有时候一个人的善举可以拯救一个人的一生，并带给这个社会阳光般的温暖。

在这里要另起一行写冯修漪，她是余二月生命中不可能抹去的重要章节，她的两次出走让大家疑惑。还记得前面说过，殷修善在庭院散步，回头望向了三楼的一个窗口，有一个他熟悉的身影在窗前一闪而过的人吗？还有那封遗书，那封没有称呼，直接表达她出走原因的开头——“这个决定是在我失去老殷的那一刻就有了。”作为受过英式教育的女人，一个有过修女经历的女人，她能这样坦然表达她对殷院长的爱，足以说明她终于活通透了，活出了自己；她也终于明白，人的一生都在“装”字中度过，不装，就不能融入这个社会，尤其是在一个文化背景不同的社会，这就是生活的法则。她累了，于是她离开了……

余二月还在行走，因为他还活着。他想起了那些还活着，却生活在恐惧之中，害怕歧视，害怕孤独，游荡在烟尘之外，又生活在烟尘之中的人。他们在人群之中看似与健康人无异，但又有谁能听得见他们轻轻地叹息。